La Ragazza nel Ruscello

Gli Australiani Scomparsi Libro 2

Caitlyn Lynch

Shenanigans Press

INDICE

1. Capitolo 1 — 1

2. Capitolo 2 — 17

3. Capitolo 3 — 32

4. Capitolo 4 — 48

5. Capitolo 5 — 65

6. Capitolo 6 — 80

7. Capitolo 7 — 97

8. Capitolo 8 — 114

9. Capitolo 9 — 133

10. Capitolo 10 — 148

11. Capitolo 11 — 164

12. Capitolo 12 — 179

13. Capitolo 13 — 195

14. Capitolo 14   207

15. Capitolo 15   224

16. Capitolo 16   240

17. Capitolo 17   258

18. Capitolo 18   272

19. Capitolo 19   286

20. Capitolo 20   301

21. Capitolo 21   315

22. Capitolo 23   327

Dall'autrice   341

Altri libri di Caitlyn Lynch   343

Capitolo 1

Gli estratti conto giacevano sul tavolo della cucina, i debiti evidenziati in rosa acceso, i crediti in verde lime. Il saldo non era nemmeno lontanamente vicino a quanto sperato. Zara seguì con il polpastrello ogni violento numero rosa, come se il tocco potesse in qualche modo cancellarli. Un tempo avrebbe preso un'altra penna per evidenziare le cose da tagliare. L'abbonamento a Netflix, l'iscrizione in palestra. Ma non c'era altro da tagliare. I numeri rosa parlavano chiaro: era ridotta all'essenziale. Acqua. Elettricità. Tasse comunali. Mutuo. Cibo. Di quest'ultimo, ultimamente, ce n'era ben poco.

La casa in legno scricchiolò, espandendosi nel calore del giorno. Tre settimane. Mancavano tre settimane prima che la banca addebitasse di nuovo il mutuo. Si premette le dita sulle tempie, fece un respiro che non arrivò del tutto in fondo ai polmoni e aprì il portatile.

La schermata di accesso di YouTube Studio le riempì la visuale. Esitò prima di premere invio. C'era stato un tempo, non molto tempo fa, in cui si avvicinava a queste analisi con entusiasmo. Ogni nuovo mese portava numeri più alti, più iscritti, maggiori entrate. Gli Australiani Scomparsi era cresciuto costantemente per cinque anni, finché...

La pagina si caricò. Le spalle di Zara si incurvarono verso le orecchie mentre i numeri si materializzavano. Un altro mese in calo. Visualizzazioni scese del 18% rispetto al mese precedente, che era già sceso del 22% rispetto a quello prima ancora. Entrate: 1.487,32 $. Neanche abbastanza per la rata del mutuo, per non parlare di utenze, cibo e assicurazione. Le entrate di Spotify e delle altre fonti di podcast avrebbero aggiunto altri 500 $ circa, ma non era sufficiente.

Premette i palmi delle mani contro il tavolo, sentendo le venature del legno sotto la pelle. Il suo corpo si sentì improvvisamente vuoto. La piccola e ordinata cucina intorno a lei, un tempo motivo d'orgoglio quando aveva comprato quel posto, ora sembrava schernirla con la vernice scrostata e gli infissi datati. La pila di bollette accanto al portatile era cresciuta nel corso dei mesi: elettricità, acqua, assicurazione.

Zara aprì il foglio di calcolo che aveva creato sei mesi prima, quando il declino era diventato impossibile da ignorare. L'aveva intitolato «PIANO DI SOPRAVVIVENZA» in un momento di macabro umorismo. Le righe si susseguivano sullo schermo, ognuna rappresentava una settimana delle sue risorse rimanenti. Al ritmo attuale, aveva otto settimane prima del completo collasso finanziario. Otto settimane prima di dover vendere la casa, tornare strisciando dai suoi genitori a Brisbane e ammettere che il loro scetticismo sulla sua scelta di carriera era stato giustificato fin dall'inizio.

«Trovati un lavoro vero», le aveva detto sua madre due anni fa, dopo che era successo. Dopo il caso Little Girls Lost. Dopo che internet le si era rivoltato contro. Dopo che i suoi sponsor erano fuggiti. Dopo che la sua credibilità giornalistica era andata in frantumi.

Un'asse del pavimento scricchiolò nel corridoio. Dev apparve sulla porta della cucina, la sua figura dinoccolata sembrava troppo grande per quello spazio. I capelli sparavano in direzioni assurde, ma gli occhi dietro gli occhiali rettangolari erano vigili nonostante l'ora mattutina.

«Giorno», disse, spostandosi verso il bancone dove iniziò a preparare il caffè. «Sveglia da molto?»

Zara chiuse il foglio di calcolo e passò alla scheda delle email. «Un po'.»

Dev fece un cenno verso il portatile. «Lavori al nuovo episodio?»

«Qualcosa del genere.» Mantenne la voce neutra, non volendo che il suo inquilino sapesse quanto la situazione fosse diventata disperata. Dev affittava la camera degli ospiti da quasi un anno. I suoi 300 $ di affitto settimanale erano diventati un'ancora di salvezza finanziaria. Non poteva rischiare di spaventarlo con la verità.

La caffettiera gorgogliò e sibilò. Dev si appoggiò al bancone, incrociando le braccia sul petto. La sua maglietta riportava qualche oscuro riferimento al mondo dei videogiochi che lei non comprendeva.

«Ieri ho, ehm, riascoltato alcuni dei tuoi vecchi lavori», disse, stringendosi gli occhiali sul naso. «La serie sullo Strangolatore di Bellwood era eccezionale. Il modo in cui hai collegato quei tre casi irrisolti che nessuno aveva mai messo in relazione prima? Quello era...» Fece un gesto esplosivo con le mani. «Quello era giornalismo, sai? Vera indagine.»

La gola di Zara si strinse. La serie di Bellwood era stata il suo momento di svolta, quello che aveva lanciato il suo podcast nell'élite dei contenuti di cronaca nera. Trecentomila download solo nella prima settimana. Gli sponsor che chiamavano lei, non il contrario. Un breve, glorioso momento in cui aveva pensato di farcela. Le entrate dello streaming di quella serie avevano pagato l'acconto per la sua casa.

«Grazie», riuscì a dire.

Dev versò il caffè in due tazze, facendone scivolare una sul bancone verso di lei. Mise una mano in tasca ed estrasse una busta, posandola accanto alla sua tazza.

«L'affitto del prossimo mese», disse. «Scusa per il giorno di ritardo, non sono riuscito a passare in banca fino a ieri sera.»

«Non preoccuparti.» Prese la busta, cercando di non sembrare troppo ansiosa. Quei milleduecento dollari avrebbero pagato la maggior parte delle bollette correnti. Tutte quelle con l'inchiostro rosso, in ogni caso. Avrebbe persino potuto fare una pazzia e comprare qualcosa che non fossero spaghetti istantanei per cena.

Dev esitò, mescolando lo zucchero nel caffè. «Quindi, ehm, hai qualcosa di nuovo in cantiere? Dopo l'ultima stagione, voglio dire?»

L'ultima stagione, un pezzo ricercato in fretta su un omicidio risolto degli anni settanta che era riuscita a trascinare per quattro episodi, aveva attirato meno di un quarto del suo solito pubblico. Aveva pubblicato l'ultimo episodio tre settimane prima e da allora non aveva nulla in programma.

«Sto lavorando su alcune piste», disse, con la menzogna amara sulla lingua. «Nulla di concreto, per ora.»

Lui annuì, serio e fiducioso. Dev era così, genuino in un modo che la faceva sentire sia protettiva che invidiosa. Studiare per il dottorato in ingegneria elettrica e il suo lavoretto extra di recupero dati da dispositivi danneggiati lo tenevano occupato, ma trovava comunque il tempo per essere il suo sostenitore più leale.

«Qualunque cosa farai dopo, sarà fantastica», disse con convinzione nella voce. «La tua voce è, tipo, necessaria, sai? Nel mondo della cronaca nera. C'è troppa spazzatura sensazionalistica in giro.»

L'ironia non le sfuggì. Due anni prima, era stata accusata proprio di quello: sensazionalismo, sfruttamento, sconsideratezza. Il caso Little Girls Lost. Tre ragazzine scomparse nell'arco di sei anni in una piccola cittadina rurale. Il caso le era sembrato strano fin dall'inizio e aveva perseguito una teoria che alla fine si era rivelata corretta, ma che aveva avuto conseguenze che non aveva previsto. Il colpevole si era suicidato quando si era reso conto che lei era sulle sue tracce, sfuggendo alla giustizia e portando con sé i segreti di ciò che aveva fatto ai corpi delle bambine.

Avendo perso la possibilità di avere risposte, le famiglie le si erano rivoltate contro. La stampa le si era rivoltata contro, con un giornalista di uno dei maggiori quotidiani nazionali che aveva scritto un pezzo denigratorio su «aspiranti detective dilettanti che rovinano indagini durate anni». L'indagine era chiusa da anni prima che arrivasse lei. I suoi sponsor erano fuggiti dalla sera alla mattina e da allora il suo reddito mensile non aveva smesso di calare.

«Grazie, Dev», disse lei, sentendo che le parole erano inadeguate.

Lui finì il caffè in tre lunghi sorsi e sciacquò la tazza nel lavandino. «Stamattina ho un lavoro di recupero dati. Non dovrebbe volerci molto, credo di essere a casa per l'ora di pranzo.»

Lei annuì, guardandolo mentre prendeva lo zaino accanto al frigorifero. «Niente lezioni oggi?»

Lui le rivolse uno sguardo strano. «È sabato.»

I fine settimana non avevano molto significato quando non avevi un lavoro né soldi. Lei annuì di nuovo, sentendo un leggero rossore bruciarle le guance. «Ah, già. Me n'ero dimenticata.»

Mancava qualcosa nella pila di bollette accanto a lei. La bolletta di internet, in scadenza ieri. Aprì la bocca, poi la richiuse mentre Dev si metteva lo zaino in spalla.

«Programmi per oggi?», chiese lui, fermandosi sulla porta.

Zara si strinse nelle spalle. «Ricerche, per lo più. Cerco di trovare qualcosa per cui valga la pena impegnarsi.»

Qualcosa che le salvasse la carriera. Le salvasse la casa. Le evitasse l'umiliazione del fallimento.

«Forte. Beh, buona fortuna.» Fece un imbarazzato cenno di saluto e scomparve lungo il corridoio.

Gli occhi di Zara tornarono alla pila di bollette. Quella di internet mancava decisamente. L'aveva messa lì ieri sera, in cima alla pila. Dev l'aveva sicuramente presa. Non rubata; l'avrebbe pagata lui, lo sapeva. Aveva bisogno di internet per i suoi studi, per il suo secondo lavoro.

Avrebbe dovuto seguirlo, dirgli che poteva occuparsi delle proprie bollette. Ma il pensiero di ammettere quanto fosse vicina al baratro era peggiore che accettare il suo silenzioso aiuto. Sorseggiò il caffè. Amaro e forte, proprio come la realtà che doveva affrontare. Otto settimane di autonomia. Forse meno, se fosse successo qualcosa di inaspettato.

Le serviva una storia. Non una storia qualunque; una grande storia. Qualcosa di così avvincente da ricordare alla gente perché l'avevano ascoltata all'inizio, prima che tutto andasse storto. Qualcosa che la riportasse indietro dal baratro.

Zara aprì una nuova scheda del browser.

Era ora di ritrovare la sua strada.

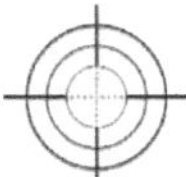

Le dita di Zara si muovevano sulla tastiera. Il database della Queensland Police Service sui casi irrisolti si caricava lentamente; la versione pubblica era deliberatamente macchinosa, progettata più per una parvenza di trasparenza che per un'effettiva accessibilità. Era lì da ore, filtrando metodicamente tra sparizioni irrisolte e morti sospette, alla ricerca di qualcosa che le parlasse. Non un caso qualsiasi. Ne cercava uno con fili in sospeso, domande senza risposta, prove documentate a sufficienza su cui costruire. Un caso che meritasse un secondo sguardo e avesse il potenziale narrativo per ricostruire la sua reputazione.

Sorseggiò il caffè freddo e scorse un'altra pagina di risultati. Escursionisti scomparsi nei parchi nazionali. Incidenti stradali sospetti. Casi di violenza domestica con prove insufficienti. Risse da bar finite male, traffici di droga andati a monte, liti tra amanti terminate con coltelli, pugni o pistole. Ognuno di essi era una vita interrotta.

Le impostazioni dei suoi filtri erano specifiche: casi tra i cinque e i quindici anni, abbastanza recenti per avere testimoni ancora vivi, abbastanza vecchi per essersi raffreddati; casi con almeno una parziale prova fisica; casi con documentazione accessibile tramite richieste di database pubblico. Aggiunse un altro parametro: casi fuori dalle principali aree metropolitane. Quelli isolati, dove le risorse erano scarse e i detective avrebbero potuto essere tentati di prendere scorciatoie.

Il database si aggiornò. Ventitré risultati. Meglio.

Scorse i nomi dei casi e i brevi riassunti. Niente la colpì fino alla terza pagina, quando un nome balzò agli occhi:

ZHANG, IRIS (17) – Salt Creek, QLD – 15 ottobre 2014

Zara cliccò sulla voce. Lo schermo si riempì con il riassunto del caso e la foto scolastica di una ragazza adolescente con lunghi capelli scuri e occhi seri dietro occhiali rettangolari. Tratti orientali, pelle ambrata. Qualcosa nello sguardo fermo della ragazza catturò Zara, la trattenne.

Lesse il riassunto:

Soggetto rinvenuto deceduto a Salt Creek il 16 ottobre 2014. Posizione: a faccia in giù in circa 15 cm di acqua bassa. Causa del decesso: annegamento. Indagine conclusa il 27 ottobre 2014. Sentenza: morte accidentale. Caso chiuso.

Due settimane. Avevano chiuso il caso in due settimane.

La mano di Zara si portò inconsciamente al proprio viso, le dita premettero contro la guancia. Quindici centimetri d'acqua. Erano a malapena sei pollici. Come fa una diciassettenne sana ad annegare in quindici centimetri d'acqua?

Cliccò sui dettagli del caso, analizzando le informazioni. Iris Zhang era stata una studentessa modello alla Salt Creek High School. Candidata per l'ammissione anticipata al Queensland College of Art. Nessun precedente di depressione o problemi di salute mentale. Nessuna traccia di droghe o alcol nei referti tossicologici. Corpo scoperto da un jogger mattutino alle 06:23. Vista viva l'ultima volta verso le 22:00 della sera precedente, mentre lasciava il ristorante dei genitori per percorrere il breve tratto fino a casa; ora del decesso stimata tra le 22:00 e la mezzanotte.

«Non ci hanno nemmeno provato», sussurrò Zara alla stanza vuota.

Cliccò sulle foto della scena del crimine, che per legge dovevano essere incluse nel database pubblico ma erano spesso di scarsa qualità. La prima mostrava una veduta ampia del letto del torrente in secca, poco più di un rivolo che scorreva su pietre lisce. Cartellini gialli per le prove punteggiavano l'area. La seconda mostrava una visuale più ravvicinata del punto in cui era stato trovato il corpo, una leggera depressione nel letto del torrente dove l'acqua ristagnava arrivando forse all'altezza delle caviglie.

Zara si avvicinò allo schermo, catalogando le incongruenze. La posizione non aveva senso. Il rapporto ufficiale affermava che Iris era stata trovata a faccia in giù. Persino nella foto sgranata, Zara poteva vedere che chiunque fosse sdraiato in quell'acqua bassa avrebbe potuto facilmente girare la testa di lato e respirare. Non sarebbe rimasto a faccia in giù, non sarebbe rimasto sommerso. A meno di non essere incoscienti. O di essere tenuti giù con la forza.

Scorse altre foto, scattate da lontano. Il torrente scorreva attraverso quello che sembrava essere il centro di una piccola cittadina, con edifici visibili sullo sfondo. Una passerella di legno attraversava il corso d'acqua a monte del luogo del ritrovamento. L'area non sembrava remota o pericolosa, solo un torrente ordinario in una cittadina ordinaria.

Salt Creek. Il nome le era vagamente familiare. Controllò su Google Maps. Una cittadina sulla Bruce Highway, da qualche parte a nord di Bundaberg. Un posto dove la maggior parte della gente passava per andare altrove, un insieme di edifici accanto a un'autostrada polverosa. Il tipo di posto dove tutti conoscevano tutti, dove gli estranei venivano notati, dove una famiglia cinese poteva dare nell'occhio.

Zara fece una pausa. Lei stessa era per un quarto vietnamita; sua nonna materna veniva da Hanoi. Anche se a prima vista Zara poteva passare per bianca, i suoi capelli erano un po' troppo neri, troppo lisci e lucidi, e i suoi occhi scuri mostravano il minimo accenno di una piega epicantica. Crescendo a Brisbane, aveva sperimentato le forme sottili di razzismo che esistevano sotto la superficie multiculturale dell'Australia. Le supposizioni. Le domande su da dove venisse «veramente». La sorpresa quando non aveva accento.

Quelle stesse forze erano entrate in gioco nel caso di Iris? Una ragazza cinese in una piccola cittadina del Queensland. Un'indagine rapida. Una sentenza conveniente. Caso chiuso.

Questa non era più solo una potenziale storia per tornare alla ribalta. Qualcosa di più profondo la attirava. Un senso di connessione, di responsabilità. Vedeva se stessa in quegli occhi seri dietro gli occhiali rettangolari.

Tornò alla foto di Iris, studiando il volto della ragazza. C'era qualcosa di determinato nella sua espressione, una fermezza che suggeriva principi, confini. Non il tipo di ragazza che annega accidentalmente in un torrente a due minuti a piedi da casa, un torrente che aveva probabilmente attraversato mille volte. Non il tipo di morte che dovrebbe essere archiviata con un'indagine di due settimane.

Zara aprì un nuovo documento e iniziò a prendere appunti. Le domande si formavano più velocemente di quanto riuscisse a scriverle:

Perché era al torrente di notte? Chi era l'amico che è andata a trovare? C'erano testimoni quando ha lasciato il ristorante? Segni di lotta sulla scena? Il livello dell'acqua era normale quella notte o influenzato da piogge recenti?

Più leggeva, più si convinceva che ci fosse qualcosa di sbagliato nella versione ufficiale. L'autopsia confermava l'annegamento come causa del decesso ma notava dei «lividi inspiegabili» sulla parte superiore delle braccia della vittima. Il rapporto della polizia li citava come «probabilmente coerenti con le normali attività di un'adolescente».

«Stronzate», mormorò Zara.

Chiuse brevemente gli occhi, facendosi forza. Quando li riaprì, la foto scolastica di Iris Zhang era ancora sullo schermo; quegli occhi seri sembravano guardare direttamente lei. Chiedevano qualcosa. Pretendevano qualcosa.

La verità.

Zara iniziò una nuova ricerca, questa volta per tutto ciò che riusciva a trovare su Salt Creek, Queensland. Sulla famiglia Zhang. Su cosa fosse successo il 15 ottobre 2014 e perché nessuno sembrasse essersi curato di approfondire.

Aveva trovato la sua storia. Ora doveva solo convincersi che le sue motivazioni fossero puramente professionali.

Zara chiuse il portatile. Il suono sembrò un punto fermo. Iris Zhang meritava più di quindici centimetri d'acqua e un'indagine di due settimane. Meritava più che diventare un'altra statistica in un database che nessuno si prendeva la briga di consultare. E se Zara era onesta con se stessa, aveva bisogno di questo caso tanto quanto il caso aveva bisogno di lei. Si allontanò dal tavolo della cucina e si alzò, il suo corpo improvvisamente leggero, spinto da uno scopo, da una direzione.

Salt Creek. Il nome stesso sembrava una destinazione che l'aveva aspettata.

Si mosse per casa, raccogliendo ciò che le sarebbe servito. Per primo prese il suo taccuino di pelle usurato e ricaricabile. Vecchio stile, ma della carta si fidava. La sensazione di una penna la aiutava a pensare, la aiutava a unire i puntini che altrimenti sarebbero rimasti separati. Poi venne la sua attrezzatura di registrazione: due microfoni di alta qualità, la videocamera, treppiedi, batterie di riserva, schede SD. Gli strumenti del mestiere, rimasti inattivi troppo a lungo. Aggiunse pacchi batteria di riserva e cavi di ricarica alla custodia di alluminio e la chiuse.

In camera da letto, tirò fuori uno zaino dall'armadio e iniziò a preparare i vestiti. Quanto sarebbe rimasta? Una settimana? Due? Salt Creek era piccola; l'aveva confermato nelle sue ricerche. Un pub, un paio di motel, un ristorante cinese che doveva essere degli Zhang. Avrebbe dovuto fare attenzione al suo approccio. Le piccole città avevano memorie lunghe e lealtà profonde. Specialmente quando si trattava di estranei che facevano domande su ragazze locali morte.

Zara fece una pausa con una maglietta piegata a metà tra le mani. Avrebbe dovuto prenotare una stanza. Pagare i pasti. La benzina per il viaggio verso nord. Il suo conto di risparmio conteneva 8.872,43 $, il suo ultimo cuscinetto contro il completo collasso finanziario. Questo viaggio ne avrebbe bruciato almeno un terzo, forse di più se l'indagine avesse richiesto tempo. E avrebbe richiesto tempo. Casi come questo lo facevano sempre.

L'alternativa era impensabile. Rimanere lì, guardare i suoi risparmi ridursi a zero, perdere la casa, ammettere la sconfitta. Almeno così se ne sarebbe andata combattendo.

Finì di impacchettare i vestiti e andò in bagno per i prodotti da toeletta. Nello specchio, il suo riflesso le restituì lo sguardo: occhi scuri che suo nonno diceva «studiavano tutto», capelli raccolti in una pratica coda di cavallo, gli angoli acuti degli zigomi più pronunciati rispetto a un anno prima. Lo stress e un budget alimentare limitato l'avevano logorata. Ma dallo specchio la guardava anche qualcos'altro, una scintilla che mancava da mesi. Uno scopo.

Tornata in camera, contò i contanti nella busta di Dev. Metà, pensò. Avrebbe messo il resto in banca; quello, aggiunto alle entrate dello streaming, avrebbe coperto almeno le bollette più urgenti e la prossima rata del mutuo, anche se le altre bollette avrebbero dovuto aspettare ancora un po'. Seicento dollari non avrebbero lasciato una traccia digitale ed erano sufficienti per iniziare. Ne infilò metà in una tasca interna della borsa, l'altra metà nella tracolla che fungeva sia da borsa per il portatile che da borsa personale, poi si sedette alla scrivania per gli ultimi preparativi.

Il telefono vibrò per una notifica. Un pagamento da parte di un sostenitore di Patreon, uno dei pochi rimasti fedeli durante la sua caduta e il successivo silenzio. Dieci dollari con un messaggio: «*Mi manca la tua voce. Spero che tornerai presto.*»

Fissò la notifica per un lungo istante. Senso di colpa per i mesi di silenzio. Gratitudine per la lealtà. Paura di poterli deludere di nuovo. Ma soprattutto, un rinnovato senso di responsabilità. C'era gente che aspettava che ritrovasse la sua voce. Che aspettava che raccontasse storie che contavano.

Zara aprì il taccuino e iniziò a scrivere:

Iris Zhang, 17 anni, trovata morta a Salt Creek, QLD, 16 ott 2014; decesso avvenuto la notte precedente. Caso chiuso in due settimane come annegamento accidentale. 15 cm d'acqua – impossibile? Famiglia cinese in piccola città – fattore razzismo? Lividi sulla parte superiore delle braccia – incoerenti con l'incidente. Perché si trovava al torrente dopo il tramonto?

Sottolineò l'ultima domanda due volte. Era sempre da lì che bisognava iniziare: il perché. Perché Iris Zhang, a detta di tutti una ragazza studiosa e ambiziosa con un'imminente ammissione all'università, si trovava in un torrente dopo il tramonto in una serata scolastica?

Zara controllò l'ora. Quasi mezzogiorno. Poteva essere a Salt Creek entro sera se partiva subito. Raccolse l'attrezzatura, i suoi appunti, i vestiti, e si fermò in mezzo alla camera da letto, facendo un ultimo inventario mentale. Un colpo secco sullo stipite della porta la fece sussultare.

Dev era sulla soglia, la sua figura alta la riempiva quasi interamente. «Vai da qualche parte?», chiese, osservando la borsa pronta sul letto.

«Dovevo parlarti, in realtà», disse Zara, chiudendo la cerniera dello zaino. «Vado a nord per un po'. Viaggio di ricerca.»

Le sopracciglia di Dev si alzarono sopra gli occhiali. «Per il podcast?»

«Forse. Non ne sono ancora sicura.» Non era pronta a dire di più, a non invocare la sfortuna su quel fragile slancio che aveva trovato. «Starò via almeno una settimana, probabilmente di più. Te la caverai da solo?»

«Certo», disse Dev, annuendo. «Ho un grosso lavoro di recupero dati per uno studio legale la prossima settimana, alcuni file corrotti che servono per una causa. Paga bene. Posso occuparmi io della casa.»

Zara annuì, sollevata. Si fidava di Dev, per quanto potesse fidarsi di qualcuno di questi tempi. Era affidabile, responsabile e, cosa più importante, non aveva alcun legame con i suoi lavori precedenti. Era stato un fan, sì, ma mai coinvolto nelle sue indagini.

Mai contaminato dallo scandalo che aveva travolto la sua carriera.

«Qualcosa di interessante?», chiese Dev, con gli occhi che brillavano di curiosità dietro le lenti. «La ricerca, intendo.»

Zara si sforzò di sorridere, cercando un equilibrio tra onestà e cautela. «Forse. Sarai il primo a saperlo. Abbi cura del posto.»

Dev annuì, spostando il peso da un piede all'altro. «Certamente. E, ehm, buona fortuna. Con qualunque cosa sia.»

Colse la preoccupazione dietro le sue parole impacciate. Dev non era solo preoccupato per lei; era preoccupato per la propria situazione. Se lei non avesse potuto pagare le rate del mutuo, se avesse perso la casa, anche lui avrebbe perso il suo alloggio. Il suo affitto accessibile. La sua base stabile mentre finiva il dottorato. Non era l'unica ad avere qualcosa in gioco.

«Grazie», disse lei, incrociando i suoi occhi per la prima volta nella conversazione. «Penso che potrebbe uscirne qualcosa di buono.»

Diceva sul serio. Non si trattava solo di salvare la sua carriera o la sua casa, sebbene quelle motivazioni fossero reali e urgenti. Si trattava di Iris Zhang. Di quindici centimetri d'acqua. Di un caso chiuso troppo in fretta in una piccola cittadina dove una famiglia cinese poteva essersi ritrovata senza nessuno che la difendesse.

Dev le rivolse un piccolo sorriso e si ritirò dalla porta. Lo sentì muoversi lungo il corridoio, verso la sua stanza dove pile di dischi rigidi e circuiti creavano una fortezza tecnologica.

Zara si mise in spalla lo zaino e la tracolla e prese la valigetta dell'attrezzatura. Sulla porta, esitò. Stava commettendo un altro errore? Lanciandosi in un caso che poteva non portare a nulla, prosciugando le sue ultime risorse per un'intuizione? Il ricordo degli occhi seri di Iris in quella foto scolastica le diede fermezza.

No. Non era un errore. Era quello che faceva, quello che era destinata a fare. Trovare storie che gli altri avevano trascurato. Dare voce a chi non poteva parlare per se stesso.

Si chiuse la porta alle spalle. Il familiare peso dello scopo le si posò sulle spalle.

Salt Creek la attendeva.

CAPITOLO 2

LA PIOGGIA SFERZAVA L'AUTOSTRADA, ogni goccia esplodeva contro il parabrezza più velocemente di quanto i tergicristalli riuscissero a spazzarla via. Zara si sporse in avanti, socchiudendo gli occhi attraverso quel velo d'acqua. Le nocche erano bianche sul volante. Quello che era iniziato come un leggero acquazzone a nord di Bundaberg si era trasformato in pochi minuti in un diluvio subtropicale; la visibilità era ridotta a pochi metri. Arriverò a Salt Creek entro sera, aveva pensato. Un'idea ridicola, ormai.

L'auto andò in aquaplaning. Sollevò il piede dall'acceleratore, sentendo l'adrenalina pompare nel petto. Sessanta chilometri orari sembravano una velocità pericolosa. I pochi altri veicoli sulla strada procedevano con le quattro frecce accese, muovendosi nella tempesta come animali feriti. Un road train sfrecciò nella direzione opposta, investendo il suo parabrezza con un'ondata d'acqua che la accecò per diversi secondi da infarto.

«Maledizione!», disse. Impostò i tergicristalli alla massima velocità. Cigolarono per lo sforzo. Le previsioni del tempo avevano accennato a possibili temporali, ma niente del genere. Il cielo si era oscurato, diventando di un grigio-viola livido, nonostante fossero appena le quattro del pomeriggio.

Un fulmine squarciò il cielo davanti a lei. Il tuono esplose quasi immediatamente, fragoroso nonostante la pioggia che martellava sul tetto dell'auto. Le spalle le dolevano per la tensione. Gli occhi le bruciavano per lo sforzo di distinguere la segnaletica orizzontale.

Un cartello verde emerse dall'oscurità: CHILDERS 5 KM. Espirò. Non era dove aveva pianificato di fermarsi, ma la prospettiva di un pasto caldo la attirava. Magari anche una stanza. *Avrei dovuto controllare il radar*, pensò mentre un altro road train sfrecciava via, inondando la sua auto. Un errore da principiante nella tarda estate del Queensland, quando un temporale pomeridiano poteva scoppiare da un momento all'altro. Mancavano ancora due ore per raggiungere Salt Creek, e quel tempo aumentava sul GPS ogni volta che ci buttava l'occhio; così Zara prese la sua decisione. Se fosse riuscita a trovare una stanza a Childers, si sarebbe fermata per la notte.

La città apparve come un insieme di luci sfocate attraverso i finestrini rigati dalla pioggia. Rallentò, scrutando nel fortunale alla ricerca di un alloggio. La strada principale era in gran parte deserta: le persone sensate avevano cercato riparo. Un'insegna al neon sfarfallava: HIGHWAY REST MOTEL. La scritta «libero» si illuminava di un rosso intermittente. Non era il Ritz, ma sarebbe andato bene.

Mise la freccia e svoltò nel parcheggio. La ghiaia scricchiolò sotto i suoi pneumatici. La pioggia martellava sul tetto. Spense il motore e rimase seduta per un momento, raccogliendo il coraggio per la corsa verso la reception. L'acqua colava a fiumi sul parabrezza.

La reception era a venti metri di distanza. Anche con l'ombrello, si sarebbe bagnata. Zara afferrò il portafoglio e il telefono, infilandoli profondamente nelle tasche, cercò goffamente l'ombrello che teneva sotto il sedile e corse. Quando raggiunse la tettoia del piccolo edificio della reception, era fradicia dalla vita in giù.

Un campanello tintinnò quando spinse la porta. L'aria fredda del condizionatore colpì la sua pelle bagnata. Rabbrividì. L'atrio era piccolo e logoro, ma ragionevolmente pulito. Poster turistici sbiaditi della Bundaberg Rum Distillery e della Mon Repos turtle rookery adornavano le pareti rivestite di legno. Dietro il bancone, un uomo sulla sessantina alzò lo sguardo da un romanzo tascabile, scrutandola sopra gli occhiali da lettura.

«Brutto tempo là fuori» disse.

«Terribile». Zara si pulì i piedi su un tappetino che aveva già visto troppa azione quel giorno e appoggiò l'ombrello bagnato su un asciugamano chiaramente piazzato nell'ingresso per quello scopo. «Ha una stanza per stanotte?», chiese.

«È fortunata, l'ultima». Premette un pulsante dietro il bancone. Con la coda dell'occhio Zara vide che alla luce lampeggiante LIBERO si era aggiunto un NO.

L'uomo fece scivolare un modulo sul bancone. «Dovrei vedere un documento. Ottantacinque per la notte. Check-out entro le dieci di domani. Niente colazione, mi dispiace».

Zara ebbe un sussulto interiore per il prezzo, ma sapeva che non era il caso di mercanteggiare. Firmò il modulo, mostrò la patente e consegnò la carta di credito.

«Stanza sette», disse l'uomo, passandole una chiave attaccata a un portachiavi di plastica ingombrante. «In fondo alla fila, parcheggio proprio davanti. Il pub dall'altra parte della strada serve pasti decenti fino alle otto, se ha fame».

«Grazie», disse. Si mise in tasca la chiave e si preparò a un'altra corsa sotto la pioggia.

Quando raggiunse l'auto, i capelli erano incollati al cuoio capelluto nonostante l'ombrello. Guidò per il breve tratto fino alla stanza sette, parcheggiando il più vicino possibile alla porta. Dopo un paio di viaggi frenetici, portò tutto dentro, completamente inzuppato.

La stanza corrispondeva alle sue aspettative: piccola, essenziale, pulita. Un letto singolo con un copriletto a fiori sbiadito in fantasmi color pastello. Un comodino con una lampada senza paralume. Una piccola scrivania. Una TV che probabilmente trasmetteva tre canali in modo chiaro solo nei giorni fortunati. Il bagno, visibile attraverso una porta aperta: piastrelle bianche ingiallite dal tempo, una doccia sopra la vasca.

La pioggia martellava il tetto di lamiera ondulata. Il gocciolio costante di una grondaia che perdeva forniva il ritmo, mentre l'acqua si accumulava in una pozzanghera fuori dalla finestra.

Per prima cosa controllò l'attrezzatura. I costosi microfoni e l'apparecchiatura fotografica. Tutto asciutto: la custodia aveva fatto il suo dovere. Per i vestiti non era andata altrettanto bene. Tirò fuori ciò di cui avrebbe avuto bisogno per la notte e stese i capi umidi sull'asta della doccia.

L'acqua della doccia uscì calda dopo un minuto di allarmanti gorgoglii dei tubi. Rimase sotto il getto più del necessario, lasciando che il calore penetrasse nella pelle infreddolita. La sua mente passava in rassegna le informazioni raccolte su Iris Zhang e Salt Creek. Domani avrebbe iniziato il vero lavoro. Stasera doveva rimettersi in sesto, prepararsi.

Vestita con abiti asciutti, si sedette sul letto ad ascoltare la pioggia. Lo stomaco le brontolò. Il gestore del motel aveva menzionato un pub. Controllò l'ora: poco dopo le sei. C'era tutto il tempo prima che la cucina chiudesse.

Guardò fuori dalla finestra. Dall'altra parte della strada, una luce gialla fuoriusciva dalle finestre del pub, calda contro il sipario grigio della pioggia. Lo stomaco le brontolò di nuovo, più forte. Decisione presa.

Zara afferrò l'ombrello, il portafoglio e il telefono e aprì la porta. La pioggia la colpì immediatamente, spinta lateralmente dal vento. Aprì l'ombrello, che cercò subito di rovesciarsi. Costringendolo a tornare in forma, iniziò la corsa attraverso la strada.

Quando raggiunse l'ingresso del pub, l'ombrello si era arreso. Il suo secondo abito della giornata era bagnato quanto il primo. I capelli gocciolavano. Scrollò via l'acqua come meglio poté e spinse la porta, passando dal caos alla luce, al rumore e alla promessa di un pasto caldo.

Il pub avvolse Zara come una coperta calda. La pioggia tamburellava contro il tetto di lamiera sopra la testa, ma all'interno i ventilatori a soffitto muovevano l'aria umida senza rinfrescarla. Il locale era mezzo pieno, per lo più uomini raggruppati intorno a una TV montata sopra il bancone che trasmetteva una partita di rugby. Gemiti o applausi occasionali punteggiavano la loro attenzione. *Sabato sera*, pensò. *Certo che è affollato.*

Zara si asciugò l'acqua dalle braccia e si diresse verso il bar, trovando uno sgabello vuoto all'estremità opposta, lontano dai tifosi più accaniti.

La barista, una donna con i capelli striati di grigio raccolti in una pratica coda di cavallo, inarcò un sopracciglio vedendo lo stato d'indigenza di Zara, ma non fece commenti. ««Cosa ti porto?»»

«Una birra leggera alla spina, qualunque cosa hai», disse Zara, poi aggiunse: «E da mangiare, servite ancora?»

«La cucina è aperta fino alle otto. La parmigiana è buona. Anche il panino con la bistecca». La barista tirò fuori un menu plastificato da sotto il bancone e glielo fece scivolare davanti.

«La parmigiana sembra perfetta, grazie». Zara si accomodò sullo sgabello, sussultando quando le gambe bagnate entrarono in contatto con la pelle sintetica. Sentiva i piedi inzuppati nelle scarpe da ginnastica; avrebbe dovuto tirare fuori gli scarponi da trekking prima di lasciare la stanza.

La barista versò la birra e gliela mise davanti. La condensa si stava già formando sul bicchiere. «In cucina ci vorranno circa venti minuti».

«Nessun problema». Zara bevve un lungo sorso, il liquido freddo le scivolò lungo la gola. Non si era resa conto di quanto avesse sete.

Il pub ronzava di conversazioni, interrotte dal commento televisivo e da qualche applauso occasionale. La pioggia continuava il suo assalto sul tetto, una percussione costante che in qualche modo rendeva più preziosi il calore e la luce all'interno. Zara tirò fuori il telefono, controllando se ci fossero messaggi. Nulla di urgente. Aprì l'app delle note e iniziò a rivedere ciò che aveva compilato su Iris Zhang.

Undici anni fa, una ragazza di diciotto anni era morta a Salt Creek. Caso ufficialmente archiviato come annegamento accidentale. Il suo corpo era stato trovato a faccia in giù in quaranta centimetri d'acqua in un ruscello che attraversava il parco della città. Nessun segno di lotta, nessun trauma evidente. Caso chiuso in poche settimane.

Ma più Zara scavava nei dettagli, più tutto sembrava sbagliato. I lividi annotati nel rapporto preliminare dell'autopsia ma minimizzati nella versione finale. La mancanza di ferite da difesa nonostante Iris fosse un'ottima nuotatrice. Il fatto che il ruscello fosse così poco profondo. L'indagine affrettata, la mancanza di verifiche sulle deposizioni contraddittorie dei testimoni.

E poi c'era l'email che aveva ricevuto due settimane prima da qualcuno che si faceva chiamare «Un amico». Nessun nome, nessuna informazione identificativa, solo un semplice messaggio: *Iris Zhang non è annegata per sbaglio. Guarda meglio chi ha trovato il suo corpo.*

L'aveva quasi cancellata. Le soffiate anonime di solito venivano da svitati o da persone che volevano regolare i conti. Ma qualcosa in quel messaggio l'aveva colpita. Aveva iniziato a indagare e, più guardava, meno la versione ufficiale reggeva.

«Cotoletta di pollo alla parmigiana?», chiese la barista, interrompendo i suoi pensieri.

Zara alzò lo sguardo e si trovò davanti un piatto. La cotoletta era enorme, ricoperta di formaggio fuso e salsa di pomodoro, con una montagna di patatine a lato. Lo stomaco rispose immediatamente.

«Grazie». Mise via il telefono e prese coltello e forchetta.

Era a metà del pasto quando qualcuno scivolò sullo sgabello accanto a lei. Lei alzò lo sguardo, con la forchetta ferma a metà strada.

L'uomo aveva probabilmente una trentina d'anni, con un viso segnato che parlava di tempo trascorso all'aperto. Indossava jeans e una polo sbiadita, umida per la pioggia. Aveva i capelli scuri, un po' troppo lunghi, e una barba incolta che suggeriva una scelta deliberata piuttosto che pigrizia.

«Questo temporale è una vera carognata», disse con tono colloquiale, facendo un cenno alla barista. «Rum e coca, grazie».

Zara emise un suono vago e tornò a concentrarsi sul cibo. Non era in vena di conversare con uno sconosciuto, specialmente se intendeva provarci con lei.

Ma lui non sembrava intenzionato a farlo. Ritirò il suo drink, ne bevve un lungo sorso e rivolse l'attenzione alla partita di rugby in televisione. Sedettero in un silenzio complice per diversi minuti. Lei mangiava, lui guardava la partita.

«Non sei di queste parti» disse lui alla fine. Non era una domanda.

«Sto solo passando. Sono rimasta bloccata dalla tempesta».

«Capita». Lui bevve ancora. «Vai a nord o a sud?»

«Nord. E tu?»

«Sud. Brisbane». Fece una smorfia. «Almeno ci provo. Ho visto il radar e ho deciso di rintanarmi qui per la notte invece di rischiare».

«Saggio». Zara finì l'ultima patatina e allontanò il piatto. Anche la birra era quasi finita. Avrebbe dovuto tornare in camera e riposarsi un po' prima del viaggio di domani.

Ma qualcosa la trattenne sul suo sgabello. Magari il calore del pub dopo la pioggia fredda. Magari il piacevole ronzio della birra in uno stomaco finalmente pieno. O forse il fatto che quello sconosciuto non fosse invadente, non cercasse di impressionarla o di estorcerle informazioni o di venderle qualcosa. Era semplicemente lì, a condividere lo spazio durante una tempesta.

«Un'altra?» chiese la barista, accennando al bicchiere quasi vuoto di Zara.

Avrebbe dovuto dire di no. Sarebbe dovuta tornare in camera, rileggere i suoi appunti, prepararsi per l'indomani. Ma la pioggia non accennava a smettere e l'idea di quella stanza di motel solitaria non la attirava affatto.

«Sì, perché no».

Arrivò la seconda birra. L'uomo accanto a lei ordinò un altro rum e coca. La partita finì, sostituita da sintesi e commenti. La folla intorno alla televisione si diradò man mano che le persone si spostavano verso i tavoli o tornavano a casa. La pioggia continuava il suo assalto sul tetto.

«Non sei una rappresentante», disse lui dopo un po'.

«Cosa te lo fa dire?»

«Niente tailleur. Niente borsa del laptop. E non hai quell'aria lì».

«Che aria?»

«Quella di chi sta valutando se io sia un potenziale cliente». Sorrise leggermente. «Vedo molti rappresentanti nel mio lavoro. Tu non lo sei».

«Tu cosa fai?»

«Polizia. Sergente investigativo» bevve un sorso. «E tu?»

Zara esitò. Dire di essere una giornalista scatenava spesso reazioni, non sempre positive. «Podcaster».

«Sì?» Sembrava sinceramente interessato. «Di che genere?»

«Cronaca nera».

«Ah» annuì lentamente. «Fammi indovinare. Stai andando in qualche cittadina a scavare in un caso irrisolto per mettere tutti a disagio».

Lei non poté fare a meno di sorridere. «Qualcosa del genere».

«Ci sta. Probabilmente è necessario». Finì il suo drink. «La maggior parte delle cittadine ha almeno un caso che non ha mai convinto nessuno. Di solito perché qualcuno di potente voleva che fosse dimenticato».

C'era qualcosa nel suo tono che la spinse a guardarlo più da vicino. «Sembra che tu ne sappia qualcosa».

«Più di quanta vorrei». Incontrò i suoi occhi e lei vide qualcosa in quello sguardo. Frustrazione, forse. Stanchezza. L'aspetto di chi è sceso a più compromessi di quanto volesse, ma meno di quanto temesse.

Parlarono. Non di dettagli specifici, non di casi, nomi o luoghi. Ma del lavoro, della difficoltà di perseguire la verità quando i sistemi sono progettati per proteggere il potere piuttosto che servire la giustizia. Della solitudine che ne deriva, del modo in cui ti isola dalle persone che preferiscono menzogne rassicuranti.

Il pub si svuotò ulteriormente. La barista iniziò a pulire i tavoli, lanciando sguardi eloquenti nella loro direzione. L'ultima chiamata per le ordinazioni arrivò e passò. Erano gli unici clienti rimasti.

«Dovremmo andare, forse», disse Zara, anche se non accennò ad alzarsi.

«Già». Nemmeno lui si mosse.

Si guardarono. L'atmosfera tra loro era cambiata nell'ultima ora, caricandosi di possibilità. Zara sapeva cos'era quello, cosa sarebbe potuto essere. Una cosa temporanea. Anonima. Di solito non faceva queste cose. Non rimorchiava estranei nei pub.

Ma qualcosa in quella notte sembrava diverso. La tempesta, l'isolamento, l'inaspettata sintonia con qualcuno che capiva il suo lavoro in un modo che la maggior parte delle persone non riusciva a fare. E il modo in cui la guardava, come se vedesse lei, non solo la superficie, ma qualcosa di più profondo.

«Sono nella stanza sette del motel dall'altra parte della strada», si sentì dire.

Gli occhi di lui si scurirono leggermente. «Io sono nella dodici».

«Più vicina», disse lei, col cuore che improvvisamente le batteva forte nelle orecchie.

«Lo è».

Pagarono i conti separatamente e uscirono insieme, immergendosi in una pioggia che si era calmata in una pioggerella costante. Il breve tragitto verso il motel sembrava carico di elettricità. Nessuno dei due parlava. Entrambi erano acutamente consapevoli della presenza dell'altro.

Arrivati alla stanza dodici, lui aprì la porta e la tenne aperta per lei. Zara entrò, sentì la porta chiudersi alle loro spalle e si girò per affrontarlo.

La pioggia sferzava i vetri, trasformandoli in dipinti impressionisti della notte esterna. Le luci dei lampioni si scioglievano in macchie acquose. Rimasero per un momento immobili, mentre l'acqua colava dai loro vestiti sul tappeto.

Zara si mosse per prima, avvicinandosi a lui.

La bocca di lui trovò quella di lei nella penombra. Il bacio si approfondì all'istante, saltando ogni fase esitante per qualcosa di più affamato. Le mani di lui si alzarono a incorniciarle il viso.

«Non ho bisogno di sapere il tuo nome», sussurrò lei contro le sue labbra.

«Bene», rispose lui con voce roca. «Nemmeno io».

Quel senso di anonimato li liberò entrambi. Lei gli tirò la maglia, desiderando che quella barriera sparisse. Lui la aiutò, le dita armeggiavano con i bottoni mentre lei sfilava il tessuto umido dalle sue spalle.

Si spogliarono a vicenda, i vestiti cadevano a terra in cumuli bagnati. Le dita di lui si intrecciarono nei capelli di lei, ancora umidi di pioggia, sciogliendoli dalla coda di cavallo. L'aria fresca sulla pelle fu immediatamente contrastata dal calore del corpo di lui che premeva contro il suo. La spinse all'indietro finché le gambe di lei non incontrarono il bordo del letto, poi la seguì sul materasso.

Lei gli fece scorrere le mani sulla schiena. Non era perfetto, e nemmeno lei lo era, e in qualche modo questo rendeva tutto migliore.

La bocca di lui si muoveva sulla sua pelle, scoprendo cosa la faceva sussultare, cosa le faceva stringere più forte le sue spalle. La reazione di lei sembrava incitarlo ulteriormente.

Quando lui si muovette sopra di lei, Zara gli avvolse le gambe intorno alla vita, tirandolo a sé. L'attesa era quasi insopportabile.

«Protezione?» chiese lui con voce roca. «Io non ho...»

«Prendo la pillola», disse lei. «Non c'è problema».

Un battito di intesa. Poi si unirono e tutto il resto svanì.

Zara si svegliò con una penombra grigia che filtrava attraverso le tende. Si accorse dello sguardo di lui su di lei.

«Buongiorno» disse lei, con la voce roca per il sonno.

«Buongiorno». Lui le scostò una ciocca di capelli dietro l'orecchio.

Entrambi sapevano che quella era la fine. Qualunque cosa fosse successa tra loro apparteneva alla notte, alla tempesta. La luce del giorno riportava la realtà a fuoco.

Zara si mise a sedere, stringendosi il lenzuolo addosso. «Dovrei tornare in camera mia».

Lui annuì. «Devo rimettermi in viaggio presto anch'io».

Si vestirono in silenzio. Sguardi occasionali, piccoli sorrisi. La naturalezza di chi non ha nulla da dimostrare. Alla porta, si fermarono.

«Questo è stato...», iniziò lei.

«Perfetto», concluse lui, con una smorfia delle labbra. «Perché finisce qui».

Lei annuì. «Esattamente».

«Addio, donna del mistero. Buon viaggio. E buona fortuna».

Lui si chinò in avanti e premette le labbra sulle sue un'ultima volta. Un gesto di apprezzamento, non una richiesta. Poi fece un passo indietro.

Zara aprì la porta su un mondo lavato dalla pioggia della notte scorsa. L'aria profumava di terra bagnata ed eucalipto, il cielo era limpido, di un blu quasi aggressivamente brillante. Si allontanò senza voltarsi, sapendo che lui la stava guardando andare via, sapendo che nessuno dei due avrebbe cercato di prolungare ciò che era stato perfetto proprio a causa dei suoi limiti.

Nella sua stanza fece una doccia, lasciando che l'acqua calda scivolasse via ogni prova fisica. La sua mente stava già cambiando marcia, concentrandosi sulla giornata che l'attendeva. Salt Creek la aspettava e, con essa, l'indagine che avrebbe potuto resuscitare la sua carriera. Gli occhi seri di Iris Zhang in quella foto scolastica sembravano guardarla attraverso i ricordi, ricordandole il motivo per cui aveva intrapreso quel viaggio.

Un altro cambio di vestiti asciutti, gli scarponi da trekking ed era pronta. Fece le valigie in fretta, controllando che l'attrezzatura fosse al sicuro e che nulla fosse stato danneggiato dalla pioggia di ieri. Caricata l'auto, andò alla reception per riconsegnare la chiave, ringraziando l'impiegato, un uomo diverso da quello della sera precedente.

Mentre imboccava la Bruce Highway e accelerava verso nord, rivolse un ultimo pensiero a quell'uomo senza nome e alla loro notte insieme. Un intermezzo perfetto, ora concluso. Un bel ricordo che svaniva nel suo specchietto retrovisore.

L'autostrada si stendeva davanti a lei, non più oscurata dalla pioggia. Si sentiva riposata, centrata come non le capitava da mesi, pronta ad affrontare qualunque cosa l'aspettasse a Salt Creek.

CAPITOLO 3

I CAMPI DI CANNA da zucchero si stendevano all'infinito su entrambi i lati dell'autostrada, un monotono mare verde interrotto solo da qualche sporadica fattoria o da macchinari arrugginiti. Zara regolò la bocchetta dell'aria condizionata, indirizzando l'aria tiepida verso il viso. Il vecchio impianto dell'auto lottava contro il caldo soffocante della giornata, riuscendo a produrre poco più di una brezza appena fresca. Febbraio nel Queensland non perdonava, e il sole era implacabile anche attraverso i vetri oscurati.

La sua mente ripercorreva i dettagli che aveva memorizzato su Iris Zhang. Diciassette anni. Ambiziosa. Di sani principi. Ritrovata a faccia in giù in quindici centimetri d'acqua. Caso chiuso in due settimane. I fatti le ruotavano nei pensieri, e ognuno di essi rafforzava la sua certezza che ci fosse qualcosa di profondamente sbagliato nella versione ufficiale.

Sul ciglio della strada apparve un cartello verde sbiadito: «Benvenuti a Salt Creek, Abitanti 3.147». Sotto la scritta, qualcuno aveva spruzzato «BUCO D'INFERNO» con lettere rosse, nonostante un timido tentativo di cancellarlo. Quel writer non doveva essere un grande ammiratore della città, pensò Zara mentre superava il cartello e rallentava.

Apparve la via principale, un unico tratto di edifici logori che costituivano il centro abitato. La Bruce Highway la tagliava dritta a metà, costringendo i viaggiatori a rallentare, ma raramente a fermarsi. Sulla destra, un pub con la vernice color crema scrostata e un'insegna che pubblicizzava «Birra Fredda, Piatti Caldi» occupava l'angolo. Più avanti sorgeva un piccolo supermercato, con le vetrine tappezzate di volantini scoloriti per le offerte speciali. Una stazione di servizio, un ferramenta, un negozio di fish and chips.

Poi lo vide, sul lato sinistro della strada: il Golden Horse Restaurant. Il locale era ospitato in un edificio quadrato di mattoni con finiture rosse e decorazioni dorate. Sull'insegna c'era un golden horse rampante dipinto a mano. Era lì che Iris aveva lavorato con i genitori, ed era lì che era stata vista viva per l'ultima volta prima di incamminarsi verso casa in quella notte di ottobre di oltre dieci anni prima.

La cosa che più colpiva era ciò che si trovava appena oltre il ristorante: un burrone che squarciava il paesaggio come una ferita, profondo forse quindici metri, che divideva la città in due. La Bruce Highway lo attraversava su un moderno ponte di cemento. Quello era proprio il Salt Creek, l'elemento geografico che aveva dato il nome alla città e che aveva tolto la vita a Iris Zhang in circostanze impossibili. Guidando lentamente sul ponte, Zara cercò di sbirciare giù nel burrone, ma le barriere di cemento le impedivano la visuale.

Dall'altra parte del ponte trovò la scuola, o meglio, le scuole; il liceo e la scuola elementare erano adiacenti, con i campi sportivi visibili dietro agli edifici. Un negozio di mangimi sembrava segnare la fine della zona commerciale e la città si esauriva quasi immediatamente.

Zara accostò a sinistra, parcheggiando sull'ampia corsia d'emergenza, e consultò il telefono. Ricordava che in città c'erano due motel; uno apparteneva a una catena con prezzi che sul sito partivano da cento dollari a notte. Guardò con un po' di nostalgia la foto della piscina azzurra scintillante prima di chiudere la finestra e cercare l'altro motel.

«Questo sembra più alla mia portata,» mormorò. «Andiamo a vedere se hanno posto.» Controllando gli specchietti, aspettò un buco nel traffico prima di fare inversione a U e tornare indietro verso il centro, attraversando di nuovo il ponte.

Zara entrò nel parcheggio del Salt Creek Motel, un edificio a un piano rivestite in legno dipinto di un azzurro sbiadito. L'insegna al neon con la scritta "vancancy" sfarfallava in modo irregolare, come se fosse indecisa se accogliere davvero i visitatori. Sei porte davano sul parcheggio, numerate dall'uno al sei. Dietro la finestra dell'ufficio, un ventilatore a soffitto girava pigramente.

Rimase seduta per un momento, raccogliendo i pensieri prima di scendere. Il momento era arrivato. Il posto in cui avrebbe resuscitato la sua carriera o l'avrebbe vista morire definitivamente. Pensò alla rata del mutuo in scadenza tra tre settimane, ai suoi risparmi che si assottigliavano, a Dev che pagava silenziosamente la bolletta di Internet senza farglielo pesare. Poi pensò agli occhi seri di Iris Zhang in quella foto scolastica, e serrò la mascella.

La porta dell'ufficio fece scattare un campanello mentre la apriva. All'interno, una donna sulla sessantina alzò lo sguardo da un romanzo economico, con gli occhiali da lettura appoggiati sulla punta del naso. L'aria condizionata era impostata su temperature polari, e il freddo improvviso fece venire la pelle d'oca sulle braccia di Zara.

«Posso aiutarla?» chiese la donna con tono neutro, ma con occhi che la studiavano. Notò i vestiti da città di Zara, il taglio di capelli professionale, i tratti somatici ambigui, tutto in un'occhiata che non era ostile, ma nemmeno accogliente.

«Vorrei una stanza, per favore,» disse Zara. «Per una settimana, tanto per cominciare, ma potrei fermarmi di più.»

La donna annuì, mettendo da parte il libro. «Singola o doppia?»

«La singola va benissimo.»

«Settanta a notte. Con la tariffa settimanale scende a sessantacinque.» La donna tirò fuori una scheda di registrazione. «Mi servono una carta di credito e un documento.»

Zara consegnò la patente e la carta di credito, poi compilò il modulo. La donna studiò la patente, spostando lo sguardo tra la foto e il viso di Zara.

«Langley,» lesse a voce alta. «Indirizzo di Brisbane. Lavoro o piacere?»

«Lavoro,» rispose Zara, senza aggiungere altro.

«Il check-in non è prima delle due, ma la stanza numero quattro non è stata usata la notte scorsa. È pronta, se la vuole subito.» La donna le restituì la patente e strisciò la carta di credito.

«Sarebbe fantastico, grazie.» Zara prese la tessera magnetica di plastica con il logo del motel sbiadito dall'uso.

«Le serve sapere altro? La colazione non è inclusa, ma il bar accanto al supermercato apre alle sei. C'è il Wi-Fi gratuito, la password è sulla scheda in camera.»

«Grazie,» disse Zara. «In realtà, mi chiedevo del ruscello. C'è un accesso facile da qui?»

L'espressione della donna mutò impercettibilmente. «C'è un sentiero giù vicino al parco. Un po' ripido, ma si può fare a piedi. Non c'è molto da vedere, però. È solo un ruscello.»

Solo un ruscello dove una ragazza di diciassette anni era annegata in mezzo palmo d'acqua, pensò Zara. «Grazie per l'informazione,» si limitò a dire Zara.

Tornata fuori, il calore la investì di nuovo; sentì il sudore cominciare immediatamente a spuntare da ogni poro e sperò che l'aria condizionata fosse già accesa in camera. La sua auto stava già cuocendo di nuovo dopo essere rimasta al sole solo per pochi minuti, e sussultò quando appoggiò le mani sul volante bollente. Rapidamente, guidò fino alla stanza numero quattro e parcheggiò proprio davanti, scaricando l'attrezzatura e le borse in due viaggi.

La stanza corrispondeva alle sue aspettative, molto simile a quella di Childers della notte prima e senza dubbio identica a migliaia di stanze di motel nelle cittadine autostradali di tutto il paese. C'era un letto matrimoniale con un copriletto a fiori, un tavolino con due sedie, un televisore che aveva visto giorni migliori e un bagno con piastrelle beige e una vasca con doccia integrata. Ma era pulito, l'aria condizionata funzionava e sarebbe andato benissimo come base operativa.

C'era persino il Wi-Fi gratuito, cosa che non si aspettava davvero ma di cui era grata. Avrebbe attivato la sua VPN ogni volta che lo avesse usato, ovviamente, ma almeno le avrebbe evitato di prosciugare il piano dati del telefono e dover pagare extra.

Zara disfece i bagagli, sistemando il portatile sul tavolo e disponendo l'attrezzatura di registrazione accanto ad esso. I due microfoni di alta qualità, ancora nelle loro custodie protettive. La videocamera e il treppiede. Batterie di riserva e schede SD. Il suo taccuino rilegato in pelle contenente le note delle sue ricerche su Iris e Salt Creek. Una mappa della città che aveva stampato prima di partire, già segnata con i luoghi chiave.

In bagno, si schizzò l'acqua fredda sul viso e alzò lo sguardo per incontrare il proprio riflesso. Occhiaie scure le ombravano gli occhi, souvenir della notte a Childers, tra la tempesta e quello che era seguito. Ma sotto la stanchezza c'era qualcosa che non vedeva sul proprio volto da mesi: uno scopo.

Si asciugò il viso e tornò nella stanza principale, controllando l'ora. Poco dopo mezzogiorno. Restava molta luce solare per iniziare il suo sopralluogo della città, in particolare del ruscello. Domani si sarebbe avvicinata al Golden Horse, per cercare di contattare i genitori di Iris. Ma oggi si trattava di capire la geografia, documentare la scena, raccogliere le prove visive che avrebbero costituito l'ossatura del suo primo episodio.

La custodia dell'attrezzatura avrebbe attirato troppo l'attenzione se se l'avesse portata in giro per la città, ma voleva comunque avere con sé parte del materiale. Era improbabile che facesse interviste quel pomeriggio, ma le sarebbe piaciuto girare un video per inquadrare la scena e presentare il caso, se possibile. Prendendo la sua borsa a tracolla, vi infilò uno dei treppiedi insieme al taccuino. Era meglio che il portatile rimanesse lì, anche se lo chiuse a chiave nella valigetta.

Zara prese la fotocamera, infilò il telefono e la tessera magnetica in tasca e uscì di nuovo nel caldo del Queensland. Salt Creek aspettava di essere scoperta, e da qualche parte in quella città polverosa si nascondeva la verità su ciò che era accaduto a Iris Zhang.

Il calore della domenica pomeriggio gravava pesantemente sulla via principale di Salt Creek mentre Zara la percorreva tutta, con la macchina fotografica in mano. Manteneva i movimenti disinvolti, come una turista che documenta una pittoresca cittadina di campagna piuttosto che un'investigatrice che costruisce un caso. Eppure, sentiva occhi seguire i suoi spostamenti dal bar dove tre uomini anziani sorseggiavano il caffè, dal supermercato dove una giovane madre radunava i bambini verso le porte automatiche, dai pick-up parcheggiati con i finestrini abbassati. In una città di queste dimensioni, un volto nuovo era visibile come se indossasse un'insegna al neon lampeggiante.

Fotografò il pub, il ferramenta, il Golden Horse Restaurant con la sua vernice rossa scrostata e l'insegna a lettere dorate. Ogni clic dell'otturatore sembrava un annuncio della sua presenza, delle sue intenzioni. Un adolescente su uno skateboard rallentò passandole accanto, con la curiosità dipinta sul viso abbronzato dal sole.

«Sei una giornalista o roba del genere?» chiese, facendo scattare la tavola verso l'alto per prenderla in mano.

«Sono solo di passaggio,» rispose Zara con un sorriso che non rivelava nulla. «Faccio un po' di foto per i miei social.»

Lui sembrò poco convinto, ma fece spallucce e proseguì per la sua strada. Zara lo guardò andare via, chiedendosi se fosse abbastanza grande per aver conosciuto Iris, per essere stato a scuola con lei. Probabilmente no: Iris avrebbe quasi trent'anni, se fosse ancora viva oggi. Avrebbe dovuto fare attenzione, però. Le piccole città avevano memorie lunghe e lealtà forti.

Seguì la via principale fino al ponte, dove gli edifici lasciavano il posto a un piccolo parco annidato sul bordo del burrone. Lo spazio era affollato di famiglie, con i bambini che si arrampicavano sui giochi del parco mentre i genitori sedevano ai tavoli da picnic nelle zone d'ombra. Certo, si rese conto. Domenica pomeriggio in una città con poche opzioni di divertimento. Il parco doveva essere il centro della vita sociale.

Zara costeggiò l'area giochi, annuendo educatamente agli adulti che interrompevano le conversazioni per guardarla passare. Verso il retro del parco trovò quello che cercava: un sottile sentiero sterrato che scompariva nella boscaglia, snodandosi giù nel burrone. Un cartello logoro avvertiva: «ATTENZIONE: SENTIERO RIPIDO VERSO IL RUSCELLO».

Il sentiero scendeva bruscamente, costringendola a farsi strada con attenzione tra radici scoperte e sassi instabili. La temperatura scese via via che si addentrava nel burrone, con le alte pareti che bloccavano il sole diretto. Arbusti autoctoni affollavano il sentiero, con le foglie che le sfioravano le braccia. Il sudore le imperlava la fronte per lo sforzo e l'umidità persistente.

A metà discesa, si fermò per riprendere fiato. Sopra di lei, la passerella di legno attraversava il burrone, con le assi rovinate dal tempo visibili tra i varchi della chioma degli alberi. Da quell'angolazione poteva vedere anche il ponte dell'autostrada, molto più in alto, con qualche veicolo che vi passava sopra. Il rumore dei bambini che giocavano nel parco era svanito, sostituito dal dolce fruscio delle foglie e dal traffico lontano.

Continuò a scendere, usando i tronchi degli alberi come appoggio nei tratti più ripidi. Il sentiero divenne più definito man mano che si avvicinava al fondo, allargandosi in un'area libera alla base del burrone. Ed eccolo lì: lo stesso Salt Creek.

Il ruscello si stendeva davanti a lei, largo forse due metri in quel punto, con l'acqua che scorreva dolcemente su pietre levigate e arrotondate. La luce del sole penetrava nel burrone in alcuni punti, creando giochi di luce sull'acqua limpida. Ma ciò che la colpì immediatamente fu quanto fosse basso: copriva a malapena i sassi nella maggior parte dei punti, con qualche pozza leggermente più profonda che poteva arrivare al massimo a metà polpaccio.

Zara rimase immobile, fissando l'acqua. *Lì* era dove una ragazza di diciassette anni sarebbe annegata? Sapeva dai rapporti della polizia che l'acqua era bassa, ma vederlo di persona rendeva la versione ufficiale non solo improbabile, ma assurda.

Camminò lungo la riva finché non trovò il punto specifico descritto nel rapporto della polizia, proprio sotto la passerella di legno. Lì l'acqua ristagnava un po' più in profondità in una depressione naturale, ma anche dopo la pioggia della notte precedente, non poteva essere profonda più di quindici centimetri. L'idea che qualcuno potesse annegare accidentalmente in quel punto era ridicola.

Appoggiata la borsa su una roccia asciutta, Zara si tolse gli scarponi da trekking e le calze. Le pietre calde della riva le bruciavano sotto i piedi nudi finché non entrò nel ruscello. L'acqua era sorprendentemente fredda, uno shock contro la pelle dopo la calura del giorno. Le arrivava appena alle caviglie. Chinandosi, immerse la punta delle dita nell'acqua e le annusò, prima di assaggiare con cautela una goccia d'acqua. Non era salata... curioso. Come aveva fatto Salt Creek a prendere quel nome, allora? Si segnò mentalmente di scoprirlo, non che importasse ai fini del caso. Voleva solo soddisfare la propria curiosità.

Anche il burrone le sembrò strano, decisamente troppo profondo per essere stato scavato da un ruscello mite come quello. C'era una diga a monte da qualche parte? Se così fosse stato, il ruscello raramente si sarebbe alzato molto sopra il livello attuale. Cosa che, a guardare gli alberi rigogliosi e il sottobosco che arrivavano proprio fino a riva, sembrava probabile.

Recuperò una delle foto della scena del crimine sul telefono, controllò la sua posizione rispetto alla passerella di legno e si diresse con cautela verso il punto in cui era stato trovato il corpo di Iris. I sassi erano lisci sotto i piedi, levigati da anni di acqua corrente. Non proprio scivolosi, ma richiedevano attenzione per muoversi in sicurezza. Eppure, ci sarebbe voluta una forza significativa o una completa incapacità per tenere il viso di qualcuno immerso lì sotto. Una persona cosciente avrebbe semplicemente girato la testa o si sarebbe data una spinta verso l'alto.

Zara montò il treppiede sul letto del ruscello, regolandolo per mantenere la macchina fotografica in bolla nonostante la superficie irregolare, e impostò la modalità video in alta definizione. Inquadrò la scena, filmò una piccola clip di prova per verificare che l'inquadratura desiderata includesse se stessa in piedi nell'acqua con la passerella di legno visibile sopra la testa, poi premette registra ed entrò in campo.

«Qui è dove la diciassettenne Iris Zhang sarebbe annegata il 15 ottobre 2014», disse, con voce ferma e professionale nonostante la rabbia che le montava dentro. «Mi trovo esattamente nel punto in cui è stato rinvenuto il suo corpo, e l'acqua mi arriva appena alle caviglie, nonostante la fitta pioggia della notte scorsa.»

Si mosse leggermente, mostrando com'era facile mantenere l'equilibrio. «Secondo la versione ufficiale, Iris è stata trovata a faccia in giù in circa quindici centimetri d'acqua. L'indagine si è conclusa dopo appena due settimane con una sentenza ufficiale di annegamento accidentale.»

Zara si chinò, appoggiando la mano piatta sul letto del ruscello, poi la sollevò, con l'acqua che le colava tra le dita. «La questione non è se Iris Zhang sia annegata. L'autopsia lo ha confermato. La questione è come una diciassettenne sana e atletica possa essere annegata accidentalmente in un'acqua così bassa.»

Terminò la registrazione, poi spostò la telecamera per riprendere diverse angolazioni. Campi lunghi che mostravano l'intera larghezza del ruscello, primi piani della profondità dell'acqua rispetto alla sua caviglia, riprese dettagliate del letto del ruscello stesso. Sopra di lei, la passerella di legno proiettava ombre a strisce sull'acqua. Filmò anche quella, poi i sostegni del ponte, chiedendosi se Iris avesse attraversato quella passerella la notte in cui era morta.

Il ronzio lontano del traffico proveniente dal ponte dell'autostrada forniva un rumore di fondo costante. Occasionalmente arrivavano delle voci dal parco sovrastante, promemoria della città che continuava la sua normale routine domenicale mentre lei si trovava nel punto in cui una ragazzina era morta in circostanze impossibili.

Zara avanzò ancora lungo il ruscello, documentando ogni aspetto della scena. Ogni nuova angolazione, ogni misurazione della profondità dell'acqua non faceva che rafforzare la sua certezza: Iris Zhang non poteva essere annegata lì per sbaglio. Il che significava che qualcuno l'aveva tenuta ferma sott'acqua. Qualcuno l'aveva uccisa. E la polizia non se n'era accorta affatto o aveva deliberatamente ignorato la cosa.

Mentre riponeva l'attrezzatura e si rimetteva gli scarponi, Zara sentì la certezza viscerale di aver trovato una storia che meritava di essere raccontata. Non si trattava più solo di salvare la sua carriera. Si trattava di dare giustizia a una ragazza la cui morte era stata archiviata con leggerezza, la cui verità era stata sepolta con la stessa facilità del suo corpo.

Risalì il sentiero ripido, con la telecamera piena di prove e la mente che correva tra mille domande. Salt Creek nascondeva un segreto, e lei aveva intenzione di svelarlo, a prescindere da chi avesse provato a fermarla.

Il crepuscolo era calato su Salt Creek quando Zara tornò al motel, dopo una breve sosta alla friggitoria per prendere qualcosa per cena. Il calore del giorno indugiava tra le pareti in cladding in legno, nonostante il condizionatore boccheggiante. Chiuse la porta a chiave dietro di sé, appoggiò con cura la borsa sul tavolo e ruotò le spalle per sciogliere la tensione accumulata durante la risalita dal ruscello. Aveva ancora i piedi umidi dentro gli scarponi, e la sabbia fine del sentiero si era infilata tra le dita, ma quel fastidio la toccava a malapena. Aveva ciò che le serviva per iniziare: la prova visiva dell'impossibilità al cuore della morte di Iris Zhang.

Zara si sfilò gli scarponi e le calze, asciugandosi i piedi con un asciugamano del bagno. Poi allestì la sua postazione di lavoro: portatile al centro del tavolino, hard disk esterno collegato, fotocamera connessa via cavo. Le sue dita si muovevano nel processo familiare del trasferimento file, mentre la mente già organizzava la struttura narrativa di quello che sarebbe diventato il primo episodio.

Il materiale iniziò a scaricarsi e lei guardò le prime clip sullo schermo di anteprima. Eccola lì, con l'acqua alle caviglie nel ruscello, il flusso appena visibile che le scorreva sui piedi. La luce era buona. Il sole del tardo pomeriggio era penetrato nel burrone proprio con l'angolazione giusta, evidenziando quanto l'acqua fosse bassa e mantenendo il suo viso correttamente illuminato. La sua voce risultava nitida rispetto ai suoni di sottofondo dello scorrere dell'acqua e del traffico lontano: «Qui è dove la diciassettenne Iris Zhang sarebbe annegata...»

Scorse le clip, contrassegnando i segmenti più efficaci. Il campo largo dell'intero letto del ruscello, che ne mostrava la larghezza modesta e la profondità costantemente esigua. Il primo piano dell'acqua che scorreva intorno alle sue caviglie. La rivelazione drammatica della sua mano piatta contro il letto del ruscello, poi sollevata per mostrare quanta poca acqua ci fosse in realtà. Ogni immagine si sommava alla precedente per creare un argomento visivo innegabile: nessuno poteva annegare accidentalmente lì.

Zara aprì il software di montaggio; l'interfaccia familiare la accolse come una vecchia amica. Un tempo quel processo era naturale come respirare. I suoi anni di produzione de Gli Australiani Scomparsi avevano affinato le sue capacità tecniche al punto che il software sembrava un'estensione dei suoi stessi pensieri. Nonostante i mesi di scarsa attività, le sue dita ricordavano tutto, volando sulla tastiera mentre assemblava il racconto. Ogni tanto pescava dal pacchetto di patatine ormai fredde, piluccandone una senza sentirne davvero il sapore, troppo assorbita dal lavoro per concentrarsi sul cibo.

Creò un nuovo file di progetto: «La ragazza nel ruscello_EP01.» Il titolo le era venuto in mente mentre era in acqua, sentendo i sassi sotto i piedi e guardando la passerella di legno dove Iris avrebbe potuto camminare quella notte. Era semplice, diretto, e si sarebbe distinto tra i titoli spesso sensazionalistici del genere cronaca nera.

Il montaggio prendeva forma, la sua visione si materializzava sullo schermo. Iniziò con inquadrature d'ambiente di Salt Creek, il burrone, il ruscello stesso. Poi il suo discorso diretto in camera, spiegando i fatti basilari del caso. Intervallò il tutto con scansioni del rapporto di polizia che aveva ottenuto, evidenziando le incongruenze. La narrazione andava a parare verso la domanda centrale: come poteva un'adolescente sana annegare accidentalmente in quindici centimetri d'acqua?

Per l'immagine di copertina, aprì la cartella contenente la foto scolastica di Iris. Gli occhi seri della diciassettenne la fissavano da dietro un paio di occhiali rettangolari, così simili agli occhi della nonna di Zara da provocarle una fitta quasi fisica al petto. Questo non era un caso come gli altri. Era una questione personale in modi che non aveva ancora ammesso del tutto, nemmeno a se stessa.

Apportò sottili modifiche all'immagine, aumentando leggermente il contrasto, assicurandosi che il viso di Iris fosse chiaramente visibile anche come piccola anteprima sulle piattaforme di streaming. Il titolo sarebbe apparso accanto al volto: «La ragazza nel ruscello, Episodio 1: Quindici centimetri.» Pulito, semplice, intrigante.

L'orologio del portatile segnava le 22:38. Lavorava da ore senza sosta, ma il ritmo familiare della creazione l'aveva sostenuta. Ora arrivava la parte più importante: il commento che avrebbe legato tutto insieme. Zara montò un microfono su un piccolo supporto da tavolo, posizionando con cura il filtro anti-pop. Prese un sorso d'acqua dalla bottiglia che aveva riempito poco prima, si schiarì la voce e iniziò la registrazione.

«Benvenuti a La ragazza nel ruscello», disse, abbassando la voce sul registro professionale che aveva imparato durante la laurea in scienze della comunicazione e perfezionato in anni di trasmissioni. Fluida ma non in modo artificiale, autorevole senza essere pomposa, coinvolta ma controllata. «Questa è la storia di Iris Zhang, e della verità che Salt Creek non vuole farvi sentire.»

Continuò, introducendo i fatti fondamentali del caso. La sua voce rimase ferma nel descrivere la sentenza ufficiale, poi cambiò leggermente, lasciando trasparire l'indignazione nel chiedersi come un'adolescente in salute potesse annegare in un'acqua che arrivava alle caviglie. Espose nei dettagli le proprie osservazioni al ruscello, le prove visive raccolte, le domande rimaste senza risposta.

«Nei prossimi episodi esploreremo chi fosse Iris Zhang, cosa sia successo la notte del 15 ottobre 2014 e perché l'indagine sulla sua morte sia stata chiusa così in fretta con una conclusione tanto inverosimile.»

Zara completò la narrazione in un'unica sessione. Ascoltò la riproduzione, prendendo appunti sulle sezioni che potevano richiedere una nuova registrazione, ma trovò solo problemi minori facilmente risolvibili con rapidi inserti.

Mentre rifiniva l'audio e integrava la voce alle immagini, l'episodio prese la sua forma definitiva. Quindici minuti e diciassette secondi di contenuto montato serratamente che introduceva il caso e stabiliva il mistero centrale: un annegamento che non avrebbe dovuto essere possibile. Non era il suo lavoro più rifinito. Non aveva assistenti alla ricerca, nessun tecnico del suono professionista, nessun grafico per i titoli. Ma era avvincente. Poneva domande che esigevano risposte. Dava voce a una ragazza che non poteva più parlare per se stessa.

Alle 23:47, Zara caricò l'episodio finito sulla sua piattaforma di hosting. Sarebbe stato distribuito automaticamente su Spotify, Apple Podcasts, YouTube e tutte le altre piattaforme dove un tempo Gli Australiani Scomparsi spopolava. Scrisse una breve descrizione, aggiunse i tag per ottimizzare la ricerca, poi programmò la pubblicazione immediata.

Cliccò su «Pubblica» e guardò la barra di avanzamento riempirsi. Al termine, chiuse il portatile e si alzò, stiracchiando i muscoli irrigiditi dalle ore passate seduta. La stanchezza la travolse come un'onda; il suo corpo registrava finalmente gli sforzi della giornata ora che la tensione creativa era svanita.

Zara andò verso il letto e vi crollò sopra completamente vestita, troppo stanca per cambiarsi o persino per rimboccare le coperte. Il telefono giaceva accanto a lei, silenzioso per il momento, ma potenziale portatore di notizie cruciali entro mattina. Ci sarebbe stata un'impennata nelle statistiche? I suoi ascoltatori rimasti avrebbero risposto a questa nuova direzione? Avrebbe guadagnato nuovi follower interessati alla storia di Iris?

Le domande le vorticavano in testa mentre la fatica la trascinava verso il sonno. Otto settimane di autonomia. Era quello che aveva calcolato prima di lasciare Brisbane. Otto settimane prima del collasso finanziario totale. Questo episodio, questo caso, la storia di questa ragazza, erano la sua ultima possibilità di ricostruire ciò che aveva perso dopo il caso Little Girls Lost. Ma mentre il sonno la reclamava, non erano le questioni finanziarie a riempirle i pensieri, bensì gli occhi seri di Iris Zhang dietro gli occhiali rettangolari, che chiedevano la verità, che pretendevano giustizia.

Domani si sarebbe deciso se quella scommessa avrebbe salvato la sua carriera o l'avrebbe stroncata definitivamente. Ma stanotte, nell'oscurità silenziosa di una stanza del Salt Creek Motel, Zara aveva ricominciato a fare ciò che le riusciva meglio: aveva dato voce a qualcuno che era stato ridotto al silenzio. Che qualcun altro se ne curasse o no, c'era in questo una soddisfazione che le permise di scivolare rapidamente in un sonno profondo e senza sogni.

CAPITOLO 4

La sveglia del telefono scosse Zara dal sonno alle sei precise. Sbatté le palpebre, disorientata, ancora vestita dalla sera prima e con un dolore al collo dovuto all'angolazione innaturale contro il cuscino. Per un istante non ricordò dove si trovasse, poi tutto le tornò in mente. Salt Creek. Iris Zhang. L'episodio che aveva caricato poco prima di mezzanotte. La mano scattò verso il telefono, mettendo a tacere la sveglia prima di aprire la sua dashboard analitica, il cuore che le martellava contro le costole.

I numeri si caricavano lentamente; il Wi-Fi del motel faticava con il traffico del mattino. Si mise a sedere, massaggiandosi il collo, implorando la pagina di caricarsi più in fretta. Quando finalmente apparve, sbatté le palpebre due volte, convinta di aver letto male.

Visualizzazioni: 7.823 Iscritti: +412

«Ma che diavolo?» sussurrò. Chiuse l'app e la riaprì, ipotizzando qualche glitch. I numeri rimasero lì, anzi, aumentarono di qualche unità mentre li osservava. Non poteva essere vero. Il suo ultimo episodio, quel pezzo frutto di una ricerca affrettata su un omicidio degli anni Settanta, aveva malapena superato le 2.000

visualizzazioni nella prima settimana. E ora ne aveva quasi 8.000 in meno di sei ore?

Passò alle statistiche di YouTube, dove la crescita era ancora più marcata. L'algoritmo aveva intercettato il suo video e lo stava promuovendo in modo aggressivo. La miniatura della foto scolastica di Iris accanto al ruscello appariva nella sezione «Tendenze» dei contenuti di cronaca nera.

Le dita le tremavano leggermente mentre scorreva verso la sezione commenti:

«Porca miseria, questo è IMPOSSIBILE. È escluso che sia stato un incidente. Sono dei vostri.»

«Ci sei mancata, Zara. Nessuno racconta queste storie come te. Questa povera ragazza merita giustizia.»

«Adesso vivo nel Regno Unito, ma sono cresciuto a tre ore da Salt Creek. Mi ricordo quando successe; non ha mai avuto senso. Grazie per aver riaperto il caso.»

«Iscritta! Quando esce il prossimo episodio?»

I commenti piovevano a cascata sullo schermo, a dozzine. Scorse rapida, cercando le voci critiche, le accuse di sciacallaggio che l'avevano perseguitata dopo il caso Little Girls Lost. Ce n'erano alcune, come sempre, ma erano sepolte sotto ondate di sostegno e partecipazione.

Zara fece scendere le gambe dal bordo del letto e si spostò verso il portatile, accendendolo per avere una visione migliore delle statistiche. Lo schermo più grande confermò ciò che il telefono aveva mostrato: il suo contenuto stava spopolando come non accadeva da quasi due anni. Le metriche salivano anche mentre le fissava. Visualizzazioni, condivisioni, commenti, iscritti.

Ancora più importante, la proiezione delle entrate stimate per il mese aveva già raggiunto i 1.200 dollari solo grazie a questo singolo episodio. Se la crescita fosse continuata anche solo alla metà di quel ritmo, avrebbe potuto puntare a 5.000 dollari o più per quel mese. La rata del mutuo. Le bollette. Cibo che non fosse ramen o la scatoletta di tonno più economica del supermercato.

Inconsciamente, portò la mano al petto, premendo sullo sterno dove un nodo stretto abitava ormai da mesi. Era ancora lì, ma adesso appariva più allentato, come se qualcuno avesse iniziato a sciogliere i primi fili.

Aprì la dashboard della sua piattaforma di streaming, dove la versione podcast mostrava una crescita simile. I download erano a 6.435 e salivano costantemente. Le metriche di coinvolgimento indicavano che la gente ascoltava l'intero episodio, senza interromperlo a metà. Il tasso di fidelizzazione più alto che avesse visto da... beh, da prima di quel disastro.

Le notifiche di Patreon mostravano quindici nuovi abbonati nelle ultime sei ore, ognuno dei quali si impegnava a un sostegno mensile dai 5 ai 25 dollari. Tre ex sostenitori erano tornati, lasciando dei messaggi:

«Che bello rivederti in forma. Questo caso ha bisogno di una come te.»

«Non ho mai perso la fiducia. Questa è la Zara Langley che ho sostenuto fin dall'inizio.»

«Prendi i miei soldi. Devo sapere cosa è successo a Iris.»

Zara si appoggiò allo schienale della sedia. Una conferma. Dopo mesi di numeri in calo, panico finanziario e dubbi sul fatto che la sua carriera fosse finita, ecco la prova concreta che aveva ancora un pubblico. Che la sua voce contava ancora. Che non aveva perso quell'istinto che l'aveva resa brava nel suo lavoro fin dall'inizio.

Ma non riguardava solo lei. La gente si stava appassionando alla storia di Iris. Si ponevano le stesse domande che si era posta lei stando con l'acqua alle caviglie in quel ruscello. Com'era possibile che una diciassettenne in salute annegasse in quindici centimetri d'acqua stagnante? Perché l'indagine era stata chiusa così in fretta? Cosa era successo davvero quella notte?

Aprì il suo taccuino e iniziò ad annotare reazioni, dubbi sollevati nei commenti a cui non aveva pensato, collegamenti fatti dagli ascoltatori che avrebbero potuto portare a nuove piste investigative. Era questo quello che le era mancato di più: l'aspetto collaborativo del podcasting di cronaca nera, il modo in cui un pubblico coinvolto diventava una squadra di ricerca allargata, offrendo prospettive e informazioni che da sola non avrebbe mai scoperto.

Il telefono vibrò per un messaggio di Dev:

«*Appena ascoltato. È geniale. La sezione commenti scotta. Sei tornata.*»

Sorrise, toccata dal suo entusiasmo e dal suo supporto. Rispose:

«*Grazie. È ancora presto, ma sembra promettente.*»

La sua attenzione tornò alle statistiche; i numeri continuavano a salire. Non era solo il tipico picco iniziale che accompagnava ogni nuova uscita; aveva lo schema inconfondibile di un contenuto condiviso oltre il suo pubblico abituale. L'algoritmo la stava spingendo e la gente rispondeva.

Ancora più importante, rispondevano a Iris. All'ingiustizia fondamentale della morte di una giovane ragazza italo-cinese archiviata con tanta noncuranza. Alle prove visive che rendevano la sentenza ufficiale impossibile da credere. A quegli occhi seri dietro gli occhiali rettangolari che sembravano guardare dritti verso gli spettatori, chiedendo il loro aiuto.

Zara si alzò e si stiracchiò, il corpo ancora indolenzito per la discesa e la risalita dal ruscello del giorno prima. Si spostò nel piccolo bagno del motel, sciacquandosi il viso con acqua fredda. Nello specchio, il suo riflesso appariva diverso rispetto a ieri. Gli angoli acuti degli zigomi erano sempre lì, le tracce dello stress e di un budget alimentare limitato ancora visibili. Ma i suoi occhi erano cambiati. La scintilla di determinazione che aveva sentito ieri si era trasformata in qualcosa di più forte, di più sicuro.

Doveva stare attenta. Questo successo iniziale non garantiva nulla. Aveva già vissuto questa ondata con altri casi, solo per poi scontrarsi con muri, vicoli ciechi, resistenze. Salt Creek era una cittadina piccola e con la memoria lunga. Se c'era un segreto lì, la gente l'aveva custodito per dieci anni. Non l'avrebbe ceduto facilmente.

Ma per la prima volta in due anni, Zara sentiva il vento in poppa invece che contro. Aveva lo slancio. Aveva un pubblico. Aveva un po' di respiro finanziario che appariva all'orizzonte.

Ma soprattutto, aveva la storia di Iris da raccontare. E se le prime sei ore erano indicative, il mondo era pronto ad ascoltare.

Tornò al portatile, aprendo il documento dove aveva iniziato a pianificare il prossimo episodio. La struttura di base era lì, ma ora aggiunse note prese dai commenti, domande su cui indagare, angolazioni da approfondire. Oggi avrebbe dovuto scoprire di più su Salt Creek stessa, sulla storia del ruscello, su come la città avesse reagito alla morte di Iris. E doveva trovare un modo per avvicinare la famiglia Zhang, per ottenere la loro fiducia, per assicurarsi di raccontare la storia della loro figlia in un modo che onorasse la sua memoria invece di sfruttarla.

Le dita di Zara si muovevano sulla tastiera, sicure e decise. Il ritmo di una storia che prende vita. Era quello che le mancava. Era quello che sapeva fare meglio.

Per Iris. Per se stessa. Per la verità che qualcuno in quella città non voleva venisse raccontata.

La biblioteca pubblica di Salt Creek condivideva l'edificio con l'ufficio postale della città, una costruzione in mattoni di epoca federale con alte finestre e gradini in pietra consumati che portavano a porte doppie. Zara salì quei gradini poco dopo l'apertura delle nove, con taccuino e computer nella borsa, pronta a scavare nella storia della città. Le ricerche online le avevano fornito informazioni di base, ma gli archivi locali avrebbero racchiuso i dettagli di contesto necessari per comprendere non solo il ruscello in sé, ma la comunità nata intorno a esso. Comprendere la geografia e la storia era la sua priorità; poteva spiegare perché una ragazza di diciassette anni fosse finita al ruscello dopo il tramonto, e perché nessuno avesse messo in discussione il suo presunto annegamento accidentale in un palmo d'acqua.

All'interno, la biblioteca era piacevolmente fresca, con i ventilatori a soffitto che giravano pigramente sopra file di scaffali. L'ambiente profumava di carta e cera per mobili, quel caratteristico odore di biblioteca che trascendeva ogni luogo. Nonostante le dimensioni ridotte, la stanza appariva ben curata e organizzata, con un angolo per bambini rallegrato da pouf colorati, una fila di quattro computer pubblici e una sezione di storia locale in evidenza vicino al bancone all'ingresso.

Dietro quel bancone sedeva una donna sulla sessantina, i capelli argentati tagliati in un caschetto ordinato, con gli occhiali da lettura che pendevano da una catenella di perline intorno al collo. Alzò lo sguardo quando la porta si chiuse alle spalle di Zara, offrendo un sorriso accogliente.

«Buongiorno» disse lei, con la voce carica del calore tipico di chi ama sinceramente interagire con gli altri. «Non l'ho mai vista da queste parti. È di passaggio?»

«Starò in città per un po'», rispose Zara, avvicinandosi al banco. «Sto facendo delle ricerche. Speravo di imparare qualcosa di più sulla storia locale.»

Il sorriso della donna si allargò. «Beh, è venuta nel posto giusto. Sono Esther, la bibliotecaria qui da ventisette anni. Conosco questa città meglio di gran parte dei suoi abitanti.» Allungò una mano, che Zara strinse. «La storia locale è la mia specialità. Cosa le interessa in particolare?»

«Sono Zara. Sarei curiosa di sapere come il ruscello ha preso il nome, tanto per cominciare. Non è propriamente salato, almeno non dove ho preso un campione ieri.»

Gli occhi di Esther si illuminarono, chiaramente felice di condividere la sua conoscenza. «Ha ragione, non è salato dove attraversa la città. Il nome viene da più a valle, circa due chilometri dopo la gola. Lì c'è una piccola cascata e, sotto di essa, l'acqua scorre attraverso una pianura alluvionale che si estende fino all'estuario. Le alte maree spingono il sale su per il ruscello. L'allevamento originale che ha dato il nome alla città è stato stabilito laggiù nel 1862, facendo pascolare il bestiame sulle fertili pianure alluvionali.»

Uscì da dietro il bancone, facendo segno a Zara di seguirla verso una teca di vetro contenente vecchie fotografie. «Ecco la fattoria originale», disse, indicando un'immagine seppia di una rozza struttura in legno accanto al ruscello. «Distrutta da un ciclone nel 1937, ma a quel tempo la gola era già stata attraversata da un ponte per far passare una vera strada, e il centro abitato aveva iniziato a crescere qui, nel punto di attraversamento.»

Zara studiò la fotografia, notando quanto il ruscello apparisse diverso. Più largo, con una corrente più forte. «Il burrone sembra troppo profondo perché l'attuale ruscello possa averlo scavato», osservò. «Era più grande in passato?»

«Assolutamente sì», annuì Esther approvando. «Ottima osservazione. Il ruscello era molto più consistente prima che costruissero la Blackwell Dam a monte nel 2001. Un progetto di gestione idrica per proteggere i terreni agricoli dalle inondazioni durante la stagione delle piogge. Ora il ruscello scorre davvero solo durante i rilasci idrici dalla diga.»

Zara tirò fuori il taccuino, annotando questi dettagli. «Quindi il ruscello è straripato solo un paio di volte da allora?»

«Esatto. Solo quando abbiamo condizioni meteorologiche cicloniche che li costringono a fare un rilascio massiccio dalla diga. L'ultimo grande è stato nel 2011, ha portato via la vecchia passerella di legno e hanno dovuto ricostruirla. Per il resto, è quasi sempre come lo vede ora. Poco più di un filo d'acqua per gran parte dell'anno.»

Questo confermava ciò che Zara aveva sospettato. Il ruscello in cui Iris era presumibilmente annegata non era solo basso quel giorno specifico, era basso per progettazione, controllato dalla diga a monte, e raggiungeva raramente una profondità significativa se non durante rilasci gestiti o eventi meteorologici estremi.

«Ci sono stati eventi meteorologici insoliti nell'ottobre 2014?» chiese, mantenendo un tono casuale.

Esther aggrottò leggermente la fronte. «Ottobre 2014? Mi lasci pensare... No, sarebbe stato il tipico clima primaverile. Giornate calde, forse qualche temporale pomeridiano occasionale, ma niente di ciclonico in quel periodo dell'anno.»

«Quindi il ruscello sarebbe stato più o meno come l'ho visto ieri? Poco profondo, che scorre appena sopra i sassi?»

«Sì, esatto. Solo un flusso dolce in quel periodo dell'anno, a meno che non ci fosse un rilascio specifico dalla diga, cosa che annunciano in anticipo.» Esther si diresse verso uno scaffale in un angolo della biblioteca che sembrava frequentato raramente, recuperando un fitto raccoglitore etichettato "Local Geography and Weather Records". «Posso controllare se ci sono stati rilasci programmati, se vuole».

«Sarebbe molto utile» disse Zara.

Esther sfogliò il raccoglitore, trovando la pagina del 2014. Il suo dito scorse lungo la colonna delle date. «No, niente a ottobre. C'è stato un piccolo rilascio all'inizio di dicembre, ma ottobre è stato del tutto normale.»

Zara annuì, prendendo un altro appunto. Questo era importante. La conferma ufficiale che il ruscello fosse nel suo stato normale e poco profondo la notte in cui Iris morì. L'impossibilità di un annegamento accidentale diventava più concreta a ogni nuova informazione.

«È affascinante» disse lei. «Sto lavorando a un podcast sulla città e mi piacerebbe includere un po' di questo contesto storico.» Fece una pausa, osservando attentamente l'espressione di Esther prima di aggiungere: «Mi interessa in modo particolare ciò che è accaduto a Iris Zhang».

Il cambiamento fu immediato e plateale. L'espressione aperta e amichevole di Esther si chiuse come una porta sbarrata. Le sue spalle si irrigidirono, la bocca si contrasse in una linea sottile e chiuse il raccoglitore con una perentorietà che sembrava sproporzionata rispetto al semplice gesto fisico.

«Oh, non ci piace molto parlarne» disse, con la voce sensibilmente più fredda. «È successo molto tempo fa. Un terribile incidente, naturalmente, ma rimuginare su queste cose non fa bene a nessuno».

Zara mantenne il volto neutro nonostante i campanelli d'allarme che le suonavano in testa. «Capisco che possa essere difficile, ma come giornalista mi interessa dare voce a storie che potrebbero essere state trascurate.»

«Non è stata trascurata,» la interruppe Esther, riponendo il raccoglitore sul suo scaffale. «La polizia ha svolto un'indagine e ha stabilito che si è trattato di un incidente. La povera ragazza è scivolata, ha battuto la testa ed è annegata. Sono cose che capitano.» Si tenne occupata sistemando libri e cartelle che non avevano bisogno di essere sistemati, evitando gli occhi di Zara.

«Ma in quindici centimetri d'acqua...»

«Mi dispiace» la interruppe di nuovo Esther, «ma ho del lavoro di catalogazione da sbrigare stamattina. È libera di consultare la nostra sezione di storia locale.» Indicò vagamente gli scaffali. «È tutto chiaramente etichettato».

Zara tentò un altro approccio. «Conosceva Iris personalmente? O la sua famiglia?»

«Tutti conoscono tutti in una città di queste dimensioni,» rispose Esther, usando la banalità come non-risposta. «Ora, se vuole scusarmi.» Si ritirò verso la scrivania principale, tirando fuori una pila di schede e concentrandosi su di esse.

Il congedo era inequivocabile. Zara la ringraziò per le informazioni storiche e si diresse verso la sezione di storia locale come suggerito, ma la reazione di Esther le aveva detto più di quanto avrebbe potuto fare qualsiasi libro su quegli scaffali. L'atteggiamento della donna si era trasformato completamente alla menzione di Iris Zhang, passando da entusiasta storica locale a custode impenetrabile nello spazio di pochi secondi.

Zara scrutò gli scaffali per altri venti minuti, trovando alcuni libri sullo sviluppo della città ma nulla che menzionasse la morte di Iris. Non sorprendente per la biblioteca di una piccola città. Mentre si preparava a uscire, lanciò un'occhiata a Esther, che ora stava aiutando un uomo anziano, senza più traccia della freddezza di prima.

Fuori, sui gradini della biblioteca, Zara si fermò per finire i suoi appunti. La reazione di Esther confermava ciò che sospettava: questa città aveva deciso collettivamente di non parlare di ciò che era accaduto a Iris Zhang. Che fosse per colpa, complicità o semplice desiderio di voltare pagina, il silenzio era deliberato e imposto.

Il che rendeva Zara solo più determinata a romperlo.

Salties era mezzo pieno quando Zara arrivò per cena; la folla del lunedì sera era un mix di gente del posto che si rilassava dopo il lavoro e alcuni viaggiatori di passaggio. L'interno del pub era in sintonia con l'esterno logoro: pavimenti in legno levigati da decenni di stivali, pareti coperte da fotografie sbiadite di squadre sportive locali, l'aria densa dell'odore di birra e frittura. Zara scelse un tavolo d'angolo che le offrisse una visuale libera dell'ingresso permettendole di tenere la schiena contro una parete, un'abitudine acquisita in anni di giornalismo investigativo. Ordinò un pollo alla parmigiana hawaiano che il barista le promise essere «il migliore da questa parte di Bundy», poi tirò fuori il telefono per controllare di nuovo le statistiche, una compulsione che non era riuscita a scrollarsi di dosso per tutto il giorno.

I numeri avevano continuato la loro traiettoria ascendente. Le visualizzazioni superavano ora le 32.000, con i commenti che si contavano a centinaia. Ancora più importante, le entrate previste per il mese avevano superato i 5.000 dollari, una cifra che portò a Zara una sensazione fisica di sollievo così profonda da essere quasi inebriante. La rata del mutuo. Le utenze. Il cibo. L'imminente rinnovo dell'immatricolazione dell'auto. Poteva coprire tutto e avere ancora abbastanza per continuare l'indagine.

Arrivò la sua cotoletta di pollo alla parmigiana, accompagnata da una montagna di patatine e un piccolo contorno di insalata. Zara ringraziò il barista e prese un morso, sorpresa di quanto fosse davvero buono mentre l'ananas dolce si scioglieva in bocca. Non si era resa conto di quanto fosse affamata; la colazione era stata una barretta di cereali, il pranzo un panino frettoloso preso nel piccolo caffè vicino alla biblioteca. Mangiò lentamente, assaporando ogni boccone mentre continuava a scorrere i commenti sul telefono, prendendo nota mentalmente delle domande da affrontare nel prossimo episodio.

Era a metà del pasto quando l'atmosfera del pub cambiò impercettibilmente. Le conversazioni si placarono, le teste si voltarono verso l'ingresso. Zara alzò lo sguardo per vedere cosa avesse causato il cambiamento.

Una giovane donna stava sulla soglia, scrutando la sala. Non aveva probabilmente nemmeno trent'anni, pensò Zara, ma si muoveva con la composta sicurezza di qualcuno molto più maturo. I capelli biondo miele cadevano in onde perfette sulle spalle, chiaramente acconciati da un professionista. Indossava pantaloni di lino scuro che probabilmente costavano più dell'intero guardaroba di Zara, abbinati a una camicetta di seta di un blu tenue coordinato ai suoi occhi e alcuni discreti gioielli d'oro. Elegante ma non vistosa, quel tipo di raffinatezza disinvolta che richiedeva molti soldi per essere ottenuta.

Ciò che colpì di più Zara non fu solo l'aspetto curato della donna, ma la reazione che suscitava. Il barista allungò subito la mano verso quello che era chiaramente il suo drink abituale. Gli uomini raddrizzarono leggermente la schiena, le donne aggiustarono le espressioni. Non era esattamente timore, ma deferenza. Quella riservata a qualcuno che conta.

La donna salutò con un cenno del capo diversi avventori, scambiando brevi convenevoli mentre si dirigeva verso il bancone. Poi il suo sguardo si posò su Zara, il volto sconosciuto, la forestiera, e qualcosa balenò nella sua espressione. Riconoscimento, forse? Interesse, certamente. Senza esitazione, cambiò direzione.

«Lei deve essere la podcaster di cui tutti parlano,» disse, arrivando al tavolo. «Sono Kirsty Cannon, Consigliere di contea di Salt Creek. Le dispiace se mi unisco a lei?» Indicò la sedia vuota di fronte a Zara.

La domanda era solo una formalità; stava già tirando fuori la sedia. Zara annuì, deglutendo il boccone. «Zara Langley,» rispose, pulendosi la mano sul tovagliolo di carta prima di tenderla.

La stretta di Kirsty fu ferma e breve, la mano fresca e asciutta nonostante il calore del pub. «Oggi ho sentito parlare del suo podcast da diversi residenti preoccupati,» disse, sedendosi. «La ragazza nel ruscello, non è vero? Su Iris Zhang?»

Quindi la voce si era sparsa in fretta. Non sorprendente in una città di queste dimensioni, ma Zara si ritrovò a chiedersi quali «residenti preoccupati» si fossero rivolti a un consigliere di contea così tempestivamente. Esther, la simpatica bibliotecaria, aveva forse preso in mano il telefono nell'istante in cui Zara era uscita dalla biblioteca?

«Esatto,» confermò Zara, posando la forchetta. «Sto svolgendo un'indagine sulle circostanze della sua morte. La sentenza ufficiale non mi ha mai convinto.»

L'espressione di Kirsty mutò in una di studiata partecipazione, uno sguardo che Zara aveva visto spesso sui volti dei politici durante le conferenze stampa. «È stata una terribile tragedia. Io e Iris eravamo migliori amiche, sa. Ci penso ancora in continuazione.»

Migliori amiche? Zara mantenne il volto neutro nonostante l'immediata scintilla di interesse accesa da quell'affermazione. Si trattava di uno sviluppo inaspettato. Accesso diretto a qualcuno che sosteneva di aver conosciuto bene Iris.

«Deve essere stato incredibilmente difficile per lei,» disse Zara, osservando Kirsty con attenzione. «Mi piacerebbe molto sentir parlare di Iris da qualcuno che l'ha conosciuta personalmente.»

«Era meravigliosa,» disse Kirsty, e i suoi occhi assunsero un'aria distante che non raggiungeva del tutto il livello di una genuina emozione. «Così intelligente, così talentuosa. Sapevamo tutti che avrebbe fatto strada.»

Zara annuì, incoraggiando dettagli più specifici. «Che tipo di talenti aveva? Cosa la appassionava?»

Una leggera esitazione, quasi impercettibile, ma Zara la colse. «L'arte, principalmente. Era molto creativa. Lavorava sempre a qualche progetto.» Kirsty fece una pausa, poi deviò il discorso.

«In realtà, è per questo che volevo parlarle. Sono preoccupata per l'impatto che il suo podcast potrebbe avere sulla famiglia Zhang. Hanno già sofferto tanto, e vedere tutto questo riportato a galla dopo tutti questi anni...»

Il cambio di rotta fu fluido, ma fece scattare dei campanelli d'allarme nella mente di Zara. Kirsty stava eludendo il discorso, allontanandosi dai dettagli specifici su Iris.

«Ha parlato con gli Zhang di recente? Come stanno?» chiese Zara, sia per genuina curiosità che per testare il legame vantato da Kirsty.

«Li vedo in città ogni tanto. Stanno per lo più per conto loro, concentrati sul ristorante.» Un'altra risposta generica. «Ma ri-aprire questa ferita non li aiuterà a guarire. A volte voler bene a qualcuno significa proteggerlo da un dolore che non ha bisogno di rivivere.»

La frase suonava provata, come se Kirsty se l'avesse preparata prima di avvicinarsi. Zara sorseggiò la sua birra, ponderando con cura la domanda successiva.

«Com'era Iris come persona? Al di là dei suoi talenti, intendo. Cosa vorrebbe che la gente sapesse della sua migliore amica?»

Kirsty sorrise, ma il sorriso non raggiunse gli occhi. «Era gentile. Premurosa. Il tipo di amica che si ricordava di ogni compleanno, che si accorgeva quando passavi una brutta giornata.»

Banalità generiche che potevano applicarsi a chiunque. Il radar di Zara per le sciocchezze iniziò a segnalare.

«Aveva dei piani specifici per l'università? Mi risulta che stesse facendo domanda per l'ammissione anticipata.» Stava incalzan-do, cercando crepe nella facciata lucida di Kirsty, ma non sapeva abbastanza della donna per capire dove esercitare pressione.

«Sì, era molto motivata negli studi,» rispose Kirsty, di nuovo con quella quasi impercettibile esitazione. «Stava facendo domanda in diverse scuole. Ci aspettavamo tutti che avrebbe avuto successo ovunque fosse andata.»

Nessun accenno al Queensland College of Art che era stato specificamente annotato nel rapporto della polizia. Nessun aneddoto personale. Nessun ricordo specifico che una migliore amica avrebbe sicuramente avuto in abbondanza.

«Secondo lei perché si trovava al ruscello quella notte?» chiese Zara, passando a un approccio più diretto.

L'assetto di Kirsty si irrigidì leggermente. «Non credo che nessuno di noi lo saprà mai con certezza. Era buio, forse stava prendendo una scorciatoia. È stato un terribile incidente.»

«In quindici centimetri d'acqua?»

«Gli incidenti capitano in modi inaspettati,» rispose Kirsty, e la sua voce assunse una nota tagliente sotto la patina raffinata. «Potrebbe essere scivolata, aver battuto la testa. L'indagine della polizia è stata accurata.»

Un'indagine di due settimane che aveva ignorato l'impossibilità fisica dello scenario? Zara ne dubitava fortemente.

«Come sua migliore amica, ha notato qualcosa di insolito nei giorni precedenti la sua morte? Qualche preoccupazione o conflitto di cui le aveva parlato?»

Il sorriso di Kirsty rimase fisso, ma qualcosa si indurì nel suo sguardo. «Iris era una normale adolescente con normali preoccupazioni da adolescente. Non c'era nulla di insolito.» Diede un'occhiata all'orologio. «Dovrei lasciarla finire la cena. Volevo solo presentarmi ed esprimere la mia preoccupazione per come questo podcast potrebbe influenzare la nostra comunità.» Si alzò, sistemandosi il blazer. «Salt Creek è una città molto unita. Qui tendiamo a proteggerci a vicenda. Spero che ne terrà conto mentre continua il suo... progetto.»

Le parole erano educate, ma il sottotesto di avvertimento era inconfondibile. Zara sostenne direttamente il suo sguardo. «Tengo sempre in considerazione l'impatto dei miei servizi. Soprattutto per chi merita che la propria storia venga raccontata con accuratezza.»

Qualcosa balenò sul volto di Kirsty, fastidio forse, o preoccupazione, prima che ricomponesse il suo sorriso da politica. «È stato un piacere conoscerla, Zara. Si goda il soggiorno a Salt Creek.» Si voltò e camminò verso il bar, intrattenendosi subito con un gruppo di uomini che si raddrizzarono al suo approccio, con le espressioni che mutavano in un attento rispetto.

Zara la osservò per un momento, poi tirò fuori il taccuino, annotando le osservazioni mentre erano fresche:

Kirsty Cannon - sostiene di essere stata la migliore amica di Iris ma ha fornito solo dettagli generici. Nessun ricordo specifico. Non ha menzionato il QCA nello specifico quando le è stato chiesto dei piani universitari. Linguaggio del corpo rigido se incalzata. Ha deviato subito sul tema "preoccupata per la famiglia". L'avvertimento sul fatto che in città si tenda a "proteggersi a vicenda" è sembrato minaccioso. C'è qualcosa di molto strano in questa migliore amica preoccupata.

Sottolineò l'ultima frase due volte, poi prese un ultimo morso della sua parmigiana ormai fredda. Kirsty Cannon era appena balzata in cima alla sua lista delle persone su cui indagare ulteriormente.

CAPITOLO 5

LA SALT CREEK POLICE Station sorgeva isolata all'estremità della strada principale, un edificio in mattoni a un solo piano che somigliava più a uno studio dentistico degli anni Settanta che a un posto di polizia. Zara spinse la porta di vetro e il passaggio dal caldo torrido del mezzogiorno al gelo dell'aria condizionata le fece venire la pelle d'oca sulle braccia. La camicia di cotone, umida di sudore per la breve camminata dal motel, le parve improvvisamente fredda sulla pelle.

L'area della reception confermò l'impressione dello studio dentistico: pavimento in linoleum sbiadito di un beige istituzionale, pareti dipinte di una tonalità crema ingiallita dal tempo e un ventilatore a soffitto che girava così lentamente da sembrare intento a scandire i secondi più che a muovere l'aria. Un manifesto sulla violenza domestica era appeso alla parete, con gli angoli arricciati verso l'interno e il numero del centralino sbiadito da anni di luce solare. La stanza profumava di vecchie scartoffie e detergente industriale.

Dietro un divisorio protettivo in vetro, una donna sulla cinquantina sollevò lo sguardo dallo schermo del computer. La sua divisa della Queensland Police sembrava di una taglia troppo grande, ricadendo su spalle strette, ma l'espressione era attenta, vigile.

«Buongiorno. Come posso aiutarla?» domandò, con voce professionalmente neutra.

Zara si avvicinò al bancone, raddrizzando la schiena. «Sono qui per parlare con qualcuno riguardo all'accesso ai fascicoli del caso. Per Iris Zhang.»

L'espressione della donna non mutò, ma qualcosa nel suo sguardo si fece più acuto. «Ha un appuntamento?»

«No, ma ho telefonato ieri e mi è stato detto che stamattina ci sarebbe stato qualcuno disponibile per parlare con me.»

La receptionist la studiò ancora per un istante. «Nome?»

«Zara Langley.»

La donna annuì, afferrando un telefono. Si voltò leggermente, parlando a bassa voce in modo che Zara non riuscisse a distinguere le parole. Dopo un breve scambio, riappese e si voltò di nuovo.

«Il sergente investigativo Pennell la riceverà tra poco. Si sieda pure.»

Zara accennò un ringraziamento e si diresse verso una delle sedie di plastica allineate contro la parete. Il vinile era crepato e mancava un pezzetto da un angolo, esponendo la gommapiuma sottostante. Si sedette sul bordo, appoggiando la borsa a tracolla sulle gambe ed estraendo il taccuino e il registratore digitale.

Controllò il livello della batteria del registratore. Piena. Fece una prova mormorando «Prova, uno due tre» prima di interrompere e cancellare il file di test. Aveva i palmi umidi nonostante l'aria condizionata. Questo incontro era importante. Ottenere l'accesso ai file ufficiali le avrebbe fornito dettagli critici che il database pubblico aveva omesso. Foto dell'autopsia. Trascrizioni dei colloqui. Appunti dell'ufficiale inquirente. Tutti i tasselli necessari per capire come un annegamento in quindici centimetri d'acqua fosse stato catalogato come accidentale.

Sfogliò il taccuino fino alla pagina in cui aveva preparato le domande. La chiave era iniziare in modo professionale, senza toni polemici. Richiedere l'accesso ai fascicoli come giornalista che stava indagando su un caso irrisolto. Illustrare le proprie credenziali. Solo se messa alle strette avrebbe menzionato l'impossibilità fisica contenuta nella sentenza ufficiale.

Zara guardò l'orologio. Erano passati dieci minuti. Usò quel tempo per ripassare l'approccio da tenere. «Sto indagando sulle circostanze della morte di Iris Zhang per un podcast documentario. Vorrei richiedere l'accesso ai fascicoli del caso ai sensi del Right to Information Act.»

Formale. Professionale. Niente accuse, solo una richiesta di routine a cui sarebbe stato difficile opporre un rifiuto categorico, specie dato che il caso era ufficialmente chiuso.

Il rumore di una porta che si apriva attirò la sua attenzione. Sollevò lo sguardo, aspettandosi lo stereotipo del poliziotto di provincia. Anziano, con la pancia, sbrigativo.

Capelli scuri, leggermente troppo lunghi. Occhi grigio-azzurri. Una camicia inamidata ma leggermente sgualcita, come se l'avesse indossata per tutto il giorno nonostante fosse solo metà mattina.

L'uomo di Childers.

I loro sguardi si incrociarono, uno shock reciproco balenò su entrambi i volti. Lo sconosciuto senza nome con cui aveva passato la notte era il sergente investigativo Garrett Pennell. Proprio l'ufficiale che avrebbe dovuto convincere a concederle l'accesso ai fascicoli di Iris Zhang.

Per un terribile, sospeso istante, nessuno dei due si mosse. Il ventilatore a soffitto continuava la sua pigra rotazione, un orologio alla parete ticchettava e da qualche parte, in un'altra stanza, un telefono squillava a vuoto. Tutto il resto sembrò congelarsi mentre il loro passato condiviso aleggiava nell'aria tra loro.

Zara vide il riconoscimento nei suoi occhi, seguito rapidamente dall'allarme, dall'incredulità, forse da un guizzo dello stesso calore che avevano generato insieme in quella stanza di motel. Gli si contrasse la gola mentre deglutiva.

Poi la sua espressione cambiò. Lo shock svanì, sostituito da una maschera accuratamente neutra. Raddrizzò le spalle, assumendo una posizione più formale, più distante.

«Signora Langley?» disse lui, con una voce che non tradiva nulla di ciò che era accaduto tra loro. Se la receptionist aveva notato quella momentanea paralisi, non ne diede segno, con l'attenzione di nuovo fissa sullo schermo del computer.

Zara si schiarì la voce, forzando la propria espressione alla neutralità. «Sì. Sergente investigativo Pennell?»

Lui fece un cenno col capo, tenendo la porta aperta. «Da questa parte, prego.»

Lei raccolse la borsa, il taccuino e il registratore, iperconsapevole di ogni movimento. Le gambe le sembravano scollegate dal corpo mentre si alzava e si dirigeva verso di lui. Passando sotto la porta, abbastanza vicina da percepire il suo dopobarba, la mente tornò con un lampo alla bocca di lui contro la sua clavicola, alle sue mani sulla pelle. Scacciò subito quel pensiero.

La porta si chiuse alle loro spalle. Qualunque cosa fosse successa a Childers ora apparteneva a una realtà alternativa, una realtà che entrambi avrebbero dovuto fingere non fosse mai esistita.

La sala per i colloqui era piccola e priva d'aria, le pareti beige erano spoglie fatta eccezione per uno specchio unidirezionale e un orologio che ticchettava troppo forte. Una pianta in vaso moribonda languiva in un angolo, con le foglie polverose e trascurate. Garrett indicò la sedia di metallo di fronte a lui con gesti formali, come se si stessero incontrando per la prima volta. Zara si sedette, appoggiando il registratore e il taccuino sul tavolo tra loro, una fragile barricata contro l'impossibile intimità della situazione.

«Le dispiace se registro questa conversazione?» chiese lei, con voce più ferma di quanto si sentisse.

«Non sarà necessario» rispose Garrett, asciutto e professionale. «Questa è una discussione informale, non un colloquio ufficiale».

Lei notò con quanta attenzione lui avesse posizionato le mani sul tavolo. Piatte, controllate, senza alcun tic. La fede nuziale che aveva notato mancare a Childers mancava anche adesso. Non era sposato, dunque. Solo un uomo che aveva scelto di passare una notte con una sconosciuta durante un temporale. Un uomo che ora le sedeva di fronte come ostacolo alla sua indagine.

«Capisco, ma preferisco tenere dei resoconti accurati.»

«Come desidera, in tal caso». Lui alzò una spalla.

Lei accese il registratore, dichiarando data, ora e partecipanti per il verbale. Garrett la osservava con espressione indecifrabile, ma lei colse un leggero contrarsi della sua mascella.

«Per il verbale» disse lui, non appena lei finì di parlare, «non acconsento che alcuna parte di questa registrazione venga ri-trasmessa in alcuna forma. Questo incontro è una cortesia e non fa parte di alcun registro ufficiale».

Astuto, pensò lei. «Capisco» disse ad alta voce. «E concor-do che nessuna parte di questa conversazione verrà ritrasmessa. Serve solo per i miei appunti personali.»

«Allora, come posso aiutarla oggi, signora Langley?» La for-malità dell'appellativo era deliberata. Un muro.

Zara passò alla sua richiesta prestabilita. «Sto indagando sulle circostanze della morte di Iris Zhang per un podcast documen-tario. Vorrei richiedere l'accesso ai fascicoli completi del caso ai sensi del Right to Information Act.»

«Ho familiarità con il suo podcast» disse lui. «Ho ascoltato il primo episodio ieri sera su Spotify.»

Spotify. La versione solo audio. Quindi non aveva visto il filmato in cui lei stava nel torrente per dimostrare la scarsa profondità dell'acqua. Questo spiegava, almeno in parte, il suo shock nel vederla.

«Allora capisce perché mi interessa esaminare i fascicoli com-pleti» continuò lei. «Il database pubblico fornisce solo una minima parte delle informazioni».

Garrett si appoggiò leggermente allo schienale, con la postura rigida. «Il caso è stato indagato a fondo e chiuso più di dieci anni fa. La sentenza ufficiale è stata annegamento accidentale».

«In quindici centimetri d'acqua?» La domanda le sfuggì prima che potesse moderare il tono.

Gli occhi di lui incontrarono i suoi direttamente per la prima volta da quando si erano seduti. Un errore, forse, perché tra loro passò qualcosa, una corrente di memoria condivisa che nessuno dei due poteva ammettere.

«Gli incidenti accadono nei modi più inaspettati» disse lui, facendo eco alle parole di Kirsty Cannon della sera precedente in modo così preciso che Zara si chiese se quella frase facesse parte di un copione concordato dai cittadini.

Garrett allungò la mano verso una penna sul tavolo, sfiorando le dita di lei. Si ritrasse come se si fosse scottato, poi compensò afferrando la penna con studiata noncuranza. Ma lei aveva visto l'esitazione della mano, il sussulto quasi impercettibile del respiro.

«Ho visitato il luogo» disse lei, spostandosi leggermente sulla sedia mentre lui si protendeva in avanti. «Ho documentato la profondità del torrente, il flusso dell'acqua, il terreno. Dal punto di vista fisico, la versione ufficiale non torna.»

«I livelli dell'acqua cambiano. Lei sta osservando la scena a più di dieci anni di distanza.»

«La Blackwell Dam regola il livello dell'acqua fin dal 2001. Secondo i registri locali, nell'ottobre 2014 non ci furono rilasci insoliti né eventi meteorologici particolari. Il torrente era come adesso. Basso, calmo, in molti punti non arrivava nemmeno alle caviglie.»

Qualcosa balenò nella sua espressione. Sorpresa, forse, che lei avesse fatto ricerche così approfondite. Il condizionatore in un angolo tossì, lottando contro l'umidità che premeva dall'esterno.

«Lei sta rivangando un vecchio dolore senza motivo» disse lui, ora con voce più bassa. «La famiglia Zhang ha sofferto abbastanza senza che la morte della figlia venga trasformata in intrattenimento.»

L'accusa bruciò, com'era intenzione che facesse. «Non si tratta di intrattenimento. Si tratta della verità. Una ragazza di diciassette anni non può annegare accidentalmente in quindici centimetri d'acqua».

«Lei non sa cos'è successo quella notte.»

«A quanto pare nemmeno lei, se crede alla sentenza ufficiale.»

Lui socchiuse gli occhi di fronte alla sfida. Si sporse in avanti e il profumo del suo dopobarba aleggiò sopra il tavolo. Zara si impose di non reagire, di non mostrare alcun segno che ricordasse come quel profumo si fosse mescolato alla pioggia sulla sua pelle.

«Faccio il poliziotto da quattordici anni» disse lui. «So come avvengono gli incidenti, quanto in fretta le cose possano andare male».

«E io faccio la giornalista da dodici anni» ribatté lei. «So riconoscere quando qualcosa non ha senso».

Si fissarono, l'antagonismo professionale che a stento mascherava l'acuta consapevolezza della reciproca vicinanza. Le maniche di lui erano arrotolate fino ai gomiti, rivelando avambracci lungo i quali lei ricordava di aver fatto scorrere le dita. La camicetta di lei era abbottonata a un'altezza professionale, ma sapeva che lui ricordava cosa ci fosse sotto. Quella consapevolezza stava tra loro, oscena in quell'ambiente.

«I fascicoli che sta richiedendo contengono informazioni sensibili» disse lui, rompendo il silenzio. «Foto dell'autopsia. Deposizioni dei testimoni. Dettagli personali su una minorenne.»

«Tutto materiale che verrebbe trattato con la dovuta discrezione.»

«Come il suo podcast? Diffondendo speculazioni su un caso chiuso a migliaia di ascoltatori?»

«Ponendo domande legittime su una morte sospetta.»

Le dita di Garrett tamburellarono una volta sul tavolo, poi si fermarono. «Ho sentito le sue teorie nella versione audio. Ma ha considerato che Iris potrebbe aver avuto un malore? Una crisi epilettica, forse, o uno svenimento che l'ha resa inerme prima di cadere?»

«L'autopsia non ha riscontrato evidenze di patologie pregresse.»

«Il rapporto pubblico è abbreviato. L'autopsia completa contiene ulteriori dettagli.»

«Allora vorrei vedere quei dettagli» incalzò Zara. «Se esiste una spiegazione medica che abbia senso, voglio conoscerla. Ed anche se ci fosse, resta la domanda senza risposta: perché Iris era lì? Ho già studiato il percorso che avrebbe dovuto fare per tornare a casa dal Golden Horse. La casa dei suoi genitori si trova dallo stesso lato della città. Non avrebbe dovuto trovarsi neanche lontanamente vicina al torrente.»

Ci fu un breve, teso silenzio. E in quel momento Zara avrebbe potuto giurare di aver visto un cenno d'accordo negli occhi di Garrett prima che lui distogliesse lo sguardo.

«Dovrà presentare una richiesta formale per il Diritto all'Informazione.» Estrasse un modulo da una cartella e lo fece scivolare sul tavolo verso di lei. «L'elaborazione può richiedere dalle quattro alle sei settimane.»

Le loro dita si sfiorarono di nuovo mentre lei prendeva il modulo, e questa volta nessuno dei due poté fingere di non accorgersene. Il contatto durò una frazione di secondo di troppo. Il ricordo di Childers incombeva tra loro; il temporale, il pub, la sua stanza, l'oscurità, i loro corpi che si muovevano all'unisono. L'intimità che avevano condiviso contrastava grottescamente con le loro posizioni attuali.

Il climatizzatore tossì ancora, per poi assestarsi in un ronzio faticoso. Una goccia di sudore imperlò la tempia di Garrett nonostante il freddo. Zara incrociò e scambiò le gambe, iperconsapevole della vicinanza di lui.

«Lo presenterò oggi stesso» disse lei, piegando il modulo e riponendolo nel taccuino. «Ma spero che capisca che non lascerò la città in attesa della risposta. C'è dell'altro in questa storia e ho intenzione di scoprirlo, con o senza la collaborazione ufficiale».

Qualcosa che poteva essere ammirazione balenò sul volto di lui prima di sparire. «È una sua prerogativa.»

L'orologio alla parete ticchettò rumorosamente nel silenzio che seguì. Nessuno dei due sembrava disposto a essere il primo a porre fine all'incontro, a spezzare quella strana tensione che li teneva bloccati.

«Le piccole città hanno la memoria lunga, signora Langley» disse infine Garrett, appoggiandosi allo schienale della sedia e creando una distanza tra loro che appariva tanto necessaria quanto deliberata. «Si sta rendendo sgradita qui con questo podcast. La gente parla. Si ricorda di chi turba la loro quiete».

L'avvertimento sospeso rimase nell'aria. Zara sostenne il suo sguardo, rifiutandosi di farsi intimidire nonostante il batticuore. Parlava come un poliziotto preoccupato per le relazioni con la comunità o c'era qualcosa di più specifico nel suo avvertimento? In ogni caso, non avrebbe fatto un passo indietro.

«È una minaccia, sergente investigativo?»

«Un'osservazione» rispose lui, con tono neutro ma con gli occhi duri. «Lei è un'estranea che sta risvegliando ricordi dolorosi. Non tutti lo apprezzeranno.»

«E che dire della giustizia per Iris Zhang? Conta meno del mantenimento della pace?»

La sua espressione si contrasse. «Lei dà per scontato che ci sia stata un'ingiustizia. Il caso è stato indagato secondo la procedura.»

«Una procedura che in qualche modo ha ignorato l'impossibilità fisica che una ragazza sana annegasse accidentalmente in un palmo d'acqua?» Zara si sporse in avanti. «Sono a Salt Creek solo da un paio di giorni e ho già trovato incongruenze che avrebbero dovuto essere evidenti agli inquirenti. Quindi, o l'indagine è stata incompetente, o qualcuno ha deliberatamente guardato dall'altra parte».

Garrett serrò la mascella. «Lei sta accusando il dipartimento di cattiva condotta sulla base di un video che ha girato per ottenere clic e visualizzazioni.»

«Sto mettendo in dubbio i risultati sulla base di prove fisiche e del buon senso». Picchiettò sul taccuino. «I lividi sulle braccia di Iris, annotati nel sommario dell'autopsia ma liquidati come "coerenti con le normali attività adolescenziali". La profondità dell'acqua. L'assenza di traumi cranici che potrebbero spiegare l'incoscienza. Le deposizioni contraddittorie sui suoi spostamenti quella notte».

Qualcosa mutò nel suo sguardo. «Si è data da fare.»

«È il mio lavoro essere meticolosa.»

«E il mio lavoro è proteggere questa comunità.»

«Da cosa? Dalla verità?»

Ogni parola tra loro sembrava carica, il conflitto professionale sovrapposto al loro passato non detto. I suoi occhi trattennero quelli di lei per un istante di troppo, e un calore che non aveva nulla a che fare con il clima del Queensland le pizzicò la pelle.

«Si sta infilando in qualcosa più grande di lei» disse lui, abbassando la voce. «Questa non è la città, dove può paracadutarsi, sollevare un polverone e andarsene quando la situazione si fa scomoda.»

«Non me ne andrò finché non avrò delle risposte. Se sta facendo ostruzionismo per proteggere la reputazione del dipartimento...»

«Sto cercando di impedirle di fare più danni che altro» la interruppe lui, con una nota di asprezza che traspariva. «Ci sono complessità in questa situazione che non comprende».

«Allora me le spieghi.»

Garrett si alzò bruscamente, spingendo indietro la sedia. Le gambe di metallo stridettero sul linoleum. «Devo prendere un altro modulo per la Sua richiesta» disse, con la voce tesa.

Giro attorno al tavolo verso uno schedario in un angolo. Per raggiungerlo, dovette passarle dietro la sedia, entrando nella sua visione periferica. La vicinanza si fece improvvisamente, acutamente intima in quella piccola stanza. Si fermò proprio dietro di lei, abbastanza vicino da farle sentire il calore del suo corpo e l'odore della pelle sotto il dopobarba.

Il collo di Zara divampò quando quel profumo scatenò i ricordi di quella notte a Childers. La sua bocca contro la gola di lei. Le sue mani tra i capelli. Il peso di lui sopra di lei. I suoni che lui aveva emesso quando lei gli aveva fatto scorrere le unghie lungo la schiena.

Lei rimase immobile mentre lui indugiava per un secondo più del necessario prima di proseguire verso lo schedario. Sapevano esattamente che aspetto avessero nudi, che verso facesse l'altro nel piacere, e ora dovevano fingere che niente di tutto ciò fosse mai accaduto.

Garrett tornò indietro facendo il giro largo, evitando di passarle di nuovo alle spalle. Mentre le posava il modulo davanti, le loro mani si toccarono brevemente.

«Questo specifica i requisiti particolari per accedere ai fascicoli di casi chiusi» disse, con la voce ferma nonostante il rossore che gli era salito lungo la mascella. «Dovrà essere molto specifica riguardo ai documenti che richiede».

«Li voglio tutti» replicò Zara, lottando per mantenere il tono di voce costante. «Il fascicolo completo. Integrale».

«Non è così che funziona.»

«Allora mi dica come funziona, sergente.» La formalità del suo titolo le parve assurda, dato che conosceva l'esatta consistenza della cicatrice sulla sua spalla sinistra, quella che lui le aveva detto di essersi fatto cadendo da un albero da bambino.

Lui espirò lentamente, sembrando dibattersi tra il suo ruolo ufficiale e qualcosa di più personale. «Deve capire dove si sta avventurando, signora Langley. Questa non è Brisbane. Le regole sono diverse. Le conseguenze sono diverse.»

«Mi sta suggerendo di lasciar perdere il caso?»

«Le suggerisco di considerare le implicazioni di ciò che fa». I suoi occhi cercarono quelli di lei. «Non solo per la città, ma per se stessa».

Lei non era più sicura se lui si riferisse alle indagini o a loro due. Forse a entrambi.

«So gestire le conseguenze» disse lei, sostenendo il suo sguardo.

«Ne è sicura? Perché una volta aperte certe porte, non si possono più richiudere».

«Non è il mio primo caso difficile» disse Zara, raccogliendo taccuino e registratore, sentendo il bisogno di uscire da quella stanza e allontanarsi dalla sua inquietante vicinanza. «Non me ne andrò finché non avrò quei documenti».

«È una sua scelta.» Lui si alzò insieme a lei. «Ma non dica che non l'ho avvertita.»

«Messaggio ricevuto, sergente.»

Si fronteggiarono ai due lati del tavolo, rigidi e guardinghi, le parole asciutte che non facevano nulla per nascondere le complicate correnti sotterranee. Qualunque cosa fosse successa a Childers faceva parte di un'altra vita, una vita che non potevano riconoscere senza peggiorare tutto.

«L'accompagno all'uscita» disse lui infine, dirigendosi verso la porta.

Zara annuì e lo seguì lungo il corridoio fino alla reception, mantenendo una cauta distanza per tutto il tragitto.

Davanti al bancone, lui si fermò. «Buona giornata, signora Langley.»

«Sergente investigativo» rispose lei con un breve cenno del capo.

All'esterno, il caldo la investì come un muro, ma fu quasi un sollievo dopo il senso di soffocamento di quella stanza. Zara indugiò sui gradini della stazione di polizia per un istante, cercando di ricomporsi. L'universo aveva un macabro senso dell'umorismo. Tra tutti gli uomini in tutti i pub di tutto il Queensland, aveva passato la notte proprio con l'investigatore che ora si frapponeva tra lei e la verità su Iris Zhang.

Il telefono le vibrò in tasca. Probabilmente era Dev che voleva aggiornamenti sui progressi, o forse un'altra notifica sui numeri in crescita del podcast. Ma quelle preoccupazioni le sembravano lontane ora, oscurate da una complicazione che non avrebbe potuto prevedere.

Zara raddrizzò le spalle e si incamminò verso il motel. L'indagine era appena diventata infinitamente più complessa, ma la sua risolutezza non aveva vacillato. Semmai, quell'ostruzionismo la convinceva ancora di più che ci fosse qualcosa di profondamente sbagliato nel caso di Iris Zhang.

E il sergente investigativo Garrett Pennell sapeva più di quanto volesse ammettere.

CAPITOLO 6

IL SOLE DI MEZZOGIORNO picchiava sul collo di Zara mentre camminava dalla stazione di polizia verso il Golden Horse Restaurant. L'incontro con il sergente investigativo Pennell le ronzava ancora sotto la pelle: quel riconoscimento imbarazzante, l'antagonismo professionale stratificato sopra la loro storia mai dichiarata, i suoi avvertimenti velati. Scacciò quei pensieri, concentrandosi invece sulla prossima sfida. Gli Zhang. I genitori di Iris. Doveva approcciarsi a loro con cautela, con rispetto. Il caso della figlia poteva essere la sua ancora di salvezza, ma per loro Iris non era affatto un caso. Era la loro bambina.

Il Golden Horse sorgeva sulla strada principale, la vernice rossa e oro sbiadita ma ancora vibrante rispetto agli edifici logori che lo circondavano. Un golden horse dipinto a mano s'impennava orgoglioso sull'insegna, con la foglia d'oro che catturava il feroce sole del Queensland. Attraverso le grandi vetrate anteriori, Zara scorgeva tavoli con tovaglie bianche, alcuni occupati da clienti per un pranzo anticipato. Lo stomaco le si contrasse. Quelle persone avevano perso la loro unica figlia in circostanze che sfidavano ogni spiegazione, e lei era lì, pronta a disturbare qualunque pace fossero riusciti a trovare nell'ultimo decennio.

Si fermò sul marciapiede, stringendo le dita attorno alla tracolla della borsa. Aveva già intervistato famiglie in lutto, aveva imparato a navigare il delicato terreno tra l'indagine giornalistica e la decenza umana. Ma in questo c'era qualcosa di diverso. Di più personale. Forse era quell'impossibile annegamento, l'indagine frettolosa, l'apparente accordo collettivo della città a non mettere in discussione l'accaduto. O forse erano quegli occhi seri dietro gli occhiali rettangolari che tormentavano i suoi pensieri.

Raddrizzando le spalle, Zara aprì la porta. Un campanellino tintinnò, annunciando il suo arrivo. L'interno del ristorante era immacolato, l'aria ricca di aromi di zenzero, aglio e cinque spezie. Alcuni tavoli erano occupati da gente del posto intenta a pranzare presto, le loro conversazioni un brusio sommesso sotto la morbida musica strumentale cinese che proveniva da altoparlanti nascosti. Dietro un piccolo bancone stava una donna che Zara riconobbe immediatamente dalle sue ricerche: May Zhang, la madre di Iris.

Era più minuta di quanto Zara si aspettasse, forse un metro e sessanta, i capelli neri pesantemente striati di grigio e raccolti in un pratico chignon. Il viso, tondo e dai lineamenti dolci, un tempo poteva essere stato pronto al sorriso, ma ora appariva modellato dal dolore in qualcosa di più guardingo. Indossava una semplice camicetta nera e pantaloni scuri, un braccialetto di giada come unico ornamento.

May alzò lo sguardo al tintinnio del campanello. I suoi occhi, scuri e intelligenti, squadrarono Zara in un istante. «Tavolo per uno?» chiese May, con voce deliberatamente neutra e un accento australiano che non portava traccia dell'eredità cinese evidente nei suoi tratti.

«In realtà,» esordì Zara, avvicinandosi al bancone, «speravo di parlare con lei, signora Zhang. Mi chiamo Zara Langley. Sto facendo delle ricerche su quanto è accaduto a Iris.»

La temperatura nella stanza sembrò scendere di dieci gradi. La mano di May, che stava per prendere un menù, si bloccò a mezz'aria.

«Non abbiamo nulla da dire al riguardo,» disse lei, con la voce che ora aveva un fendente abbastanza affilato da tagliare. «È successo molto tempo fa.»

«Capisco,» disse Zara, mantenendo un tono gentile ma diretto. «Ma credo che ci siano domande senza risposta su come Iris sia morta. La sentenza ufficiale non...»

«Abbiamo già sentito queste parole,» la interruppe May, con le dita che ora stringevano il bordo del bancone. «Giornalisti, scrittori di cronaca nera, persone che sostengono di voler aiutare, di voler trovare la verità. Prendono ciò che vogliono, il nostro dolore, la nostra storia, e poi se ne vanno. Non cambia nulla. Iris rimane morta.»

La schiettezza delle sue parole colpì Zara come un colpo fisico. Si era aspettata resistenza, ma l'aspra amarezza nella voce di May rivelava profondità di un dolore ancora fresco dopo più di dieci anni.

«Non sono qui per sfruttare il vostro lutto,» disse Zara con cautela. «Credo sinceramente che qualcosa sia sfuggito durante l'indagine. Il ruscello dove Iris è stata trovata...»

«Il ruscello dove mia figlia è morta,» tagliò corto May, «è solo un ruscello. Parlarne non la riporterà indietro. Scriverne non cambierà nulla. Abbiamo detto tutto quello che avevamo da dire.»

Un movimento dalla porta della cucina attirò l'attenzione di Zara. Emerse un uomo, con la giacca da chef segnata dai segni della preparazione per l'ora di punta. David Zhang era più tarchiato di sua moglie, con lineamenti più larghi e occhiali dalla montatura metallica. I capelli neri erano brizzolati alle tempie e le sue spalle portavano una leggera curvatura per gli anni passati curvo sui fornelli. I suoi occhi trovarono subito Zara, sembrando valutarla e catalogarla in un solo sguardo prima di passare alla moglie.

David si avvicinò a May, posandole una mano sulla spalla. Il gesto era allo stesso tempo protettivo e solidale, una manifestazione fisica del loro fronte unito. La postura di May si addolcì leggermente al suo tocco, sebbene la sua espressione rimanesse diffidente.

«C'è qualche problema?» chiese David, con voce più profonda di quella della moglie. Aveva lievissime tracce di un accento; dalle ricerche di Zara era emerso che May era nata in Australia da una famiglia di origini cinesi con una storia secolare a Melbourne, mentre David era originario di Hong Kong.

«Questa è la signorina Langley,» disse May, e l'enfasi sul suo nome suggeriva che ne avessero già sentito parlare. «È qui per Iris.»

Lo sguardo di David tornò su Zara, gli occhi indecifrabili dietro le lenti. «Non discutiamo di nostra figlia con gli estranei,» disse semplicemente, in modo definitivo.

Zara riconobbe quando era il momento di fare un passo indietro. Insistere ora avrebbe solo cementato la loro resistenza, chiudendo ogni piccola possibilità che potesse esistere per una conversazione futura. Annuì, rilassando la postura e passando a un atteggiamento meno conflittuale.

«Capisco,» disse. «Mi scuso per l'intrusione. Posso ordinare qualcosa da asporto, invece? Non ho ancora pranzato.»

La richiesta sembrò sorprendere entrambi, questo passaggio improvviso da giornalista d'inchiesta a cliente ordinaria. Dopo un momento, May fece scivolare un menù da asporto sul bancone.

«Il riso fritto speciale della casa è molto richiesto,» disse, con un tono leggermente meno ostile ma neanche lontanamente accogliente.

«Sembra perfetto. Grazie.»

David tornò in cucina mentre May batteva l'ordine. Zara pagò, poi si mise di lato al bancone ad aspettare, cercando di apparire disinvolta mentre assorbiva ogni dettaglio del ristorante. Foto alle pareti mostravano il locale nel corso degli anni: versioni più giovani di May e David, l'inaugurazione con il taglio del nastro, premi locali. Ma non vide da nessuna parte immagini di Iris. Era come se la figlia fosse stata accuratamente rimossa dallo spazio pubblico; probabilmente preservata altrove, nel privato.

Gli altri avventori lanciavano ogni tanto un'occhiata verso di lei, le espressioni curiose ma non ostili. Zara si chiese quanti di loro avessero conosciuto Iris, quanti fossero andati al suo funerale, quanti avessero accettato quell'impossibile annegamento senza farsi domande.

Dieci minuti dopo, May uscì dalla cucina con un sacchetto di plastica bianca contenente la vaschetta da asporto. Lo porse a Zara senza incrociare il suo sguardo.

«Grazie,» disse Zara, prendendo il sacchetto. Mentre si voltava per andarsene, aggiunse a bassa voce: «Dicevo sul serio. Non sono qui per speculare su quello che è successo. Voglio solo capire.»

May non disse nulla, ma quando Zara raggiunse la porta, si guardò indietro. May la stava fissando e, per un istante, la sua espressione accuratamente mantenuta vacillò. Quello che Zara vide non era l'ostilità di prima, ma qualcosa di più complesso. Un barlume di dolorosa speranza immediatamente soffocato dalla paura di permetterle di esistere.

Il campanello tintinnò quando Zara tornò sotto il sole cocente, con il sacchetto caldo tra le mani. Il peso della responsabilità le gravava sulle spalle, più pesante di prima. Se avesse proseguito e avesse fallito, non avrebbe solo distrutto la sua ultima possibilità di riscatto professionale. Avrebbe confermato ogni timore che gli Zhang nutrivano verso gli estranei che promettevano risposte ma portavano solo altro dolore. Li avrebbe traditi di nuovo, proprio come il sistema li aveva già traditi una volta.

Ma quel barlume di speranza negli occhi di May le diceva una cosa importante: sotto il guscio protettivo di ostilità, anche gli Zhang volevano delle risposte. Semplicemente non potevano più permettersi di sperare.

Zara tornò a piedi al Salt Creek Motel, facendo dondolare il sacchetto caldo tra le dita. L'incontro con gli Zhang le aveva lasciato un senso di vuoto sotto le costole. Il loro dolore era qualcosa di palpabile, vecchio di oltre dieci anni ma ancora abbastanza crudo da riempire una stanza. Capiva la loro diffidenza. Giornalisti che paracadutavano lì, spremevano emozioni dalla loro tragedia, per poi sparire quando una nuova storia li chiamava. Non poteva biasimarli se davano per scontato che lei fosse della stessa pasta. Ma quel barlume di speranza negli occhi di May la tormentava. Sotto il loro guscio difensivo, anche loro volevano delle risposte.

Svoltato l'angolo verso la sua unità del motel, Zara si bloccò a metà passo. Un uomo era seduto sullo scalino di cemento davanti alla sua porta. Avrà avuto circa trent'anni, di corporatura robusta, vestito con abiti semplici ma di buona qualità: pantaloni cargo color kaki e una camicia grigio scuro sbottonata sul collo, con le maniche rimboccate fino ai gomiti. Stava guardando il telefono, apparentemente assorto, ma qualcosa nella sua postura suggeriva che stesse aspettando. Lei.

Il polso di Zara accelerò. Le dita si strinsero attorno alle chiavi in tasca, calcolando mentalmente se potessero servire come arma improvvisata. Ma era pieno giorno, il parcheggio del motel era visibile dalla strada principale, le auto passavano regolarmente. Di certo non correva pericoli lì.

L'uomo alzò lo sguardo, avvertendo la sua presenza. I suoi occhi trovarono quelli di lei ed egli si alzò, mettendosi il telefono in tasca. Il suo movimento fu cauto, come se si stesse avvicinando a un animale ombroso.

«Zara Langley?» chiese, mantenendo le distanze. La voce era bassa, ferma. Non minacciosa.

«Chi lo chiede?» Lei rimase ferma, senza avvicinarsi.

«Sono Vince.» Si passò una mano tra i capelli, un gesto di energia nervosa. «Vincent Thorne. Ero il ragazzo di Iris Zhang. Ieri ho visto il tuo primo episodio su YouTube.»

La tensione nelle spalle di Zara si allentò leggermente, sostituita da un sussulto di eccitazione. Il ragazzo di Iris! Una potenziale miniera d'oro di informazioni, qualcuno che l'aveva conosciuta personalmente, intimamente. Qualcuno che poteva essere davvero disposto a parlare.

«Mi dispiace presentarmi così senza preavviso,» continuò lui quando lei non rispose subito. «Ma non avevo tempo di aspet tare... parto domani. Sono un ingegnere pendolare (FIFO), due settimane sul campo e una settimana a casa in un sito minerario nel Queensland centrale. Ma volevo davvero parlarti di Iris.» La voce gli s'incrinò leggermente sul nome di lei, con oltre un decennio di dolore ancora evidente. «Perché penso che tu abbia ragione.»

Zara fece un passo avanti, poi un altro. «Ragione su cosa, esattamente?»

«Che non è stato un incidente.» I suoi occhi sostennero quelli di lei, fissi e seri. «Iris non avrebbe potuto annegare in quel modo. Non per un incidente. Non lei.»

L'istinto giornalistico di Zara vibrò. «Saresti disposto a parlare ufficialmente? Per il podcast?»

Vince annuì. «È per questo che sono qui. Ho bisogno che la gente sappia chi era veramente. Cosa le è successo davvero.» Diede un'occhiata al parcheggio del motel. «Forse però non qui all'aperto?»

«Certamente.» Zara lo sorpassò per aprire la porta, la diffidenza di prima che si dissolveva di fronte a quella opportunità inaspettata. «Entra. Devo preparare l'attrezzatura.»

La stanza del motel sembrava più piccola con Vince all'interno. Zara appoggiò il sacchetto del cibo sul tavolino, dimenticandosene nell'eccitazione. Si mosse per la stanza, tirando fuori la telecamera e il treppiede dalla custodia, sistemando i microfoni, liberando spazio per l'intervista.

«Devo fare alcune cose per assicurarmi che la qualità del suono sia buona,» spiegò, tirando le tende per eliminare il controluce e riposizionando le sedie per inquadrare bene la ripresa. «Hai mai fatto un'intervista del genere?»

Vince scosse il capo. «Mai. Dopo la morte di Iris, alcuni giornalisti fecero delle domande, ma io non dissi molto. Avevo diciassette anni ed ero sotto shock. E quando ebbi elaborato tutto abbastanza da riuscire a parlare, avevano già dichiarato che era un incidente e archiviato il caso.»

Mentre Zara lavorava, lo osservava. C'era una solidità in Vince che suggeriva affidabilità. Sedeva con le mani incrociate, guardandola preparare. Niente tic nervosi, non controllava più il telefono. Aspettava in silenzio, come chi ha qualcosa di importante da dire e ha aspettato molto tempo per dirlo.

«Puoi parlarmi un po' di te, prima?» chiese Zara mentre regolava i livelli del microfono. «Come hai conosciuto Iris, cosa fai adesso?»

«Lavoro come ingegnere per la Fortescue,» disse lui. «Faccio il pendolare verso il Bowen Basin. Iris... conoscevo Iris da tutta la vita. Abbiamo fatto le elementari e poi le superiori insieme. Io ero un anno avanti a lei. Siamo stati insieme per quasi un anno prima che morisse.»

Zara finì di posizionare la telecamera, controllò l'inquadratura e premette Record. Si sedette sulla sedia di fronte a Vince, abbastanza vicina per conversare ma senza invadere i suoi spazi. «Parlami di Iris» disse lei, con la voce che scivolava nel registro professionale che usava per le interviste. «Com'era?»

Qualcosa si addolcì nel volto di Vince. «Era splendida» rispose lui. «Non solo intelligente, anche se lo era, la prima della classe, ma luminosa, in ogni senso. Aveva questo modo di guardare il mondo che ti faceva vedere le cose in maniera diversa».

Descrisse Iris con dovizia di particolari, quelli che derivano solo da una conoscenza profonda. La sua passione per la fotografia e i media digitali. Come passasse ore a cercare l'inquadratura esatta per un singolo scatto. La sua determinazione nel creare un portfolio che le garantisse l'ammissione anticipata al Queensland College of Art. Il modo in cui portava gli occhiali sollevati sulla testa quando non li usava, lasciando dei segni sulla fronte che lui era solito accarezzare con il dito.

«Aveva dei principi» continuò lui, con la voce che si faceva più animata. «Forti. Non scendeva a compromessi sulle cose che contavano per lei. Etica, integrità, il modo in cui le persone dovrebbero essere trattate». La sua espressione si rannuvolò. «A volte penso che sia stato proprio questo a farla uccidere».

Zara si sporse leggermente in avanti. «Cosa intendi dire?»

Vince scosse il capo. «Non lo so di preciso. Ma la Iris che conoscevo io non si sarebbe trovata in quel ruscello per caso. E di certo non sarebbe scivolata dentro per poi annegare. Per prima cosa, era un'ottima nuotatrice. Ed era prudente. Rifletteva bene su tutto quello che faceva».

«Dov'eri quando è successo?» chiese Zara, mantenendo il tono neutro, professionale.

«In Nuova Zelanda» rispose lui senza esitazione. «Mia nonna stava molto male, ad Auckland. Ci sono andato con i miei genitori per vederla. Siamo rimasti lì dieci giorni. Avevo i timbri sul passaporto, le carte d'imbarco. La polizia ha verificato tutto». La sua mascella si contrasse. «Sono tornato a casa il giorno dopo che l'hanno trovata. Non ho nemmeno potuto dirle addio».

Il dolore nella sua voce era crudo, non simulato. Non era qualcuno che metteva in scena il proprio lutto; era qualcuno che ci conviveva ancora. Il contrasto con Kirsty Cannon, la presunta migliore amica di Iris, non avrebbe potuto essere più netto.

«Iris ti ha accennato a qualche problema nei giorni prima della tua partenza per la Nuova Zelanda?» incalzò Zara. «Qualche preoccupazione? Conflitti con qualcuno?»

Vince rimase in silenzio per un momento, riflettendo. «Stava lavorando a un progetto. Qualcosa per il suo portfolio. Era entusiasta, ma anche... non so, protettiva? Non voleva mostrarlo a nessuno finché non fosse stato finito». La sua fronte si corrugò. «E c'era qualcosa con Kirsty. Una certa tensione».

«Kirsty Cannon? La consigliera?» Zara soppesò attentamente le sue prossime parole. «Ho incontrato Kirsty brevemente, ieri sera. Ha detto di essere stata la migliore amica di Iris».

«Sì. Erano amiche da anni; come ho detto, siamo cresciuti tutti insieme. Ma era successo qualcosa. Iris non si spiegò bene, disse solo che Kirsty aveva fatto qualcosa che aveva superato il limite. Che avevano litigato». Aggrottò le sopracciglia. «Qualunque cosa fosse, doveva essere seria. Iris non avrebbe rotto un'amicizia con leggerezza. Era leale fino al midollo».

Zara prese nota mentalmente di seguire quella pista. Le descrizioni vaghe e generiche che Kirsty aveva fatto di Iris assumevano una nuova luce in questo contesto.

«C'era qualcuno che avrebbe potuto voler fare del male a Iris?» chiese, osservando attentamente la sua reazione.

Il volto di Vince si oscurò. «Me lo chiedo da undici anni. Se lo avessi saputo, sarei andato alla polizia molto tempo fa». La voce gli si spezzò. «Era l'amore della mia vita, capisci? Eravamo adolescenti, e la gente dice che si è troppo giovani per saperlo, ma io lo sapevo. Lo so ancora».

Gli occhi gli si riempirono di lacrime e non fece alcuno sforzo per nasconderle. «Ti prego, scopri cosa le è successo davvero» disse, con la voce roca per l'emozione. «Ti prego. Lei merita la verità. I suoi genitori la meritano. Io ho bisogno di sapere chi ce l'ha portata via. *Perché* l'hanno uccisa».

La crudezza della sua supplica colpì Zara in pieno petto. Non si trattava solo di un buon contenuto; era un essere umano che portava ancora il peso di una perdita irrisolta, che cercava ancora pace dopo oltre un decennio. Non chiese se Vince fosse sposato o se avesse una ragazza. Qualcosa le diceva che avrebbe risposto negativamente. Non riusciva a lasciar andare Iris.

«Farò tutto il possibile» promise, e in quel momento lo pensò più di quanto avesse pensato qualsiasi cosa da molto tempo a quella parte. Non si trattava più solo di salvare la sua carriera. Si trattava di giustizia per la ragazza nel ruscello e per le persone che l'avevano amata.

Forse, se avesse trovato le risposte, Vince avrebbe trovato pace e sarebbe riuscito ad andare avanti.

La stanza sembrò più vuota dopo che Vince se ne fu andato. Zara sedette al tavolino, fissando la vaschetta intonsa di riso alla cantonese, ormai freddo. Lo stomaco le brontolò, ma lei lo ignorò, avvicinando a sé il laptop. L'intervista con Vincent Thorne era esattamente ciò di cui aveva bisogno. Un resoconto di prima mano da parte di qualcuno che aveva conosciuto Iris intimamente, che poteva parlare di chi era come persona, non solo come vittima. Qualcuno che metteva in dubbio la versione ufficiale e che aveva lui stesso un alibi di ferro. Quel materiale era oro puro. Oro innegabile, pronto a catturare il pubblico. Eppure il suo dolore era stato così crudo, così autentico, che ridurlo a semplice contenuto le sembrava in qualche modo sbagliato.

Espirò. Vince era andato da *lei*. Lo voleva lui, lo aveva chiesto lui. Aveva accettato di farsi riprendere sapendo cosa lei avrebbe fatto di quel materiale. Meritava che la sua parte di storia venisse raccontata, che le sue domande venissero ascoltate, e aveva scelto lei come messaggera.

Collegò la telecamera al portatile e iniziò a trasferire i file, guardando la barra di avanzamento avanzare millimetro dopo millimetro. In un'altra vita, avrebbe avuto un assistente di ricerca per questo, qualcuno che catalogasse il materiale, creasse le trascrizioni, identificasse i passaggi migliori. Ora c'era solo lei, da sola in una stanza di motel in una città dove la maggior parte della gente sembrava desiderare che se ne andasse.

Il trasferimento dei file terminò. Zara aprì il software di montaggio, l'interfaccia familiare la accolse come una vecchia amica. Creò un nuovo progetto: «La ragazza nel ruscello_EP02». Questo episodio sarebbe stato diverso dal primo. Non solo le sue domande e le sue teorie, ma un testimone. Una voce per contrastare il silenzio della città.

Iniziò a visionare il materiale, prendendo nota dei minuti in cui la testimonianza di Vincent era particolarmente forte. La sua descrizione del carattere di Iris: integra, determinata, prudente. La sua certezza che non sarebbe potuta annegare accidentalmente. La menzione della tensione tra Iris e Kirsty Cannon, un filo che avrebbe dovuto tirare in seguito. Più avvincente di tutto era la sua cruda emozione, le lacrime che gli erano spuntate negli occhi mentre parlava della ragazza che aveva amato e perduto.

Zara costruì la narrazione con cura, delineando la struttura dell'episodio man mano che selezionava le clip. Iniziare con il contesto, riassumere brevemente il primo episodio per i nuovi ascoltatori. Menzionare che gli abitanti di Salt Creek erano molto riluttanti a parlare di Iris, forse protettivi verso una di loro. Poi presentare Vincent, spiegando il suo legame con Iris e il fatto che fosse stato lui ad approcciare Zara, desideroso di raccontare la sua versione dei fatti. Desideroso, forse, di parlare di Iris quando nessun altro voleva farlo. Usare le sue descrizioni per dipingere un quadro di chi fosse Iris, non solo la vittima delle foto della scena del crimine, ma una giovane donna completa, con sogni, talenti e sani principi.

Lavorò con costanza, guidata dalle sue scelte dal suo istinto giornalistico. Cosa avrebbe fatto colpo sugli ascoltatori? Cosa avrebbe fatto progredire l'indagine? Quali domande sollevava la sua testimonianza che lei avrebbe potuto esplorare nei prossimi episodi?

Mentre montava, Zara si ritrovò a tornare ripetutamente su una clip in particolare. Vincent che descriveva come Iris si portasse gli occhiali sopra la testa quando non li usava, lasciando dei segni sulla fronte che lui accarezzava con il dito. Era un dettaglio intimo, specifico, impossibile da inventare. Rendeva Iris reale in un modo in cui i rapporti della polizia e le foto scolastiche non potevano fare. Zara lo inserì all'inizio dell'episodio, sapendo che avrebbe agganciato gli ascoltatori, spingendoli a preoccuparsi della ragazza nel ruscello.

Prese la bottiglia d'acqua e bevve un lungo sorso. Trovò una forchetta e mangiò un po' di quel riso ormai freddo, consapevole di aver bisogno di qualcosa nello stomaco. Il montaggio stava procedendo bene, ma il peso emotivo della testimonianza di Vincent le si era piazzato sul petto. Il suo dolore era palpabile, vecchio di oltre dieci anni ma ancora abbastanza fresco da fargli venire le lacrime agli occhi. Riguardandolo più e più volte mentre dava forma all'episodio, Zara si ritrovò a ricacciare indietro le proprie lacrime. Non era solo un contenuto. Era la vita di qualcuno, la perdita di qualcuno.

Eppure non poteva negare quella parte del suo cervello professionale che riconosceva cosa tutto ciò avrebbe fatto per il suo podcast. La testimonianza di Vincent era avvincente, emozionante, autentica. Il tipo di contenuto che generava coinvolgimento, che portava gli ascoltatori a investire in una storia e a tornare per saperne di più. Il tipo di contenuto che avrebbe potuto salvare la sua casa, la sua carriera, il suo fragile senso di autostima professionale.

Preparò il microfono per registrare la narrazione. La sua voce doveva guidare gli ascoltatori attraverso la testimonianza di Vincent, fornendo il contesto e ponendo le domande che loro stessi si sarebbero posti. Si schiarì la voce, bevve un sorso d'acqua e iniziò:

«Vincent Thorne aveva diciassette anni quando la sua ragazza, Iris Zhang, fu trovata morta a Salt Creek. Oltre un decennio dopo, il suo dolore rimane crudo, le sue domande senza risposta. In questo episodio, ascolteremo la voce di chi ha conosciuto Iris intimamente, non solo come vittima, ma come una giovane donna brillante con sogni, principi e un futuro che le è stato rubato».

Fece una pausa, poi continuò:

«Ciò che Vince rivela sul carattere di Iris solleva nuovi interrogativi su come sia potuta annegare accidentalmente in quindici centimetri d'acqua. Introduce anche nuovi elementi nella nostra indagine, inclusa la tensione tra Iris e Kirsty Cannon, l'attuale consigliera di contea che sostiene di essere stata la migliore amica di Iris».

Terminata la narrazione, Zara la integrò nell'episodio, sovrapponendola a riprese di copertura accuratamente selezionate del ruscello, della città, della foto scolastica di Iris. Il risultato era rifinito, nonostante i mezzi limitati. Avvincente, emozionante, professionale.

Per il finale, scelse l'ultima supplica di Vince. Il suo volto che riempiva l'inquadratura, gli occhi lucidi per le lacrime non versate, la voce roca per l'emozione: «Era l'amore della mia vita. Ti prego, scopri cosa le è successo davvero. Ti prego».

Zara lasciò scorrere la clip senza narrazione, permettendo alla sua cruda preghiera di risaltare da sola prima che sfumasse nella musica della sigla finale del podcast. L'impatto era innegabile. Gli spettatori avrebbero percepito il suo dolore, avrebbero condiviso il suo bisogno di risposte. Sarebbero tornati per l'episodio successivo, desiderosi di saperne di più.

Esportò il file, guardando la barra di avanzamento riempirsi di nuovo. Ventitré minuti e quarantasette secondi di contenuto che avrebbero fatto avanzare l'indagine e che, se l'accoglienza del primo episodio era indicativa, avrebbero dato una spinta significativa alle sue analisi statistiche. La combinazione di una testimonianza emozionante e delle nuove rivelazioni sul potenziale coinvolgimento di Kirsty Cannon avrebbe generato engagement, scatenato teorie nei commenti e forse persino spinto altri testimoni a farsi avanti.

Quando l'esportazione fu completata, Zara caricò l'episodio sulla sua piattaforma di hosting. Scrisse una descrizione, aggiunse i tag, allegò l'immagine di anteprima che aveva creato, uno schermo diviso che mostrava la foto scolastica di Iris accanto a un fermo immagine di Vincent durante l'intervista, con un'espressione sincera e sofferente. Poi programmò la pubblicazione immediata.

Cliccò su «Pubblica» e guardò la conferma apparire sullo schermo. Il sollievo si mescolò a qualcosa di più pesante, più complesso. Senso di colpa, forse, per aver usato il dolore di Vincent come contenuto, nonostante il suo consenso esplicito. O ansia per la responsabilità che ora portava sulle spalle, non solo verso il suo pubblico o il suo conto in banca, ma verso Vincent, i Zhang, Iris stessa.

Zara chiuse il laptop e riprese in mano la vaschetta di riso freddo, mangiando meccanicamente mentre controllava il telefono. Le notifiche stavano già iniziando ad arrivare. Le visualizzazioni salivano, i commenti apparivano, le condivisioni aumentavano. L'episodio stava trovando il suo pubblico, forse superando persino la portata del primo.

Posò la forchetta, improvvisamente incapace di finire. Le parole di Vincent le echeggiavano in mente: *«Era l'amore della mia vita. Ti prego, scopri cosa le è successo davvero. Ti prego»*. Il peso della sua fiducia, del suo dolore decennale, le gravava sulle spalle insieme alla pressione della rata del mutuo, dei risparmi che svanivano, del suo futuro professionale.

Qualunque cosa fosse accaduta dopo, Zara sapeva che questo caso era diventato qualcosa di più della sua strada per tornare alla ribalta. Era diventato una promessa fatta a una ragazza morta, al ragazzo che l'aveva amata, a due genitori ancora congelati nel loro lutto. Una promessa che non poteva permettersi di infrangere, per ragioni che andavano ben oltre quelle economiche.

CAPITOLO 7

L'AFA PREMEVA SULLA SUA pelle mentre Zara percorreva la strada principale di Salt Creek, facendo imperlare di sudore l'attaccatura dei capelli nonostante l'ora mattutina. Sollevò la fotocamera, inquadrando il Golden Horse Restaurant nel mirino e concentrandosi sulla linea visiva tra l'ingresso e il percorso che Iris avrebbe fatto per raggiungere il torrente la sua ultima notte, passando dal parco e poi lungo il sentiero nel burrone. Un altro pezzo del puzzle da documentare, un'altra angolazione da considerare.

La casa degli Zhang si trovava nella direzione opposta, a un isolato di distanza dalla via principale. O Iris non stava affatto «tornando a casa» come aveva detto ai genitori, oppure aveva incontrato qualcuno per strada che l'aveva convinta ad andare invece al torrente. Dopo aver percorso il sentiero che scendeva all'acqua, Zara non credeva che qualcuno potesse aver trasportato Iris fin laggiù; era troppo ripido e impervio. Iris ci era andata con le sue gambe, per qualche motivo.

Zara abbassò la fotocamera e prese una nota sul telefono: «Visuale diretta tra il ristorante e l'ingresso del parco. Chiunque stesse osservando dal Golden Horse avrebbe visto Iris dirigersi verso il torrente anziché verso casa». Si asciugò la fronte con il dorso della mano e continuò a camminare, con la borsa a tracolla che le sbatteva pesantemente contro il fianco.

Il successo dei primi due episodi le aveva garantito un po' di respiro, ma non poteva permettersi di rilassarsi. Doveva essere meticolosa. L'intervista di Vincent era un contenuto avvincente, ma le occorreva dell'altro: prove concrete, incongruenze nella versione ufficiale, testimoni disposti a parlare ufficialmente. Quest'ultimo punto si stava rivelando difficile.

Fotografò il tragitto dal ristorante alla passerella, scattando da diverse angolazioni e annotando potenziali punti ciechi, luoghi dove qualcuno avrebbe potuto seguire Iris senza essere notato. Il sole saliva sempre più in alto e il riflesso delle vetrine dei negozi intensificava il calore. La maglietta le aderiva alla schiena e l'asfalto sembrava irradiare calore verso l'alto attraverso le suole dei suoi scarponcini da trekking.

Un campanello tintinnò quando aprì la porta del negozio di mangimi, e l'ombra improvvisa fu un sollievo momentaneo. L'aria all'interno odorava di cuoio, cereali e olio per motori, un profumo rurale distintivo che le ricordava quanto fosse lontana da Brisbane. Un ventilatore a soffitto girava pigramente sopra la sua testa, facendo circolare l'aria calda senza rinfrescarla.

Dietro il bancone, un uomo sui sessant'anni alzò lo sguardo da un catalogo di attrezzature agricole. Il suo volto segnato dal tempo parlava di decenni trascorsi sotto il sole del Queensland, con rughe profonde attorno agli occhi che la squadrarono con franca curiosità, ma senza alcun segno di riconoscimento; quindi non aveva guardato YouTube.

«Buongiorno», disse lui, chiudendo il catalogo. «Posso aiutarla in qualcosa?»

Zara sorrise, adottando l'aria disinvolta che aveva perfezionato in anni di lavoro . «Sto solo dando un'occhiata. Sono nuova in città».

«Turista?» Il suo tono suggeriva quanto ritenesse improbabile tale eventualità.

«Lavoro a un progetto», rispose lei, vagando lungo uno scaffale di guanti da lavoro e cappelli, mantenendo un tono disteso. «Lei è qui da molto?»

«Quarantatré anni il mese prossimo». L'uomo si rilassò leggermente, sempre disposto a parlare di sé. «Ho preso il posto di mio padre nell'86».

«Conoscerà tutti in città, allora».

«Più o meno». Annuì, con l'orgoglio evidente nella postura. «Dopo quattro decenni dietro questo bancone, si vedono passare intere generazioni».

Zara si avvicinò, esaminando una rastrelliera di camicie da lavoro mentre guidava gradualmente la conversazione. «Deve aver visto molti cambiamenti nel corso degli anni».

«Qualcuno. Non così tanti come si potrebbe pensare. Salt Creek è piuttosto abitudinaria».

Lei annuì, come se stesse riflettendo. «Leggevo di una tragedia accaduta qui qualche anno fa. Una ragazza? Iris Zhang?»

Il cambiamento fu sottile ma immediato. Le sue spalle si irrigidirono, il suo sguardo guizzò verso la porta alle spalle di lei. «Un brutto affare, quello».

«Conosceva la sua famiglia?»

«Vengono ogni tanto per articoli da giardino. Stanno per conto loro, per lo più». Le sue dita tamburellarono sul bancone, un gesto nervoso.

«Una cosa del genere deve aver scosso tutti», Zara mantenne il tono leggero, non minaccioso. L'osservazione era un invito a condividere come lui, personalmente, avesse vissuto il caso.

«È acqua passata ormai», disse lui, usando un'espressione infelice date le circostanze. «La città è andata avanti».

«Davvero? Ho avuto l'impressione che...»

«Buongiorno, Ray». La voce profonda alle sue spalle mandò una scossa lungo la schiena di Zara.

Si voltò e trovò Garrett Pennell in piedi nel corridoio, così vicino che percepì il profumo del suo dopobarba, lo stesso di Childers, lo stesso della sala interrogatori della stazione di polizia.

«Detective», lo salutò lei, con la voce attentamente neutrale nonostante l'improvvisa accelerazione del battito.

«Signorina Langley». Lui accennò un saluto con il capo, poi lanciò un'occhiata oltre lei al proprietario del negozio. «Sono già arrivati quei pali per la recinzione, Ray?»

«Domani, sergente. Ne terrò da parte un po'».

Garrett riportò l'attenzione su Zara. «Stamattina ho visto la sua auto nel parcheggio del motel. Quei pneumatici sono praticamente lisci. È un pericolo pubblico».

Zara si irrigidì per l'osservazione, per la critica implicita alla sua situazione finanziaria. «Me ne occuperò quando potrò permettermelo».

Gli occhi di lui sostenero i suoi un istante più del necessario, attraversati da qualcosa di indecifrabile. Poi si avvicinò, abbassando la voce, parlando solo per lei. «L'officina di Mick, accanto al distributore. Gli dica che la mando io. Le monterà degli ottimi pneumatici usati a metà del prezzo di quelli nuovi».

La vicinanza tra loro caricò l'aria; i loro corpi ricordavano Childers anche se le loro menti fingevano il contrario. Zara poteva sentire il calore che emanava da lui, poteva vedere le pagliuzze di blu più scuro nei suoi occhi grigio-blu a quella distanza.

«Grazie», disse lei in modo rigido, incerta sul perché il suo aiuto la infastidisse più della sua opposizione. Forse perché confondeva la versione che si era costruita: Garrett Pennell, l'ostacolo alla verità.

Si voltò di nuovo verso il negoziante, determinata a proseguire con le domande, ma l'uomo si era improvvisamente concentrato nel riordinare la merce dietro il bancone.

«Ti serve altro, Ray?», chiese Garrett, restando ancora abbastanza vicino perché Zara sentisse la sua presenza senza guardarlo.

«Tutto a posto, Garrett. Ti farò sapere quando arrivano quei pali».

Zara sentì l'attenzione di Garrett tornare su di lei, il suo sguardo quasi tangibile sulla pelle. Si rifiutò di voltarsi, rifiutò di dare importanza a qualunque cosa stesse accadendo tra loro. Dopo un momento, lo sentì dirigersi verso la porta.

«Dei pneumatici decenti potrebbero salvarle la vita su queste strade, signorina Langley. Vale la pena pensarci». Il campanello tintinnò quando uscì, e il calore dell'esterno irruppe brevemente a colmare il vuoto della sua partenza.

Il negoziante, Ray, continuò il suo inutile riordino, la sua precedente apertura del tutto svanita. Qualunque minima possibilità avesse avuto di ottenere informazioni da lui era svanita con l'arrivo di Garrett. O erano state le sue domande su Iris a farlo chiudere? La tempistica rendeva impossibile saperlo con certezza.

«Grazie per il suo tempo», disse lei, muovendosi verso l'uscita. Ray fece un cenno col capo senza alzare lo sguardo.

Fuori, il caldo la colpì di nuovo con violenza, e il sudore le imperlò immediatamente la fronte. Zara controllò il telefono, annotando rapidamente l'interazione: *«Proprietario negozio mangimi (Ray) restio a parlare di Iris. La comparsa di Pennell ha interrotto la conversazione, coincidenza o interruzione deliberata?»*

Diede un'occhiata lungo la strada dove era andato Garrett, ma era già sparito. Il consiglio sui pneumatici le rimase impresso nella mente, un gesto che non si adattava bene all'idea che si era fatta di lui. Disponibile, quasi protettivo, il che non aveva senso, se stava cercando di farle lasciare la città il prima possibile. A meno che non fosse il suo modo di dirle che sapeva che le sue risorse erano limitate, che alla fine avrebbe dovuto arrendersi e tornare a casa. I pneumatici costavano cari. E poi come aveva fatto a notare che i suoi erano usurati? Aveva controllato specificamente la sua auto, in cerca di vulnerabilità?

Zara raddrizzò le spalle e continuò la sua documentazione, allontanando l'incontro dai suoi pensieri. Aveva del lavoro da fare. Una città da mappare. Domande da porre.

E un detective da decifrare, un incontro inquietante alla volta.

A metà mattina, Zara si trovava all'esterno del Salt Creek Supermarket, con il sole che ormai affermava pienamente il suo dominio sulla giornata. Aveva pianificato la visita per intercettare la responsabile del mattino, Emma Sutton, durante la sua pausa sigaretta. La donna, sulla ventina, con i capelli biondo platino raccolti in uno chignon disordinato, all'inizio era stata esitante, guardandosi alle spalle come se temesse che qualcuno potesse osservarla. Ma le domande mirate di Zara sui loro comuni giorni di liceo le avevano gradualmente fatto abbassare la guardia.

«Non eravamo amiche intime o altro», disse Emma, espirando il fumo lontano da Zara. «Giri diversi, sai come va. Ma tutti conoscevano Iris. La migliore di ogni classe, sempre impegnata in qualche progetto o altro».

«Eravate nello stesso anno?» Zara mantenne la voce naturale, con il registratore nascosto in tasca.

Emma scosse la testa. «Ero un anno avanti a lei e Kirsty, lo stesso di Vince. Ma è una piccola città, non c'erano così tanti ragazzi a scuola. Ci conoscevamo tutti e un anno o due di differenza non facevano molta differenza per uscire insieme. Ho visto il tuo podcast, a proposito. Vince è sempre stato matto per Iris. Non ha mai guardato nessun'altra, anche quando ci provavano».

Zara prese nota mentalmente di questa conferma della devozione di Vince. «Hai notato qualcosa di insolito in Iris nei giorni precedenti la sua morte?»

Emma fece un altro tiro, riflettendo. «Era... tesa. Come se qualcosa la tormentasse». La sua voce si abbassò. «All'epoca lavoravo alla cassa, andavo ancora a scuola. Iris venne due giorni prima che... che succedesse. Non era la solita».

«In che senso?»

«Di solito faceva due chiacchiere, chiedeva come stava mio fratello minore, che soffriva d'asma, si ricordava sempre di chiedere. Ma quel giorno sembrava distratta. Continuava a guardarsi alle spalle». Emma si accigliò al ricordo. «E comprò una chiavetta USB. Una di quelle costose con molta memoria. Pagò in contanti, il che era strano perché gli Zhang usavano sempre la carta per le spese aziendali».

Il battito di Zara accelerò. Una chiavetta USB. Vince aveva accennato al fatto che Iris stesse lavorando a qualcosa per il suo portfolio, qualcosa a cui teneva molto. «Ti disse a cosa le serviva?»

«No, ma...» Gli occhi di Emma si spalancarono all'improvviso, fissandosi su qualcosa alle spalle di Zara. La sua postura si irrigidì. «Devo tornare al lavoro. Scusami».

Zara si voltò e vide Garrett uscire dal bar accanto con un caffè da asporto in mano. Le avvistò immediatamente e la sua espressione si indurì mentre si avvicinava. Emma spense la sigaretta e mormorò un «Scusa» prima di rientrare in fretta, senza nemmeno guardare Garrett mentre gli passava accanto.

«Si sta rendendo popolare in città, vedo», disse Garrett, fermandosi a pochi passi da Zara.

La frustrazione crebbe dentro di lei. Un'altra intervista interrotta, un'altra potenziale pista troncata dalla sua comparsa. «Ha l'abitudine di intimidire i testimoni o lo fa solo quando ci parlo io?»

Garrett fece un passo avanti. La sua voce si abbassò così tanto che i passanti non potevano sentirlo. «Lei non capisce le dinamiche di una piccola città. La gente convive con questa storia da oltre dieci anni. Sta rimescolando il dolore per cosa? Per i download del podcast?»

L'accusa bruciò proprio perché una parte di lei riconosceva un fondo di verità. Ma ora c'era dell'altro nelle sue motivazioni, qualcosa che si era consolidato dopo aver incontrato Vince, dopo aver visto quel barlume negli occhi di May Zhang.

«Per la giustizia», rispose lei, senza arretrare nonostante la sua vicinanza. «Qualcosa di cui dovrebbe occuparsi lei».

La mascella di lui si contrasse, un muscolo che pulsava sotto la pelle. «Pensa di sapere tutto dopo qualche giorno passato qui?»

La rabbia nella sua voce sembrava sproporzionata, personale in un modo che non aveva senso per un poliziotto che stava semplicemente difendendo il lavoro del suo dipartimento. A meno che non avesse motivo di essere sulla difensiva. A meno che non sapesse qualcosa.

I loro corpi si erano inclinati l'uno verso l'altro, e il diverbio portava con sé l'energia di tutt'altro, qualcosa che nessuno dei due era disposto ad ammettere. Il calore tra loro non era solo rabbia; era la tensione irrisolta di Childers, della sala interrogatori, di ogni incontro avvenuto da allora.

«So abbastanza per vedere che la versione ufficiale non quadra», disse Zara, consapevole del sudore che le imperlava le tempie e del rossore che le saliva lungo il collo, e che non era dovuto solo al calore o alla rabbia. «So che una ragazza di diciassette anni non può annegare accidentalmente in dieci centimetri d'acqua. So che la gente in questa città si chiude a riccio quando faccio il suo nome, il che mi dice che sanno qualcosa che non dicono».

Gli occhi di Garrett non lasciarono mai i suoi; l'intensità del suo sguardo era quasi fisica. «Non ha idea di cosa sta scatenando. Non si tratta solo di Iris Zhang.»

«Allora mi dica di cosa si tratta» lo sfidò lei, facendo un mezzo passo avanti suo malgrado.

Ora erano così vicini che lei riusciva a scorgere la barba incolta sulla sua mascella, a sentire l'odore di caffè nel suo respiro. Un gruppo di donne anziane su una panchina vicina si scambiò sguardi d'intesa, scambiando chiaramente quella tensione per semplice ostilità tra una forestiera e un poliziotto del posto. Se solo fosse stato così semplice.

«Non può arrivare qui pretendendo risposte e aspettandosi che tutti mettano a nudo le proprie vite davanti al suo microfono,» disse lui, con un muscolo della mascella che sussultava. «Questa gente ha costruito esistenze basate su certi presupposti, certi... accordi.»

«Accordi?» Zara colse al volo quella parola. «Cosa significa, esattamente?»

Qualcosa balenò nei suoi occhi. Rimpianto, forse, per aver detto troppo. Fece un passo indietro, prendendo le distanze, e Zara percepì la fine di quella vicinanza come una perdita fisica.

«Significa che si sta rendendo sgradita,» disse infine lui, con voce più fredda, più controllata. «Non dica che non l'avevo avvertita».

Si voltò e se ne andò, con il caffè ancora intatto in mano. Zara lo guardò allontanarsi, con il cuore che le martellava contro le costole e la pelle che ardeva di rabbia e di qualcos'altro che si rifiutava di ammettere.

Le anziane sulla panchina stavano ancora osservando; una si sporse per sussurrare qualcosa che fece annuire le altre con aria saputa. Zara le ignorò, concentrandosi invece su ciò che Emma le aveva rivelato prima dell'interruzione di Garrett. Una chiavetta USB. Iris che comprava supporti di memoria digitale, pagando in contanti per non lasciare traccia. Qualcosa su cui stava lavorando che richiedeva segretezza.

E la curiosa scelta di parole di Garrett: *accordi*. Non bugie, non insabbiamenti, ma accordi. Come se l'intera città avesse collettivamente accettato una certa versione dei fatti, una struttura costruita attorno a qualunque cosa fosse realmente accaduta a Iris Zhang.

Zara tirò fuori il telefono, prendendo appunti finché la conversazione era fresca nella sua mente. Emma Sutton poteva non rivolgerle più la parola dopo aver visto la reazione di Garrett, ma aveva detto abbastanza da fornirle un nuovo filo da tirare. E Garrett stesso aveva inavvertitamente rivelato più di quanto probabilmente intendesse.

L'indagine stava procedendo, nonostante i suoi tentativi di ostacolarla. O stava davvero cercando di bloccarla? I suoi avvertimenti potevano essere interpretati in vari modi: sincera preoccupazione per la pace della cittadina, o qualcosa di più personale. Qualcosa che gli incupiva lo sguardo quando lei lo incalzava, qualcosa che lo spingeva ad avvicinarsi invece di allontanarsi.

Zara scosse la testa, riportando a forza i pensieri sul caso. Non poteva permettersi distrazioni, specialmente se avevano gli occhi grigio-azzurri e avvertimenti che somigliavano quasi a una premura.

Il Salties era stipato per la folla del venerdì sera: i ventilatori a soffitto giravano inutilmente contro il calore dei corpi e il tepore residuo della giornata. Zara si era accaparrata l'ultimo tavolo d'angolo rimasto: il portatile era aperto sul filmato del torrente e le cuffie le permettevano di cogliere i suoni sottili dello scorrere dell'acqua nonostante il frastuono del pub. Aveva scelto quel luogo pubblico deliberatamente, in parte per il Wi-Fi che superava la connessione instabile del motel, in parte per osservare la gente del posto nel suo habitat naturale. Tre ore e una cotoletta di pollo alla parmigiana dopo, aveva fatto discreti progressi sul terzo episodio, ma si ritrovava continuamente distratta dalle dinamiche mutevoli del pub.

Al bancone i bevitori erano disposti su tre file: agricoltori ancora negli abiti da lavoro, operai che si rilassavano dopo la settimana, giovani del posto vestiti per una serata fuori che finiva inevitabilmente lì, l'unico locale in città. Le conversazioni fluivano e rifluivano intorno a lei, abbassandosi di volume ogni volta che qualcuno menzionava Iris o «quella del podcast», per poi riprendere con occhiate furtive nella sua direzione.

Zara si sistemò le cuffie, cercando di concentrarsi sul software di montaggio invece che sugli sguardi ostili che le arrivavano di tanto in tanto. Il suo terzo episodio stava prendendo forma, integrando la rivelazione di Emma sulla chiavetta USB con altri frammenti della testimonianza di Vince e una breve narrazione sulla storia della città che stava includendo come sfondo. Il racconto stava convergendo verso una domanda incalzante: quali informazioni possedeva Iris per cui valesse la pena ucciderla?

L'atmosfera del pub cambiò sottilmente, con un mutamento nel tono e nel volume delle conversazioni. Zara alzò lo sguardo, cercandone istintivamente la causa. Lo stomaco le si contrasse quando Garrett varcò l'ingresso, affiancato da altri due uomini. Indossavano tutti abiti civili, ma il loro portamento li contrassegnava inequivocabilmente come poliziotti: la stessa postura vigile, lo stesso modo attento di scrutare la stanza.

Zara riabbassò lo sguardo sullo schermo, con il battito che accelerava nonostante i suoi sforzi per restare indifferente. Sentiva il peso dell'attenzione di Garrett mentre lui registrava la sua presenza, per quanto lei tenesse deliberatamente gli occhi sul lavoro. Con la coda dell'occhio, vide i suoi colleghi occupare un tavolo mentre Garrett si dirigeva verso il bancone.

La folla si aprì leggermente per lasciarlo passare, non in modo plateale, ma con la sottile deferenza riservata all'autorità locale. Si fermò al bar proprio accanto al tavolo di lei, dandole la schiena mentre aspettava di ordinare. Nessuno dei due diede segno di aver visto l'altro, eppure Zara era ipersensibile alla sua vicinanza, al profumo del suo dopobarba che si mescolava all'odore di birra e fritto del pub.

Il silenzio tra loro si tese come una corda mentre il barista serviva i clienti. Quando finalmente raggiunse Garrett, la sua domanda fu quasi sommersa dal baccano: «Cosa le porto, sergente?».

«Una media di Great Northern,» rispose Garrett, poi aggiunse senza voltarsi: «e qualunque cosa stia bevendo lei.» Indicò Zara con un leggero cenno del capo.

Lei alzò lo sguardo, sorpresa dal gesto dopo il loro scontro fuori dal supermercato. «Non ho bisogno della sua carità, investigatore.»

Allora Garrett si voltò, con una mano appoggiata sul bordo del bancone; i suoi occhi incontrarono quelli di lei direttamente per la prima volta quella sera. «Non è carità. È cortesia professionale».

Il barista aspettava con le sopracciglia sollevate, in mezzo a loro due. Il rumore del pub sembrò recedere attorno al loro tavolo, anche se Zara sapeva che era solo la sua percezione alterata. Diversi avventori vicini osservavano con un interesse malcelato.

«Una birra anche per me,» disse lei infine, cedendo più per il desiderio di porre fine a quell'attenzione pubblica che per un'effettiva accettazione del suo gesto.

Garrett fece un cenno al barista, che si allontanò per prendere le bevande. Per un momento nessuno dei due parlò: l'assenza di parole era carica del peso dei loro incontri precedenti, Childers, la stazione di polizia, il supermercato. Ogni interazione si sovrapponeva alla precedente, creando qualcosa di sempre più complesso tra loro.

«È sempre così ostinata?» chiese lui a bassa voce, rompendo il silenzio.

Zara lo guardò dritto negli occhi, rifiutandosi di farsi intimidire dalla sua vicinanza o dal pub pieno di gente che li osservava. «È sempre così impegnato a mantenere lo status quo?»

Qualcosa passò sul suo volto. Frustrazione, forse, o una riluttante ammirazione. Prima che potesse rispondere, arrivarono i drink. Garrett pagò, poi prese il suo boccale con una mano e il bicchiere di lei con l'altra. Poggiò la birra sul tavolo e la fece scivolare verso di lei; le loro dita quasi si sfiorarono nello scambio.

«Buona serata, signorina Langley,» disse lui, con un tono di voce che nascondeva qualcosa che lei non riusciva a decifrare.

Tornò dai suoi colleghi, lasciando Zara con una birra indesiderata e la sgradevole consapevolezza di essere osservata, sia dal resto del locale che, occasionalmente, dallo stesso Garrett. Si tolse le cuffie, non più in grado di concentrarsi sul montaggio con il peso di quello sguardo intermittente che la cercava dall'altra parte della stanza.

La birra era lì davanti a lei, con la condensa che imperlava il vetro. Non avrebbe dovuto berla. Accettare favori proprio dall'agente che si interponeva tra lei e la verità su Iris Zhang le sembrava sbagliato, in qualche modo compromettente. Eppure rifiutarla ora avrebbe solo attirato altra attenzione. Zara bevve un sorso, poi tornò al lavoro, costringendosi a concentrarsi nonostante le distrazioni.

Un'ora dopo, aveva fatto pochi progressi. La terza birra ordinata da un uomo dai capelli color sabbia al bancone «per la signora del podcast» era stata gentilmente declinata; le prime due erano state a malapena toccate. L'atmosfera era diventata sempre più opprimente: il caldo, il rumore, le occhiate furtive, alcune curiose, altre ostili. Quando un gruppo di giovani a un tavolo vicino iniziò a discutere ad alta voce di «giornaliste di città in cerca di attenzione che dovrebbero farsi i fatti propri», Zara decise che era ora di andarsene.

Ripose il portatile nella borsa, bevve un ultimo sorso di birra per darsi forza e si alzò. Mentre si dirigeva verso la porta, sentì più che vedere l'attenzione di Garrett spostarsi su di lei. L'aria notturna fuori era solo marginalmente più fresca rispetto all'interno del pub, pesante per un'umidità che prometteva pioggia entro il mattino.

Zara aveva fatto meno di dieci passi quando la porta del pub si aprì alle sue spalle. Non ebbe bisogno di voltarsi per sapere chi l'avesse seguita.

«La accompagno al motel,» disse Garrett, raggiungendola in pochi passi.

«Sono perfettamente in grado di tornarci da sola,» rispose lei, ma senza troppa convinzione. La verità era che alcuni di quegli sguardi nel pub l'avevano lasciata inquieta. Le piccole città potevano rivoltarsi in fretta, e lei lì era decisamente un'estranea.

«Mi assecondi,» disse lui, mettendosi al suo fianco.

Camminarono in silenzio per qualche minuto; la strada era tranquilla, a parte i suoni distanti del pub alle loro spalle e il fruscio occasionale di un'auto di passaggio. La tensione tra loro era cambiata di nuovo, meno antagonista rispetto al supermercato, più complicata del loro incontro professionale in centrale.

«Perché mi hai seguita fuori?» chiese lei alla fine.

Garrett non rispose subito. «Alcuni di quei ragazzi là dentro hanno bevuto un po' troppo. Meglio non rischiare.»

«È una valutazione professionale, sergente investigativo?»

«Solo Garrett va bene quando non sono in servizio.» Le scoccò un'occhiata, poi tornò a guardare la strada davanti a sé. «E sì, lo è. Venerdì sera, troppa birra, una donna di fuori che cammina da sola... non è una bella combinazione.»

Zara rifletté su quelle parole. Era davvero preoccupato per la sua incolumità, o era un'altra tattica per scuoterla, per ricordarle la sua condizione di estranea? O era qualcosa di completamente diverso, qualcosa che nessuno dei due era disposto a nominare?

Raggiunsero il motel troppo in fretta, o forse non abbastanza in fretta. Zara si fermò davanti alla porta, cercando la scheda magnetica nella borsa. Garrett restò a un passo di distanza, con le mani in tasca, guardandola.

Trovata la scheda, si girò verso di lui, improvvisamente incerta. L'aria tra loro sembrava carica, elettrica di possibilità che nessuno dei due aveva ammesso. I suoi occhi sostenevano il suo sguardo, poi scesero brevemente sulle sue labbra prima di tornare su. Si sentì ondeggiare leggermente in avanti, attratta dalla corrente che scorreva tra loro, nonostante ogni obiezione razionale della sua mente.

Per un istante, Zara pensò che lui potesse accorciare le distanze. Il suo corpo si tese, il suo peso si spostò in avanti in modo quasi impercettibile. Lei trattenne il fiato, senza sapere se volesse che lui la baciasse o se l'avrebbe respinto se ci avesse provato, certa solo che qualcosa doveva spezzare quell'impossibile tensione.

Poi Garrett fece un passo indietro e la sua espressione si chiuse come una porta. Senza una parola, si voltò e si allontanò; i suoi passi svanirono nella notte, lasciando Zara sola davanti alla sua camera del motel.

Lei si appoggiò alla porta, espirando. Una ventata di frustrazione la attraversò, per Garrett, per se stessa, per tutta quella situazione. Cosa le prendeva? Quell'uomo stava potenzialmente ostacolando la sua indagine, forse era persino complice nell'insabbiamento di ciò che era successo a Iris. Il fatto che avessero condiviso una notte prima che sapessero chi fosse l'altro avrebbe dovuto essere irrilevante.

Eppure la sua pelle formicolava ancora, il battito era ancora accelerato. Zara si staccò dalla porta e inserì la scheda con più forza del necessario. Doveva concentrarsi, ricordare perché era lì. Iris Zhang meritava giustizia, e le complicazioni sentimentali con l'investigatore locale l'avrebbero solo allontanata da quell'obiettivo.

Per quanto il ricordo di Childers aleggiasse tra loro come una promessa non mantenuta.

CAPITOLO 8

IL CAMPANELLO ALL'INGRESSO DEL The Golden Horse tintinnò dolcemente quando Zara entrò per la quarta volta quella settimana. La frenesia del pranzo era passata, lasciando solo due tavoli occupati: una coppia di anziani seduti vicino alla finestra e un camionista curvo su un piatto di pollo al miele. May Zhang alzò lo sguardo da dietro il bancone; la sua espressione non era guardinga come durante la prima visita di Zara, ma era ben lungi dall'essere accogliente. «Progressi», pensò Zara. «Lenti, cauti progressi».

Scelse lo stesso tavolo d'angolo che aveva occupato ogni volta, abbastanza vicino alla cucina per osservare il viavai, ma sufficientemente lontano dagli altri clienti per avere un po' di privacy. I profumi familiari di zenzero, anice stellato e soia la avvolsero, risvegliando il ricordo di un'altra cucina, di un altro tempo.

Zara aveva abbandonato l'asporto dopo quel primo imbarazzante incontro, preferendo invece mangiare nel ristorante dove May potesse vederla, dove la sua presenza diventasse una gentile persistenza piuttosto che un'intrusione. Aveva sperimentato diverse sezioni del menù: ravioli al vapore dalla pasta traslucida perfetta, calamari croccanti al sale e pepe, melanzane brasate profumate. Ogni piatto era stato impeccabile, i sapori bilanciati e vivaci in un modo che i ristoranti delle grandi catene non riuscivano mai a ottenere. David Zhang era un cuoco davvero bravo; quel ristorante sarebbe stato celebrato a Brisbane. Nel Queensland rurale, era un vero tesoro.

May si avvicinò con un taccuino, i suoi movimenti erano rapidi e sbrigativi. Indossava gli stessi pratici pantaloni neri e la camicetta semplice di ogni altro giorno, i capelli striati di grigio raccolti nel solito chignon stretto. Solo il suo braccialetto di giada offriva un accenno di espressione personale, con la pietra verde che catturava la luce mentre si muoveva.

«Cosa desidera oggi?», chiese May, con un tono neutro ma non freddo.

«I beef ho fun, per favore», rispose Zara. «E un tè al gelsomino».

May annotò l'ordinazione senza commentare, ma fece una pausa prima di allontanarsi. I suoi occhi scuri studiarono Zara per un momento, mentre una domanda prendeva forma. Zara aspettò, mantenendo un'espressione aperta e paziente.

«Perché continua a tornare?», chiese infine May a bassa voce, in modo che solo Zara potesse sentirla. «È per la sua... ricerca?». La parola aveva una sfumatura amara.

Zara valutò se mentire o se dare una risposta strategica che potesse far avanzare la sua indagine. Invece, si ritrovò a offrire la verità.

«Il cibo», disse semplicemente. «Mi ricorda la cucina di mia nonna. La madre di mia madre. Era di Hanoi».

May inarcò leggermente le sopracciglia, la prima reazione genuina che Zara avesse visto in lei.

«Lei è vietnamita?». La domanda non conteneva alcuna accusa, solo sorpresa.

«Per un quarto. Mia nonna arrivò in Australia negli anni settanta, come sposa di guerra». Zara si toccò il viso, le lievissime pieghe epicantiche agli angoli interni degli occhi. «So di non sembrarlo molto, mio padre è australiano di origini scozzesi. Le persone di solito non se ne accorgono a meno che non dica il mio nome completo, Zara Ngoc Langley».

L'espressione di May cambiò, quasi impercettibilmente. Una riconsiderazione.

«Mia nonna ha vissuto con noi fino a quando ho compiuto quindici anni», continuò Zara, incerta sul perché stesse condividendo quelle informazioni, ma incapace di fermarsi. «Mi ha insegnato lei a cucinare, anche se non sono mai diventata brava come lei. Quando è morta, ho sentito come se avessi perso il legame con quella parte di me stessa». Fece un gesto vago indicando il ristorante. «Il vostro cibo, so che non è la stessa cucina, ma c'è qualcosa nella cura con cui è preparato, nell'equilibrio dei sapori... mi ricorda la sua cucina».

Le mani di May, che avevano stretto forte il taccuino delle ordinazioni, si rilassarono leggermente.

««La gente vede ciò che si aspetta di vedere»,, disse May dopo un momento, con voce più dolce. «Quando abbiamo aperto qui, venticinque anni fa, i clienti mi chiedevano se fossi imparentata con i proprietari del ristorante cinese di Bundaberg». Una familiare frustrazione le balenò sul volto. «Perché tutti i cinesi devono conoscersi tra loro, no? La mia famiglia è di Melbourne. Un antenato venne qui per la corsa all'oro nel diciannovesimo secolo!».

Zara annuì, riconoscendo l'esperienza condivisa. «Il mio insegnante di storia del secondo anno mi chiese se potevo dare una "prospettiva personale" sulla guerra del Vietnam. Io sono nata a Brisbane. Mia *madre* è nata a Brisbane. Mia nonna non parlava mai della guerra».

L'angolo della bocca di May ebbe un sussulto verso l'alto, non proprio un sorriso, ma qualcosa di simile. «Le persone hanno buone intenzioni, per lo più».

«Per lo più», concordò Zara.

Un momento di comprensione passò tra loro, fragile ma reale. Poi la porta tintinnò all'ingresso di un altro cliente, rompendo l'incantesimo. May si raddrizzò e la maschera professionale scivolò di nuovo al suo posto.

«Le porterò il tè», disse, allontanandosi.

Zara la guardò andare via, sentendo un piccolo sussulto di speranza. Non una svolta, forse, ma una crepa nel muro tra loro.

Il giorno dopo, Zara tornò per un pranzo tardivo, cronometrando deliberatamente il suo arrivo per il periodo di calma che aveva osservato. Il ristorante era vuoto quando entrò; May era sola al bancone e stava controllando quelle che sembravano fatture. May indicò con un cenno del capo il solito tavolo d'angolo di Zara senza dire una parola.

«Chow mein di verdure oggi, per favore», disse Zara quando May si avvicinò. «E di nuovo tè al gelsomino».

May scrisse l'ordinazione, poi esitò. «Il ristorante vietnamita a Brisbane dove lavorava, dov'era?», chiese.

Zara batté le palpebre sorpresa. «Nel West End. Un posticino chiamato Mekong River. Come ha capito che avessi lavorato in un ristorante vietnamita?».

May fece spallucce, con un piccolo sorriso misterioso che le aleggiava sulle labbra. «Il tipo di ristorante era un'ipotesi, ma... il modo in cui si muove nel locale, il modo in cui maneggia piatti e posate. Da cameriera».

Zara sorrise. «Tre anni a servire ai tavoli durante l'università. Il proprietario era un amico di mia nonna, tramite la comunità vietnamita».

May annuì, poi sparì in cucina. Quando tornò con il tè qualche minuto dopo, il ristorante era ancora vuoto. Invece di tornare al bancone, May tirò fuori la sedia di fronte a Zara e si sedette. L'azione fu così inaspettata che Zara si bloccò, con la tazza di tè a metà strada verso le labbra.

«David è andato a prendere dei rifornimenti a Bundaberg», disse May, come per spiegare il suo comportamento insolito. «Tornerà per il servizio serale». Incrociò le mani sul tavolo e il braccialetto di giada le scivolò lungo il polso. «Lei vuole sapere di Iris».

Non era una domanda. Zara posò con attenzione la tazza di tè, sentendo il peso di quel momento, la precaria fiducia che le veniva concessa.

«Sì», disse semplicemente. «Voglio capire chi fosse lei. non solo cosa le è successo».

Gli occhi di May cercarono qualcosa sul volto di Zara. Sincerità, forse, o rispetto. Qualunque cosa cercasse, parve trovarne a sufficienza per continuare.

«Era brillante», disse May, e la parola portava con sé sia orgoglio che dolore. «Creativa. Creava sempre qualcosa: storie, piccoli progetti artistici fin da quando era piccola». Le sue dita tracciarono un motivo invisibile sul tavolo. «Quando aveva quattordici anni, girò un documentario sulla storia di questa città. Intervistò i residenti più anziani, trovò foto che nessuno vedeva da anni. La società storica lo mostra ancora ai visitatori, anche se hanno rimosso il suo nome dai titoli di coda». A quelle parole il dolore le apparve sul volto: la cancellazione casuale del traguardo di sua figlia era stata una crudeltà non necessaria.

Zara ascoltò senza interrompere, senza prendere appunti, dando ai ricordi di May lo spazio che meritavano, pur decidendo mentalmente di rintracciare quel video e mostrarlo sul suo canale YouTube, integralmente, con il dovuto riconoscimento a Iris.

«Voleva studiare al Queensland College of Art», continuò May, «il programma di ammissione anticipata, così da poterci andare alla fine dell'undicesimo anno invece di aspettare un altro anno. Stava preparando il suo portfolio quando...». La voce le vacillò, poi tornò ferma. «Sarebbe stata ammessa. I professori che videro il suo lavoro in seguito lo dissero tutti».

«Era felice qui?», chiese gentilmente Zara. «A Salt Creek?».

May rifletté sulla domanda. «Era felice di chi fosse. A volte frustrata dai limiti della città. Vedeva oltre questo posto, ma non lo guardava dall'alto in basso». Un piccolo e triste sorriso le sfiorò le labbra. «Voleva raccontare storie di persone che gli altri ignoravano. "Tutti hanno una storia che vale la pena di essere raccontata, mamma", diceva sempre».

Il campanello della cucina suonò, segnalando che l'ordinazione di Zara era pronta. May si alzò; il momento era sospeso ma non spezzato. Quando tornò con il piatto fumante, lo posò davanti a Zara.

«Dovrei tornare alla contabilità», disse, indicando il bancone. Poi, quasi come se ci avesse ripensato: «Venga domani, se vuole. David prepara l'anatra alla pechinese il sabato. Non è sul menu, ma ne abbiamo sempre un po'».

Zara annuì, comprendendo l'invito per quello che era: non solo un pasto, ma una porta che si apriva. «Mi farebbe molto piacere. Grazie».

May tornò al bancone e Zara si dedicò ai suoi noodles, con la gola inaspettatamente stretta. Il primo vero passo verso la fiducia era stato fatto e, con esso, il primo assaggio di Iris come qualcosa di più di un semplice caso: come una figlia profondamente amata, una mente brillante persa troppo presto. Mentre mangiava, Zara sentì il peso di quella fiducia, che era al tempo stesso un onere e un dono.

Il cottage di Jane Goulding era arroccato sull'orlo del burrone e l'esterno in cladding in legno era quasi nascosto dietro un'esplosione di fiori autoctoni e alberi da frutto curati con attenzione. Zara seguì il tortuoso sentiero di pietra fino alla porta d'ingresso, prestando attenzione a non calpestare uno scinco dalla lingua blu assonnato che prendeva il sole sulle rocce calde. Dopo giorni passati a guadagnarsi gradualmente la fiducia di May, questa pista era arrivata inaspettatamente. La proprietaria del ristorante aveva menzionato l'«insegnante preferita» di Iris davanti all'anatra alla pechinese del sabato, con un raro sorriso che le era apparso sulle labbra quando aveva parlato della donna che aveva coltivato il talento di sua figlia. Una telefonata dopo, Zara aveva ricevuto un invito per una visita domenica pomeriggio.

Bussò alla porta del cottage, dipinta di un allegro verde acqua. Dei passi si avvicinarono dall'interno e la porta si spalancò, rivelando una donna alta e snella con dei sorprendenti capelli argentati tagliati in un caschetto elegante che scendeva con un angolo netto dalla nuca alla mascella. Nonostante avesse settant'anni, Jane Goulding si muoveva come una persona con la metà dei suoi anni, i suoi occhi erano luminosi e vigili dietro un paio di occhiali rettangolari alla moda.

«Zara, che piacere conoscerti!», disse lei con un marcato accento britannico. «Entra, entra. Ho appena messo su il bollitore».

L'interno del cottage era colorato quanto il suo giardino: pareti rivestite di librerie, opere d'arte dalle tonalità vivaci e collezioni di quelli che sembravano progetti studenteschi esposti con orgoglio. Jane condusse Zara in una veranda che si affacciava sul burrone, dove un vassoio da tè aspettava accanto a una pila di custodie per portfolio. Chiacchierarono con leggerezza mentre Zara preparava la telecamera e i microfoni per l'intervista.

«Mi ricordi un po' Iris, stranamente», disse Jane mentre versava il tè in delicate tazze di porcellana. «Qualcosa nella tua presenza. Nel modo in cui ti poni».

Zara premette il tasto per registrare e si sedette, sorpresa dal paragone. «Ho sentito dire che era una ragazza davvero straordinaria».

«Eccezionale», corresse Jane, sistemandosi su una sedia di vimini di fronte a Zara. «In quarantacinque anni di insegnamento, non ho mai avuto un'altra studentessa come Iris. La competenza tecnica si poteva insegnare, naturalmente, ma il suo *occhio*, quel senso innato per la narrazione, per ciò che conta in un fotogramma, quello era puro talento». Indicò le custodie sul tavolo. «Ho conservato le copie di tutti i suoi lavori. Con il permesso di May e David, ovviamente. Loro non potevano sopportare di guardarli dopo... beh. Ma io non potevo sopportare che andassero dimenticati. Chiederò di nuovo, un giorno, se li rivogliono. Quando arriverà la mia ora. Non vorrei che andassero perduti».

«Chiederò a May e David il permesso di condividerli sui miei canali», disse subito Zara. «Sono d'accordo; neanche io penso che debbano andare perduti».

«Penso che sarebbe una cosa meravigliosa!», esclamò Jane felice. «Parlerò anch'io con May, se dovessi trovarla restia».

Jane aprì la prima custodia, rivelando chiavette USB, DVD e materiale stampato organizzati con cura, ognuno con un'etichetta scritta in una calligrafia ordinata. Selezionò una chiavetta e la inserì in un laptop sottile che sembrava fuori luogo rispetto all'estetica altrimenti vintage del cottage.

«Questo era l'elaborato per il concorso mediatico statale di quando aveva sedici anni», spiegò Jane, girando lo schermo perché Zara potesse vedere.

Il video che iniziò a scorrere era un documentario di cinque minuti sulla siccità nella regione, raccontato attraverso interviste agli agricoltori locali. Ciò che colpì immediatamente Zara fu la composizione: ogni ripresa era deliberatamente inquadrata, il montaggio era serrato e professionale, e la narrazione si sviluppava in un modo che andava ben oltre quello che ci si potesse aspettare da una studentessa delle superiori.

«Vinse lei», disse Jane sottovoce. «Battendo studenti universitari di tre o quattro anni più grandi».

Jane le mostrò dell'altro: un saggio fotografico che documentava le mani dei residenti di Salt Creek; mani nodose di contadini, dita di fornai infarinate, unghie di meccanici macchiate d'olio; ogni immagine rivelava il carattere attraverso questi semplici dettagli. Un pezzo radiofonico che esplorava il rapporto della città con il torrente che le dava il nome, sovrapponendo resoconti storici, voci contemporanee e un sottile design sonoro. Un cortometraggio che drammatizzava un incidente del passato della città, quando i residenti avevano dato rifugio a un detenuto evaso contro gli ordini delle autorità.

«Tutto ciò che realizzava aveva diversi strati di lettura», disse Jane mentre Zara sedeva affascinata dal lavoro. «Un significato superficiale per gli spettatori casuali e temi più profondi per coloro disposti a guardare più da vicino. Capiva le sfumature in un modo che la maggior parte degli adulti non raggiunge mai».

Zara sentì un dolore sempre più profondo mentre Iris diventava più reale attraverso il suo lavoro, nonostante non apparisse mai sullo schermo; non solo una vittima, non solo un caso, ma una giovane donna brillante con una voce e una visione distintive. Quel lavoro rivelava qualcuno che osservava attentamente, che trovava la bellezza negli angoli trascurati, che si approcciava ai suoi soggetti con empatia ma mai con sentimentalismo. Qualcuno la cui perdita rappresentava non solo una tragedia personale per la sua famiglia, ma una voce creativa messa a tacere prima che potesse emergere pienamente.

«Il portfolio che stava preparando quando è morta», continuò Jane, aprendo un altro file, «le avrebbe garantito l'ammissione anticipata alla QCA. I professori a cui l'ho mostrato in seguito rimasero... be', uno di loro pianse, letteralmente». La voce le si incrinò. «Che spreco. Uno spreco terribile».

Zara guardò un video-saggio splendidamente costruito sull'identità adolescenziale nell'Australia rurale, che includeva interviste ai coetanei di Iris, tra cui brevi frammenti di Vince e diversi di Kirsty Cannon. Il contrasto tra la giovane donna sicura di sé e articolata dietro la macchina da presa e il torrente vuoto dove era stato ritrovato il suo corpo creò un dolore quasi fisico nel petto di Zara.

«Era benvoluta a scuola?», chiese Zara, ritrovando la voce. «May ha accennato al fatto che a volte fosse frustrata dai limiti della città».

Jane sorrise debolmente, mescolando il suo tè. «Rispettata più che benvoluta, forse. Il talento può isolare a quell'età. Gli altri studenti la ammiravano, ma alcuni ne erano intimoriti». Prese un sorso, soppesando le parole successive. «C'era tensione con Kirsty Cannon in quelle ultime settimane. L'ho notata durante le mie lezioni».

L'interesse di Zara si fece più acuto. «Che tipo di tensione?».

«Il solito dramma adolescenziale, in apparenza. Entrambe interessate allo stesso ragazzo, Vincent Thorne». Gli occhi di Jane incontrarono direttamente quelli di Zara. «Lui non glielo ha accennato?».

«No», disse Zara, sorpresa. «Ha parlato del fatto di essere uscito con Iris, ma non ha mai menzionato l'interesse di Kirsty nei suoi confronti».

Jane ridiscreta sottovoce, anche se il suono conteneva poco umorismo. «Oh, Kirsty era interessata, eccome. Anche se non si è fatta avanti fino a dopo la morte di Iris, un paio di mesi dopo, se ricordo bene. Piuttosto di cattivo gusto, a dire il vero». Scosse la testa. «Vincent la rifiutò in modo del tutto pubblico. Disse qualcosa di tagliente che la umiliò profondamente. Non ricordo le parole esatte, ma il senso era che lei non fosse Iris, e non avrebbe mai potuto esserlo. Il genere di onestà brutale in cui gli adolescenti sono specializzati».

Zara assorbì queste informazioni, collegandole all'attuale posizione di autorità di Kirsty in città, alla sua immagine accuratamente curata. Un rifiuto e un'umiliazione pubblica sarebbero stati devastanti per qualcuno così attento all'immagine, specialmente se provenienti dal ragazzo che desiderava, il ragazzo che aveva amato la sua rivale.

«Mi sorprende che Vince non l'abbia menzionato», disse Zara con cautela.

«Oh, i ragazzi di quell'età possono essere incredibilmente ignari di queste dinamiche», rispose Jane. «E tutto è stato piuttosto oscurato dalla morte di Iris. Vince partì per l'università poco dopo. Potrebbe non averne compreso l'importanza».

O potrebbe averlo considerato irrilevante per la morte di Iris, dato che era accaduto dopo, pensò Zara. Ma se Kirsty avesse nutrito dei sentimenti per Vince mentre lui stava con Iris...

«C'è stato qualche segnale che questo triangolo abbia causato problemi prima della morte di Iris?», chiese Zara.

Jane rifletté sulla domanda. «Nulla oltre al solito imbarazzo adolescenziale. Kirsty era sempre... controllata. Attenta alla sua immagine». Chiuse il portatile pensierosa. «La tensione che ho notato non riguardava Vince, non proprio, o almeno questa non fu la mia impressione. Iris si teneva qualcosa per sé, non lo condivideva con nessuno, nemmeno con Kirsty, il che era insolito. Spesso collaboravano». Corrucciò leggermente la fronte. «Ebbi l'impressione che Kirsty si sentisse esclusa, forse persino minacciata da qualunque cosa Iris stesse realizzando».

Questo coincideva con quanto Vince le aveva detto riguardo alla protettività di Iris verso il suo progetto finale, e con le informazioni di Emma sulla chiavetta USB acquistata in contanti. Un altro pezzo del puzzle, anche se Zara non era ancora sicura di dove incastrarlo.

«Sei rimasta in contatto con i tuoi studenti», osservò Zara. «Vedi mai Kirsty ora?».

«Meno da quando sono andata in pensione. Ci tiene a fare visita ogni volta che c'è una funzione scolastica, quindi la vedevo sempre lì. Sempre l'ex alunna devota». Il sorriso di Jane non raggiunse gli occhi. «Si è fatta strada, la nostra Kirsty. La più giovane Consigliere nella storia della città, sulla buona strada per la politica statale, per seguire le orme di suo padre. Forse Canberra, un giorno». Fece una pausa, studiando Zara. «Anche se a volte mi chiedo cosa avrebbe pensato Iris dell'ascesa della sua ex migliore amica. Erano così diverse. Iris tutta sostanza, Kirsty tutta apparenza».

Il paragone rimase sospeso nell'aria tra loro mentre Jane cominciava a riporre i portfolio. «Ho messo le copie digitali di tutto su questa unità per te». Le offrì un sottile hard disk portatile. «Il lavoro di Iris merita di essere visto, di essere compreso. Potrebbe aiutarti a capire cosa le è successo».

«Con piacere», disse Zara accettando l'unità, colpita ancora una volta dal divario tra la vibrante forza creativa evidente nel lavoro di Iris e la versione ufficiale di un annegamento accidentale. «Grazie per aver condiviso questo con me».

Jane la accompagnò alla porta, fermandosi sulla soglia. «Trova la verità», disse piano, con il suo riserbo britannico che si incrinava leggermente. «Si meritava molto di meglio di quella ridicola storia dell'annegamento».

Zara annuì. «Ci sto provando», promise. «Merita di essere ricordata».

Jane si asciugò gli occhi umidi, annuì. «Mi sta piacendo il tuo podcast», aggiunse come nota finale. «Aspetterò con ansia il tuo prossimo episodio».

Mentre tornava verso la città, la mente di Zara correva tra nuove domande: perché Vince non aveva menzionato l'interesse di Kirsty per lui? Era semplicemente poco importante per lui, o troppo doloroso da ricordare? E, cosa più pressante, la gelosia romantica avrebbe potuto giocare un ruolo in qualunque cosa fosse accaduta a Iris Zhang in quella notte di ottobre?

Zara sedeva a gambe incrociate sul letto del motel, con il portatile in equilibrio sulle ginocchia mentre scriveva con cura un'e-mail a Vince. La rivelazione sull'interesse di Kirsty per lui necessitava di una conferma, ma esitava sulla formulazione, non volendo sembrare accusatoria riguardo alla sua omissione. Dopo diversi tentativi, optò per un approccio diretto: *«Ho parlato con Jane Goulding oggi e ha menzionato una cosa interessante: che Kirsty avesse un interesse romantico per te e che tu l'abbia rifiutata dopo la morte di Iris. Vorrei sapere se puoi confermarlo e se pensi che possa essere rilevante per quello che è successo a Iris».*

Rilesse due volte, poi aggiunse: *«Voglio essere chiara sul fatto che non sto suggerendo che tu abbia nascosto delle informazioni. Capisco che questo possa essere sembrato non correlato o troppo personale per essere menzionato nella nostra intervista».* Dopo un'ultima lettura, cliccò invio, con la mente che già si volgeva a come questo potenziale triangolo potesse rimodellare la sua comprensione del caso.

La risposta arrivò più velocemente del previsto, appena venti minuti dopo. Zara era appena uscita dalla doccia quando il portatile emise il segnale della notifica. Si avvolse in un asciugamano e si sedette per leggere la risposta di Vince, con le gocce d'acqua che cadevano dai capelli sulla tastiera.

«Ciao Zara. Sì, è successo, anche se non ci pensavo da anni. Non era rilevante per la morte di Iris dato che è accaduto dopo, ecco perché non l'ho menzionato. Saranno stati circa due mesi dopo la morte di Iris; ricordo che era periodo di Natale. Kirsty mi mise alle strette a una festa, disse che avremmo dovuto "confortarci a vicenda" dato che a entrambi mancava Iris. Ero ubriaco e arrabbiato e probabilmente più crudele di quanto avrei dovuto essere. Non ricordo esattamente cosa dissi, ma il senso era che lei non valeva nemmeno la metà di Iris e che avrei preferito restare solo per sempre piuttosto che stare con qualcuno che mi avrebbe solo ricordato ciò che avevo perduto. Non è stato il mio momento migliore, ma avevo diciotto anni, ero in lutto e, francamente, un po' disgustato dalla sua tempistica. Non mi rivolse mai più la parola. Stavo comunque per partire per Brisbane per l'università, quindi non mi importava molto all'epoca.

«A posteriori, capisco quanto debba essere stato umiliante per lei, specialmente se aveva provato qualcosa per me mentre stavo con Iris. Ma onestamente non credo che questo si colleghi alla morte di Iris. Kirsty e Iris erano amiche, migliori amiche secondo Kirsty, anche se non ricordo che Iris abbia mai usato quel termine. C'era della tensione tra loro in quelle ultime settimane, ma non ho mai pensato che potesse riguardare me. Sembrava avere più a che fare con i progetti scolastici e le domande per l'università.

«Sono felice di parlarne ancora se pensi che conti qualcosa. Non sarò di ritorno a Salt Creek per altri 8 giorni, ma posso chiamarti dopo il mio turno domani, se vuoi.

«Vince»

Zara lesse l'e-mail due volte, valutandone le implicazioni. La tempistica rendeva improbabile che dei sentimenti romantici rifiutati avessero motivato direttamente la morte di Iris, ma aggiungeva un'altra dimensione al personaggio di Kirsty e al suo rapporto con Iris. La tensione menzionata da Vince concordava con quanto detto da Jane riguardo al fatto che Iris tenesse un progetto per sé, non condividendolo con Kirsty.

Si asciugò i capelli con l'asciugamano, riflettendo sulle opzioni per il prossimo episodio. Il triangolo romantico avrebbe certamente generato interesse negli spettatori. La gente amava quel tipo di drammi. Ma senza collegamenti più concreti alla morte di Iris, metterlo in risalto rischiava di trasformare il podcast proprio nel tipo di contenuto scandalistico che era stata accusata di creare con il caso di Little Girls Lost... e di far inferocire i locali ancora più di quanto già non fossero.

«No», disse ad alta voce alla stanza vuota. «Non imboccherò quella strada. Non ancora».

Invece, si sarebbe concentrata sul lavoro creativo di Iris, nel riportarla in vita come persona piuttosto che solo come vittima. Quell'approccio onorava sia la verità che la fiducia degli Zhang. La pista di Kirsty poteva aspettare finché non avesse avuto collegamenti più sostanziosi con il caso.

Vestita e con le idee più chiare sulla direzione da prendere, Zara aprì il software di editing e iniziò a montare la prossima puntata. Tagliò clip dalla sua conversazione con Jane, catturando i ricordi dell'insegnante su Iris e le sue descrizioni del notevole talento della giovane donna. Chiamò May e, con la sua benedizione, incluse frammenti dei lavori di Iris: parti dei suoi documentari, spezzoni dei suoi pezzi audio, immagini dei suoi saggi fotografici, con una nota che indicava che le versioni complete dei lavori di Iris sarebbero state rese disponibili separatamente sul suo canale.

Mentre faceva l'editing, Zara provò la familiare soddisfazione di costruire una narrazione avvincente, ma anche qualcosa di più profondo: un senso di responsabilità verso la ragazza la cui vita stava ricostruendo attraverso i ricordi degli altri e il suo stesso lavoro. Questo non era solo contenuto; era un'opera di restauro, riportare Iris a fuoco come qualcosa di più della semplice vittima nel torrente.

Lavorò per tutta la sera e fino a notte fonda. Alle due del mattino, aveva un montaggio preliminare che le sembrava giusto: rispettoso, coinvolgente, sostanzioso. Aggiunse la sua narrazione, collegando i vari elementi, enfatizzando il contrasto tra la vibrante e talentuosa giovane donna nelle riprese e la versione ufficiale di un annegamento accidentale.

L'editing finale richiese altre tre ore. Quando finalmente lo caricò all'alba, la stanchezza la attanagliava, ma la soddisfazione superava la fatica. Questo episodio avrebbe avvicinato i telespettatori a Iris come persona, li avrebbe spinti a interessarsi alla giustizia per lei in un modo che la spettacolarizzazione di un triangolo amoroso adolescenziale non avrebbe mai potuto fare.

Crollò a letto mentre i primi raggi di sole filtravano attraverso le sottili tende del motel, impostando la sveglia per mezzogiorno per controllare l'andamento dell'episodio.

Al suo risveglio, con gli occhi gonfi e ancora stanchi, il suo telefono era illuminato dalle notifiche. Lo afferrò a fatica, socchiudendo gli occhi verso lo schermo mentre i numeri prendevano forma. Visualizzazioni già a quota 47.000 e in rapida ascesa. Commenti a migliaia. Condivisioni, like, nuovi iscritti, tutte le metriche schizzavano verso l'alto a un ritmo che non vedeva dai tempi d'oro de Gli Australiani Scomparsi.

Aprì il pannello di controllo sul portatile mentre le statistiche venivano caricate. Non solo coinvolgimento, ma coinvolgimento significativo. I commenti discutevano del talento di Iris, esprimevano indignazione per la perdita di un tale potenziale, chiedevano giustizia. Gli spettatori si stavano connettendo con Iris come persona, proprio come Zara aveva sperato.

La cosa più sorprendente era la proiezione dei ricavi per il mese: 20.000 dollari. Fissò il numero, convinta di aver letto male a causa della stanchezza. Ma no, la cifra restava lì, quasi beffarda nella sua improbabilità. Venti*mila* dollari. Abbastanza per coprire il mutuo per mesi. Abbastanza per cancellare il debito della carta di credito. Abbastanza per respirare.

Rise, un suono a metà tra l'incredulità e il sollievo, mentre scorreva un commento dopo l'altro. La gente era coinvolta ora, non solo dal mistero ma da Iris stessa. La strategia aveva funzionato oltre le sue più ottimistiche previsioni.

Zara passò l'ora successiva a rispondere ai commenti principali e a prendere appunti per i prossimi episodi. Ora aveva abbastanza materiale da Jane per almeno altre due puntate, concentrandosi su diversi aspetti del lavoro creativo di Iris e costruendo gradualmente la tesi che la sua morte non potesse assolutamente essere stata accidentale.

Mentre chiudeva il portatile, riaffiorò un ricordo: Garrett Pennell che le parlava dei suoi pneumatici lisci, raccomandandole l'officina di Mick. Si era risentita per quell'osservazione allora, sentendola come una critica alla sua situazione finanziaria. Ora, con ventimila dollari all'orizzonte quel ricordo produceva un'emozione diversa: un misto strano di rivendicazione e qualcosa di simile alla gratitudine.

Afferrò le chiavi, improvvisamente determinata. Pneumatici nuovi. Una piccola cosa, forse, ma simbolica, la prova che non avrebbe lasciato Salt Creek tanto presto, che si stava rimboccando le maniche, che aveva le risorse per restare finché non avesse scoperto la verità su ciò che era accaduto a Iris Zhang.

E se per caso Garrett Pennell avesse notato la sua auto equipaggiata a nuovo, be', quello sarebbe stato solo un beneficio accessorio.

CAPITOLO 9

ZARA SEDEVA A GAMBE incrociate sul letto del motel, con il portatile in equilibrio sulle ginocchia e il condizionatore economico che borbottava e gemeva, sputando di tanto in tanto aria tiepida che faceva ben poco contro l'estate del Queensland che premeva contro le finestre. Scorrevano i commenti sotto il suo ultimo episodio. Quarantottomila visualizzazioni, e il numero continuava a salire. La ragazza nel ruscello non era più solo un podcast; stava diventando un movimento.

L'episodio dedicato al lavoro creativo di Iris aveva avuto una risonanza che andava ben oltre le sue aspettative. Gli spettatori non si limitavano a interessarsi al mistero; stavano entrando in sintonia con Iris come persona, condividendo l'indignazione per la perdita di un simile talento e chiedendo risposte su come una ragazza così attenta e meticolosa avesse potuto annegare accidentalmente in trenta centimetri d'acqua.

«*Il documentario di Iris su Salt Creek dovrebbe essere presentato ai festival cinematografici*», aveva scritto un utente. «*Aveva un occhio straordinario per la composizione*».

«*Non riesco a smettere di pensare alla sua serie fotografica sulle mani*», aggiungeva un altro. «*Il modo in cui catturava il carat-*

tere attraverso dettagli così semplici. Abbiamo perso un grande talento quando è morta».

Zara sorseggiò un po' d'acqua tiepida. Era esattamente ciò che aveva sperato: resuscitare Iris affinché fosse qualcosa di più di una vittima, spingere la gente a preoccuparsi della verità sulla sua morte perché tenevano a lei. Anche le entrate previste continuavano ad aumentare, aggirandosi ora intorno ai 22.000 dollari per il mese corrente. Una boccata d'aria finanziaria dopo mesi di debiti soffocanti.

Si soffermò su un commento che si distingueva dalle risposte emotive: «*La vecchia passerella era a cinquanta metri a monte da dove hai indicato, non venti. Ti stai sbagliando sulla geografia di base*».

Zara aggrottò la fronte, aprendo rapidamente i suoi appunti di ricerca. Il commento aveva ragione; aveva indicato male la distanza nella narrazione. Prese nota di pubblicare una correzione nel prossimo episodio, poi continuò a scorrere. Apparvero altre correzioni, stranamente precise:

«*Iris non era nella classe di inglese del signor Peterson all'ultimo anno, era in quella della signora Hargrove. Verifica i fatti*».

«*Il burrone non finisce "appena a est della città" come hai dichiarato. Ci sono più di tre chilometri fino alla cascata. Questo tipo di trascuratezza mina la tua credibilità*».

Zara si acciglò mentre leggeva, e l'iniziale fastidio per i propri errori lasciò il posto all'inquietudine. Queste non erano osservazioni casuali degli spettatori; era una conoscenza precisa del luogo, dettagli che solo qualcuno di Salt Creek poteva conoscere.

Si asciugò il sudore dalla fronte con il dorso della mano; la stanza le sembrò improvvisamente più claustrofobica nonostante le dimensioni fossero le stesse. Arrivò una notifica, un altro commento:

«*Dovresti stare più attenta a chi accusi. I piccoli paesi hanno la memoria lunga, e i giornalisti che fomentano guai non durano molto*».

Le si strinse lo stomaco. Questa non era più una correzione; era un avvertimento. Scorse ancora, trovando altri messaggi dai toni sempre più ostili:

«*Certe storie è meglio lasciarle sepolte. Per il bene di tutti*».

«*La tua stanza di motel si chiude bene la notte? Salt Creek non è sempre sicura per i forestieri*».

L'ultimo commento le mozzò il fiato. Controllò i profili utente: tutti anonimi, tutti creati nell'ultima settimana, tutti senza altre attività oltre ai commenti sui suoi video. Irrintracciabili.

Zara chiuse il portatile, si alzò e controllò che la porta della stanza del motel fosse chiusa a chiave e con la catenella inserita. La parte razionale del suo cervello insisteva che si trattasse solo dei tipici troll di internet, leoni da tastiera che cercavano di spaventarla con minacce a vuoto. Ma la giornalista che era in lei, la parte che aveva passato anni a sviluppare l'istinto per capire quando una storia diventava pericolosa, le sussurrava che stavolta era diverso. Si trattava di qualcosa di locale, specifico e in deliberata escalation.

Tornò al portatile, fece degli screenshot di ogni commento preoccupante, annotando l'ora e gli ID utente. Poi aprì un nuovo documento e iniziò ad analizzare gli schemi: stili di scrittura, conoscenze specifiche rivelate, tempistica dei post. Le sue mani si muovevano automaticamente, seguendo la routine investigativa che l'aveva sempre calmata quando le storie si facevano complicate.

I commenti avevano iniziato a comparire circa tre ore dopo la pubblicazione dell'episodio, il che suggeriva che qualcuno del posto lo avesse guardato la mattina presto e avesse reagito quasi immediatamente. La conoscenza specifica dell'orario delle lezioni di Iris indicava qualcuno legato alla scuola: un insegnante, un amministratore o un ex studente. E la minaccia riguardo alla sua camera di motel significava che qualcuno sapeva esattamente dove alloggiasse.

Ma cosa stavano cercando? Cosa aveva scatenato questa escalation? L'ultimo episodio non aveva fatto nomi di potenziali sospetti né proposto nuove teorie sulla morte di Iris. Aveva semplicemente messo in mostra il suo lavoro creativo, il suo talento. A meno che...

Zara riaprì il video, scorrendo i frammenti dei documentari di Iris che aveva incluso. Aveva inavvertitamente mostrato qualcosa che qualcuno non voleva venisse visto? Qualche dettaglio nel lavoro di Iris che rivelava più del previsto?

L'orologio del portatile segnava le 18:42. Fuori, il sole stava iniziando a tramontare, proiettando lunghe ombre attraverso le tende sottili. Zara andò alla finestra e sbirciò nel parcheggio quasi vuoto. Nessun veicolo sospetto, nessuno che osservasse dall'altra parte della strada. Solo l'ordinaria quiete di Salt Creek all'inizio della sera.

Tornò al portatile, copiò gli screenshot in una cartella cloud sicura, poi inviò un breve messaggio a Dev: «*Sto ricevendo alcuni commenti preoccupanti sull'ultimo episodio. Niente di concreto, ma tengo gli occhi aperti. Mi chiami domani?*»

Se c'era qualcuno in grado di rintracciare quegli account anonimi, era Dev. Non voleva allarmarlo, ma lanciare un segnale di avvertimento le sembrava prudente, e sapeva che lui avrebbe iniziato a indagare subito.

Il condizionatore borbottò di nuovo, poi rilasciò un getto d'aria leggermente più fresco. Zara si asciugò il collo dove si era accumulato il sudore nonostante fosse rimasta quasi immobile. I commenti non avrebbero dovuto intimidirla, lo sapeva. Le molestie online facevano praticamente parte del lavoro per qualsiasi giornalista donna, figuriamoci per una che indagava su un potenziale insabbiamento di omicidio. Ma la specificità la turbava: la conoscenza del posto, il chiaro intento di inquietarla.

Chiuse il documento e aprì invece il software di montaggio. La risposta migliore non era la ritirata, ma l'attacco. Iniziò a delineare il prossimo episodio, concentrandosi sulle incongruenze dell'indagine ufficiale. Se qualcuno stava cercando di spaventarla, aveva frainteso profondamente ciò che la motivava. Le minacce non la facevano scappare; la spingevano a scavare più a fondo.

Il riferimento specifico alla sua camera di motel, però, la tormentava. Guardò di nuovo la porta, le finestre, il bagno dove la piccola finestra rimaneva saldamente chiusa. Forse avrebbe dovuto considerare l'idea di trasferirsi, di trovare un posto meno scontato dove stare. Il cottage di Jane Goulding era abbastanza grande da avere una stanza libera; forse gliel'avrebbe affittata per qualche settimana, se glielo avesse chiesto. Ma no; scappare sarebbe stato un segno di debolezza, avrebbe confermato che l'intimidazione stava funzionando.

Zara raddrizzò le spalle e tornò al lavoro. Non se ne sarebbe andata da nessuna parte. Non finché non avesse scoperto cosa era successo davvero a Iris Zhang. Non finché non avesse capito perché la sua morte provocasse ancora reazioni così viscerali undici anni dopo.

E non finché non avesse identificato esattamente chi stava cercando così disperatamente di seppellire una verità che si rifiutava di restare nascosta.

Zara tornò al Salt Creek Motel poco dopo le cinque del pomeriggio successivo, con il conto in banca più leggero di quasi mille dollari ma l'auto finalmente stabile sulla strada. Aveva deciso contro il suggerimento di Garrett di prendere pneumatici usati dopo che Mick le aveva mostrato la differenza nella qualità del battistrada. «Questi le dureranno facilmente due anni, con i pochi chilometri che fa all'anno», le aveva detto, dando un colpetto ai nuovi Michelin che aveva ordinato per lei quando aveva portato l'auto la prima volta. «Quei pneumatici usati avrebbero potuto cedere in sei mesi». Con oltre ventimila dollari in arrivo grazie al successo del podcast, per una volta poteva permettersi di fare le cose per bene. Parcheggiò davanti alla sua unità; la vista familiare della sua squallida dimora temporanea le parve stranamente confortante dopo una giornata passata a immergersi nel lavoro creativo di Iris in biblioteca, con Esther come una presenza vigile e leggermente ostile sullo sfondo.

Ma appena aprì la porta, qualcosa cambiò nella sua percezione. La porta era chiusa a chiave. Le tende tirate esattamente come ricordava. Nulla di visibilmente fuori posto. Eppure sentiva che qualcosa non andava, una sottile alterazione nell'atmosfera che il suo corpo registrò prima ancora che la sua mente conscia potesse identificarla.

A prima vista la stanza sembrava normale: letto rifatto, una camicia pulita appoggiata sulla sedia dove l'aveva lasciata, la borsa del portatile sulla scrivania. Ma non appena entrò, quella sensazione si cristallizzò in dettagli specifici.

I libri sul comodino, tre tascabili e il suo taccuino di pelle erano disposti in un ordine diverso. Aveva lasciato il taccuino in cima per abitudine; ora si trovava al terzo posto nella pila. La cerniera della sua valigia, che lasciava sempre completamente chiusa, era aperta di un paio di centimetri a un'estremità. Il suo beauty case, che quella mattina aveva appoggiato sul ripiano del bagno, era dalla parte opposta del lavandino.

Qualcuno era stato nella sua stanza. Qualcuno aveva toccato le sue cose.

Zara si diresse prima verso la scrivania, con il cuore a mille mentre controllava la custodia dell'attrezzatura. Il lucchetto era intatto. Lo aprì e trovò il computer e l'hard disk di Jane con i file multimediali di Iris ancora al sicuro, intatti. Anche la sua attrezzatura di registrazione, la costosa fotocamera Sony e i microfoni che stava pagando a rate da diciotto mesi, erano indisturbati.

Non avevano rubato nulla. Stavano cercando qualcosa.

Le vennero i brividi al pensiero di mani sconosciute che si muovevano nel suo spazio privato, esaminando i suoi averi, aprendo la valigia dove i suoi vestiti erano piegati, esponendo oggetti intimi agli occhi di un estraneo. Andò in bagno, scrutandolo con più attenzione. Lo spazzolino era esattamente nel suo supporto, ma la sua crema idratante era stata spostata e il tappo non era ben stretto.

«Merda», sussurrò, con la voce tremante nel silenzio della stanza.

Zara tirò fuori il telefono e controllò l'ora: 17:23. Il personale delle pulizie avrebbe finito il giro ore prima e, per di più, lei appendeva sempre il cartello «Non disturbare» quando usciva. Non era stata la pulizia delle camere. Era stato un atto deliberato.

Si avvicinò alle finestre, controllando le serrature, esaminando i telai alla ricerca di segni di scasso. Nulla. Tornando alla custodia dell'attrezzatura, si accovacciò per portare il lucchetto all'altezza degli occhi, e allora li vide: sottili graffi intorno alla serratura, come se qualcuno avesse cercato goffamente di scassinarla.

Quindi, chiunque fosse stato non era esattamente un professionista. Avevano corrotto o convinto l'impiegato a dare loro accesso alla stanza? Avevano sottratto il passepartout che l'addetto alle pulizie doveva avere per accedere a tutte le stanze? In qualche modo, Zara era sicura che non avrebbe ottenuto una risposta onesta da nessuno dei dipendenti del motel.

I commenti anonimi della sera prima le balenarono in mente: «*La tua stanza di motel si chiude bene la notte? Salt Creek non è sempre sicura per i forestieri*». Non era una minaccia casuale, ma un avvertimento deliberato da parte di qualcuno che già sapeva di poter accedere al suo spazio.

Camminò avanti e indietro nella piccola stanza, sei passi da una parete all'altra, cercando di controllare il respiro. Cosa stavano cercando? L'hard disk di Jane con il lavoro di Iris? I suoi appunti di ricerca? O era semplicemente un'intimidazione, un messaggio per dirle che nessun posto era davvero privato, che era osservata?

In ogni caso, l'intento era chiaro: spaventarla, farla sentire vulnerabile, costringerla ad andarsene.

Zara si impose di stare ferma, di pensare. Poteva non dire nulla, fingere di non essersene accorta, ma allora chiunque avesse fatto questo avrebbe pensato che il messaggio non era stato recapitato.

Oppure poteva chiamare la polizia. Denunciare l'intrusione, creare un verbale ufficiale. Costringere chiunque ci fosse dietro a capire che non si sarebbe lasciata intimidire e ridurre al silenzio.

Fissò il telefono, con il numero della Salt Creek Police Station già salvato in rubrica. Chiamare significava che probabilmente avrebbe risposto Garrett. Garrett con i suoi occhi grigio-azzurri che vedevano fin troppo, con i suoi avvertimenti che ora sembravano meno minacce e più preoccupazione sincera.

Il ricordo della sua presenza fisica a Childers, della sua vicinanza nella stanza degli interrogatori della polizia, quella notte in cui l'aveva accompagnata a casa dal pub, le provocò un sussulto sgradito allo stomaco. Complicato. Troppo complicato.

Ma il suo istinto giornalistico prevalse sulla sua esitazione personale. *Documenta tutto. Crea una traccia scritta. Segui la procedura.* Non doveva necessariamente piacerle Garrett Pennell per usare il sistema che lui rappresentava.

Zara scattò foto degli oggetti spostati con il telefono, attenta a non toccare nient'altro. Poi mise da parte l'orgoglio e chiamò la centrale. Mentre il telefono squillava, fissava il suo spazio vitale violato, con la rabbia che prendeva gradualmente il posto dello shock iniziale.

Qualcuno pensava di poterla intimidire con queste meschine intrusioni. Qualcuno credeva che sarebbe scappata al primo segno di resistenza. Chiaramente non capivano cosa l'avesse portata a Salt Creek: non solo la disperazione professionale, ma una fede genuina nella giustizia, un impegno verso la verità che l'aveva sostenuta attraverso minacce ben peggiori di questa.

«Salt Creek Police Station», rispose la voce della segretaria.

«Sono Zara Langley», disse, con la voce ferma nonostante l'inquietudine persistente. «Vorrei denunciare un'intrusione al Salt Creek Motel».

Non si sarebbe lasciata spaventare. Né dai commenti anonimi, né dalla privacy violata, né dalle sottili minacce. Chiunque avesse frugato nella sua stanza era riuscito solo a confermare ciò che lei già sospettava: si stava avvicinando a qualcosa che qualcuno voleva disperatamente tenere nascosto.

Garrett arrivò diciassette minuti dopo la sua chiamata. Zara li aveva contati, appollaiata sul bordo della sedia della scrivania, non volendo sedersi sul letto dove mani sconosciute avrebbero potuto aver toccato. Riconobbe il suono del suo veicolo prima ancora di vederlo, il rombo caratteristico della LandCruiser della polizia che entrava nel parcheggio davanti alla sua finestra. Quando bussò, tre colpi secchi, lei si alzò velocemente, si sistemò la camicia e aprì la porta trovandolo lì a occupare tutto lo stipite, con l'espressione fissa in una maschera professionale che non riusciva del tutto a nascondere la preoccupazione nei suoi occhi.

«Signorina Langley» disse in tono formale, sebbene qualcosa nella sua voce addolcisse la distanza professionale. «Ha denunciato un'intrusione?»

Lei si fece da parte per farlo entrare, ipersensibile a come la sua presenza rendesse immediatamente più piccola quella cameretta. Oggi indossava l'uniforme: camicia azzurra con le insegne della polizia di Salt Creek, pantaloni scuri, cintura tattica. Ufficiale, autorevole. Eppure non poteva fare a meno di ricordarlo a Childers, in abiti civili, il suo corpo contro il proprio.

«Non manca nulla» spiegò lei, indicando i sottili segni dell'intrusione. «Ma qualcuno ha frugato tra le mie cose. Stanno cercando qualcosa».

Garrett annuì, tirando fuori una piccola macchina fotografica digitale e un taccuino.

«Le dispiace mostrarmi cosa ha trovato?» chiese, stando abbastanza vicino da farle sentire il profumo del suo dopobarba misto a caffè e al lieve odore di detersivo per il bucato. Troppo vicino per un'interazione professionale, eppure nessuno dei due si allontanò.

Lei descrisse ogni oggetto spostato, dove si trovasse prima e come facesse a sapere che era stato mosso. Mentre parlava, gli occhi di lui tornavano ripetutamente sul suo viso, studiandone l'espressione in un modo che andava oltre la procedura di polizia. Si muoveva nella stanza con lei, fotografando i libri riordinati, la cerniera della valigia parzialmente aperta. I suoi movimenti erano attenti, professionali, ma Zara notò come si posizionava, sempre tra lei e la porta, come se si aspettasse che l'intruso tornasse da un momento all'altro.

«Ha la stessa stanza da quando ha fatto il check-in?», chiese, scrivendo sul taccuino.

«Sì, da dieci giorni ormai».

«Qualcun altro oltre al personale delle pulizie ha accesso? Amici in visita? Colleghi?»

«No. Ho incontrato delle persone in città, Jane Goulding, May Zhang, ma mai qui. Oh, tranne Vince Thorne, ma lui è via nel sito minerario dove lavora». Fece una pausa. «Appendo sempre il cartello "Non disturbare". Le pulizie non entrano da tre giorni».

Lui annotò questo dettaglio, poi alzò lo sguardo e i suoi occhi grigio-azzurri incontrarono quelli di lei. «Ha notato qualcuno che la seguiva? Qualcuno che mostrava un insolito interesse per i suoi spostamenti?»

Le domande andavano oltre la procedura standard per una semplice intrusione senza furto. Era preoccupazione personale, mal simulata da scrupolo professionale.

«Non specificamente. Ma c'è stato...» Esitò, poi recuperò il telefono, mostrandogli gli screenshot dei commenti anonimi. «Questi hanno iniziato a comparire ieri, dopo che il mio ultimo episodio è andato online».

Garrett prese il telefono, scorrendo i messaggi. Un muscolo della mascella ebbe un fremito mentre leggeva, e la sua espressione si incupì. Quando arrivò al commento sulla serratura della camera del motel, le sue dita si serrarono sul telefono.

«Perché non li ha segnalati?» La sua voce era bassa, tesa per quella che sembrava rabbia autentica. Non verso di lei, si rese conto, ma verso chiunque ci fosse dietro le minacce.

«Sembravano il tipico trolling su internet. Fino a ora».

Le restituì il telefono, con le dita che sfiorarono le sue. «Questo non è trolling. Questa è intimidazione mirata». Si avvicinò, abbassando la voce. «Ti stai rendendo un bersaglio, Zara. Questa non è più solo resistenza da piccola città».

«Non farò marcia indietro», disse lei, alzando il mento. «Se qualcuno è così determinato a spaventarmi, devo essere vicina a qualcosa di importante».

«O a qualcuno di pericoloso». La sua mano si sollevò, quasi a sfiorarle il viso prima di ritirarsi. «Non capisci in cosa ti sei imbattuta».

«Allora dimmelo» lo sfidò lei, avvicinandosi senza volerlo. «Cosa mi sfugge, Garrett? Cosa non mi stai dicendo?»

L'aria tra loro sembrò comprimersi, pesante di parole non dette, del ricordo di quella notte a Childers, della tensione che era aumentata a ogni incontro successivo. Gli occhi di lui scesero sulla sua bocca, si soffermarono lì, poi tornarono a incrociare il suo sguardo. La distanza professionale crollò del tutto.

Lei non era sicura di chi si fosse mosso per primo. Forse entrambi, attratti da quella forza che esisteva fin dal primo momento in cui si erano incontrati. La bocca di lui trovò quella di lei, calda e disperata, mentre la sua mano saliva a sorreggerle la nuca. Lei rispose all'istante, il desiderio che divampava in lei mentre lo premeva a sé, con le dita che stringevano la sua camicia.

Il bacio non fu per nulla come quello di Childers: non giocoso, né esplorativo, ma carico di bisogno, paura, rabbia e qualcosa di più profondo che lei non sapeva nominare. Lui le avvolse un braccio intorno alla vita, tirandola a sé, come se potesse proteggerla fisicamente da qualsiasi minaccia si nascondesse fuori. Il suo corpo si ricordava di quello di lui, e l'istinto prese il sopravvento mentre lei si inarcava contro di lui.

Fu Garrett a staccarsi per primo, sebbene non la lasciasse andare, con la fronte appoggiata alla sua mentre entrambi riprendevano fiato.

«Sono preoccupato per te», disse lui con voce roca. «Questo non è un gioco. Salt Creek ha dei segreti che la gente proteggerà a ogni costo».

Il calore del corpo di lui contro il proprio rendeva difficile concentrarsi, ma Zara si impose di fare un passo indietro, creando spazio per pensare lucidamente. «So badare a me stessa. Non mi lascerò cacciare da tattiche intimidatorie».

«Queste non sono solo tattiche intimidatorie». Le sue mani si staccarono a malincuore dalla vita di lei. «Qualcuno era nella tua stanza, Zara. Qualcuno che sa dove dormi, a cosa stai lavorando. La situazione sta degenerando».

«Un motivo in più per continuare a scavare». Si sistemò la camicia, cercando di recuperare la compostezza. «Non me ne vado finché non saprò cosa è successo a Iris».

Sul volto di lui passò un'ombra: frustrazione, preoccupazione e forse una punta di riluttante ammirazione. Si passò una mano tra i capelli, guardandosi intorno nella stanza violata. «Almeno lasciami parlare con il direttore del motel per far cambiare le serrature. Magari aggiungendone una di cui solo tu abbia la chiave. E stai attenta a chi dai fiducia».

L'ironia della situazione non le sfuggì. Era lì, a dare fiducia proprio all'uomo che l'aveva diffidata da questa indagine fin dall'inizio. Gli affidava la sua sicurezza, la sua bocca, gli istinti del suo corpo.

Garrett raccolse il taccuino e la macchina fotografica, avviandosi verso la porta. Si fermò sulla soglia, voltandosi come se stesse per aggiungere qualcos'altro. I loro occhi si incontrarono prima che lui si limitasse a fare un cenno con il capo e uscisse.

La porta si chiuse alle sue spalle. Zara rimase immobile, ascoltando i suoi passi allontanarsi, con le labbra che ancora le formicolavano per il bacio. Senza di lui la stanza sembrava al tempo stesso più vuota e più affollata: vuota per la mancanza della sua presenza fisica, affollata dalle domande su ciò che era appena successo, su cosa significasse, su dove potesse portare.

Si lasciò cadere sul bordo del letto, non più preoccupata di chi potesse averlo toccato. Il battito cardiaco tornò lentamente alla normalità, ma il ricordo del corpo di Garrett contro il suo, la sua posa protettiva, il modo in cui il suo profumo — sapone, caffè e qualcosa di distintamente suo — aleggiava ancora nella stanza, le manteneva la pelle accaldata e sensibile.

Era sinceramente preoccupato per la sua incolumità. Non era finto, non era una recita. Ma questo significava che non fosse coinvolto in qualunque cosa fosse successa a Iris? O la sua era una preoccupazione personale, slegata da lealtà e obblighi professionali?

Zara si premette le dita sulle tempie, cercando di schiarirsi le idee. L'intrusione, i messaggi minacciosi, il bacio: tutto si attorcigliava in un confuso groviglio di pericolo e desiderio. La cosa peggiore non era che qualcuno fosse stato nella sua stanza o che utenti anonimi la stessero minacciando online.

La cosa peggiore era che, quando Garrett era rimasto sulla soglia pronto ad andarsene, lei avrebbe voluto chiedergli di restare.

CAPITOLO 10

UN BUSSARE ALLA PORTA, persistente ma esitante, strappò Zara da sogni agitati. Sbatté le palpebre verso l'orologio sul comodino: 6:17 del mattino. Troppo presto per le pulizie. Dopo l'effrazione del giorno prima, il battito le accelerò mentre scivolava fuori dal letto, infilandosi un cardigan sopra la maglia del pigiama prima di avvicinarsi con cautela alla porta. Guardò attraverso lo spioncino, tendendosi finché non riconobbe la piccola figura dall'altra parte: May Zhang, ferma con le mani giunte davanti a sé, dall'aspetto risoluto e incerto al tempo stesso nella luce già vivida del mattino.

Zara aprì la porta, facendo scorrere la catenella. «May? Va tutto bene?»

May indossava pantaloni neri ben stirati e una semplice camicetta blu; i capelli striati di grigio erano raccolti nella solita crocchia, anche se più allentata del solito, come se si fosse vestita in fretta. Tra le mani stringeva un piccolo mazzo di fiori selvatici, i cui colori vivaci stridevano con la sua espressione cupa.

«Vorrei mostrarle una cosa» disse May, con voce ferma nonostante un leggero tremolio alle dita. «Se ha tempo. Adesso.»

«Certamente» rispose Zara, con la sorpresa che cedeva il passo alla curiosità. «Mi dia cinque minuti per vestirmi.»

May annuì, facendo un passo indietro. «Aspetto.»

Zara si vestì velocemente, infilando un paio di pantaloncini e una leggera camicia di cotone, passando la spazzola tra i capelli prima di legarli in una coda di cavallo. Afferrò il registratore e il telefono per istinto, poi esitò, incerta se quello fosse il genere di invito adatto. Il registratore rimase sul tavolo, ma si infilò il telefono in tasca.

Fuori, l'aria era satura di umidità e il sole faticava ancora a farsi strada attraverso la foschia che restava aggrappata all'orizzonte. May stava dritta con le spalle, lo sguardo fisso verso un punto indefinito. Quando Zara uscì, May si limitò a un cenno del capo e iniziò a camminare, aspettandosi che Zara la seguisse.

Attraversarono la cittadina che si stava risvegliando in silenzio. Il proprietario del bar, intento ad aprire il locale, fece un cenno a May, ma la sua espressione mutò in sorpresa alla vista di Zara accanto a lei. Curiosità da piccolo centro, pensò Zara, o qualcosa di più specifico: il riconoscimento dell'importanza di vedere May Zhang camminare con la donna del podcast.

May la guidò lungo la strada principale, oltre l'hotel, poi svoltò nel piccolo parco pubblico con i suoi tavoli da picnic logori e i giochi per bambini. La rugiada mattutina inzuppò le scarpe da ginnastica di Zara mentre attraversavano l'erba, dirigendosi non verso il sentiero che scendeva al ruscello dove era stato trovato il corpo di Iris, ma verso la vecchia passerella di legno che attraversava il burrone.

«È qui che vengo» disse May, le prime parole da quando avevano lasciato il motel. «Ogni settimana. Da undici anni.»

Indicò il ponte, il cui legname era ingrigito dal sole e dalla pioggia, con le assi solide ma che mostravano i segni del tempo nelle venature spaccate e nei nodi scuriti. Mimose gialle fiorivano lungo le sponde del burrone, il loro profumo dolce si mescolava all'odore terroso del ruscello sottostante. L'acqua scorreva limpida e bassa sopra i sassi levigati, profonda appena pochi centimetri.

May salì sulla passerella con movimenti esperti, familiari. Circa a metà percorso, si fermò e si inginocchiò, infilando i fiori selvatici che aveva portato attraverso una fessura della ringhiera, sistemandoli su una piccola placca di metallo fissata alla trave laterale. Zara si avvicinò per leggere la semplice incisione: "Iris Zhang, figlia amata, 1997-2014".

«Il consiglio comunale non permise un vero memoriale» spiegò May, con voce distaccata, sebbene le sue dita indugiassero sulla placca di metallo, seguendone il nome della figlia. «Dissero che avrebbe incoraggiato il "turismo macabro". Richard Cannon riuscì a ottenere questo compromesso. Abbastanza piccolo da passare inosservato, a meno che non si sappia dove guardare.»

Rimase inginocchiata, sistemando i fiori per assicurarsi che non cadessero nel ruscello sottostante. «Vengo qui a parlarle» continuò May, ora con tono più dolce. «Le racconto del ristorante, delle nuove ricette di suo padre. Le faccio domande a cui non può rispondere.»

May alzò lo sguardo verso Zara, i suoi occhi scuri velati da un velo di lacrime che non voleva lasciar cadere. «Si sieda con me» disse, non proprio come una domanda, ma nemmeno come un ordine. Picchiettò sul legno logoro accanto a sé.

Zara si calò sulla passerella, sentendo il legno ruvido contro i palmi e le cosce mentre infilava i piedi sotto il parapetto per farli penzolare accanto a quelli di May. Da quell'angolazione vedeva il ruscello più chiaramente, i sassi levigati sotto l'acqua, l'ombra della passerella che creava una zona più fresca in cui si radunavano piccoli pesci. Quindici centimetri d'acqua. Non abbastanza per annegarci accidentalmente.

«Dissero che era caduta» disse May, seguendo lo sguardo di Zara. «Che aveva battuto la testa, perso conoscenza ed era annegata nonostante l'acqua bassa.» La sua voce restava ferma. «Ma Iris conosceva il ruscello. Ci giocava fin da piccola. Aveva il passo sicuro, era prudente.»

Zara annuì; l'impossibilità della versione ufficiale era ancora più evidente da quel punto di osservazione. «Aveva qualche motivo per trovarsi qui quella notte?» domandò a bassa voce.

Le dita di May continuavano il loro movimento inconscio contro la targa commemorativa. «Nessuno di cui ci avesse parlato. Sarebbe dovuta tornare a casa direttamente dal ristorante. Dalla parte opposta. Nessun motivo per deviare verso il ruscello a meno che...» La voce le si spense.

«A meno che qualcuno non le avesse chiesto di incontrarsi qui, o non l'avesse incontrata per strada e convinta a seguirlo» concluse Zara con delicatezza.

May annuì, lo sguardo ancora fisso sull'acqua. «Qualcuno di cui si fidava abbastanza da venire qui con lui di notte.»

Sederono in silenzio. Una brezza smosse le foglie degli eucalipti che costeggiavano il burrone, facendo danzare ombre screziate sull'acqua. Zara si mosse, sistemandosi sul legno duro e, mentre poggiava il palmo per stabilizzarsi, i suoi occhi colsero qualcosa di insolito tra le assi consumate.

Qualcosa di nero, incastrato in profondità nella fessura tra due assi, appoggiato su una delle travi di sostegno sotto la superficie della passerella. Non era una foglia né un detrito; la forma era troppo regolare, il materiale troppo solido. Zara si sporse, soc-chiudendo gli occhi.

«May» disse piano, «c'è qualcosa laggiù, tra le assi.»

May alzò lo sguardo, un'espressione confusa sul volto. «Dove?»

Zara indicò la stretta fessura. «Lì. Qualcosa di nero, con quello che sembra... un adesivo? Su una superficie di metallo o plasti-ca.»

May si chinò in avanti, strizzando gli occhi per vedere nell'ombra sotto le assi della passerella. «Non... aspetti.» Il fiato le si mozzò in gola. «Lo vedo.»

«È incastrato lì da molto tempo» disse Zara, studiando come l'oggetto si fosse depositato, come il legno si fosse logorato in-torno a esso, quasi richiudendosi sopra qualunque cosa fosse rimasta intrappolata sotto. «Anni, forse. Sembra un telefono.»

La mano di May afferrò il polso di Zara, stringendolo forte. «Non hanno mai trovato il telefono di Iris! Potrebbe essere...?» Non riuscì a finire la domanda, con la speranza e la paura che lottavano sul suo volto.

L'istinto investigativo di Zara si risvegliò, la sua mente calcola-va possibilità, connessioni. Qualcosa di perso o nascosto sulla passerella dove Iris Zhang era stata vista viva per l'ultima volta, rimasto ignoto per undici anni. Qualcosa di piccolo, nero, con quello che sembrava un adesivo decorativo.

«Dobbiamo tirarlo fuori» disse lei, già valutando come infilare le dita tra le strette fessure. «Riesce a vedere se si muove?»

May annuì, la determinazione che prendeva il posto dell'in-certezza. Si chinò, scrutando nella fessura, ma le sue dita erano troppo grandi per passare in quello spazio eroso dal tempo.

«Riesco quasi a...» iniziò May, poi si ritrasse frustrata. «Non si muove. E se ci limitiamo a spingerlo, potrebbe cadere in acqua.»

«Allora dobbiamo provare anche da sotto» disse Zara, alzandosi già in piedi, con gli occhi che facevano la spola tra l'oggetto incastrato e il ruscello basso. «Scenderò in acqua. Se cade, lo prenderò al volo.»

Gli occhi di May si spalancarono. «Pensa davvero che possa essere...?»

Zara non rispose direttamente, non volendo alimentare speranze che non poteva soddisfare, ma le possibilità le correvano in mente. «Scopriamolo» disse invece, incamminandosi già verso la fine della passerella e il sentiero che l'avrebbe portata al ruscello.

Il sentiero per scendere al ruscello era ripido, proprio come ricordava dalla sua prima volta lì, e obbligò Zara ad aggrapparsi a radici scoperte e arbusti per stabilizzare la discesa. L'umidità mattutina premeva sulla pelle e la camicia le si era già incollata alla schiena prima ancora di raggiungere il bordo dell'acqua. Sopra di lei, May aveva trovato un ramo caduto e si stava posizionando con cautela sulla passerella, proprio sopra l'oggetto incastrato; i suoi movimenti erano lenti e deliberati, come se un passo falso potesse far precipitare la loro scoperta nell'acqua sottostante.

«Sono qui sotto!» gridò Zara, sfilandosi le scarpe e entrando nel ruscello.

Il freddo improvviso dell'acqua contro le caviglie le fece mancare il fiato. Nonostante il caldo opprimente che iniziava a farsi sentire nell'aria, il ruscello scorreva fresco, alimentato da sorgenti sotterranee che mantenevano un piccolo flusso nonostante la diga a monte ne avesse tagliato gran parte della portata. I sassi levigati si muovevano sotto i suoi piedi mentre risaliva verso il centro, posizionandosi esattamente sotto la fessura dove l'oggetto era incastrato.

«Riesce a vederlo da lì?» chiese May, sporgendosi dalla ringhiera con voce tesa.

Zara inclinò la testa all'indietro, socchiudendo gli occhi contro la luce del sole sempre più forte che filtrava tra le assi. «No, niente. Ma sono proprio sotto di lei. Se riesce a smuoverlo, cercherò di prenderlo.»

May si inginocchiò sulla passerella, inserendo il sottile ramo nella fessura tra le tavole, il volto contratto in una smorfia di concentrazione. «Proverò a scalzarlo piano» disse. «Si prepari.»

Il ramo scricchiolò contro il legno in cerca di una leva. Sudore imperlava la fronte di Zara mentre aspettava; il collo le doleva per la posizione e l'acqua le intorpidiva i piedi nonostante il calore crescente del giorno.

«Credo che...» May spinse ancora, più forte. «Credo che stia iniziando a...»

Un brusco schianto la interruppe quando la punta del ramo si spezzò, facendo perdere momentaneamente l'equilibrio a May. Il ramo principale colpì con forza l'oggetto e Zara vide l'angolo del dispositivo spuntare oltre il bordo della trave portante, barcollando in bilico sulla sua precaria posizione.

«Si sta staccando!» gridò, allargando le gambe nell'acqua, con le mani sollevate e pronte.

May si riprese, aggiustando la presa sul ramo accorciato. «Ancora una spinta» disse, più a se stessa che a Zara.

Il ramo colpì il bordo dell'oggetto, facendolo ruotare quanto basta. Per un istante sospeso, sembrò restare appeso nella fessura, indeciso. Poi si ribaltò, scivolando via dalla sua prigione durata anni e precipitando nel vuoto.

Zara si lanciò, facendo schizzare l'acqua intorno ai polpacci mentre le mani scattavano verso l'alto. L'oggetto colpì i suoi palmi, quasi scivolandole dalle dita prima che riuscisse a chiuderle saldamente intorno ad esso. L'impeto la fece indietreggiare di un passo, ma riuscì a restare in piedi, stringendo il bottino al petto in salvo.

«Preso!» esclamò, guardando ciò che ora stringeva tra le mani.

Era inconfondibilmente un telefono cellulare, uno smartphone di vecchia data, con la custodia nera crepata lungo un lato e lo schermo ridotto a una ragnatela di fratture. Sul retro c'erano degli adesivi, ma qualunque cosa fosse raffigurata era sbiadita da tempo.

In alto, May si stava già muovendo, abbandonando il ramo mentre si affrettava lungo la passerella; il suo passo solitamente misurato aveva ceduto a un'urgenza a stento controllata. Zara tornò verso la riva, attenta a non scivolare sui sassi levigati, tenendo il telefono ben sollevato dall'acqua.

Quando raggiunse il terreno asciutto, May era già lì; la sua discesa era stata in qualche modo più veloce di quella di Zara, nonostante l'età. I suoi occhi erano fissi sul telefono.

«Mi lasci vedere» disse, con la voce ridotta a un sussurro.

Zara glielo porse con cautela, osservando le dita di May tremare intorno ai bordi del dispositivo mentre lo girava per esaminare gli adesivi sul retro.

«È il suo» disse May, con la voce che le si incrinò. «È il telefono di Iris. Questi adesivi li ha messi il giorno in cui ha ricevuto il telefono. Diceva che era il suo "kit multimediale" in miniatura.»

Il pollice sfiorò un adesivo con gesto delicato. «Questo ha la forma di un microfono, vede? Quella era l'immagine che c'era sopra. Ne aveva di simili sul portatile.»

May alzò lo sguardo, con gli occhi lucidi per le lacrime trattenute. «La polizia disse che non riuscivano a trovare il suo telefono. Che doveva essere caduto in acqua, trascinato dalla corrente.» La sua voce si fece dura. «Invece era qui. Per tutto questo tempo. Proprio dove lei... proprio dove è stata trovata.»

Zara osservò la consapevolezza scivolare sul volto di May: le implicazioni di un telefono incastrato nel ponte, anziché trascinato via dalla corrente. Una prova che avrebbe potuto rivelare cosa fosse successo davvero quella notte, chi avesse incontrato Iris Zhang, cosa avesse visto o saputo.

«Scomparve anche il suo portatile», continuò May, con la rabbia che ora si intrecciava al dolore. «Il Detective Finch venne a casa nostra il giorno dopo... dopo che l'avevano trovata. Disse che serviva il computer per l'indagine. Glielo consegnammo, naturalmente». Le sue dita si serrarono attorno al telefono. «Tre settimane dopo, quando chiedemmo di riaverlo, disse che era stato "esaminato e riportato nel deposito prove". Ma quando David andò a ritirarlo, nessuno riuscì a trovarlo. Semplicemente sparito. Come se non fosse mai esistito».

May fece un passo avanti, la stretta sul telefono ora faceva sbiancare le nocche. «Non deve darlo a loro», disse, improvvisamente feroce, mentre l'altra mano si chiudeva attorno al polso di Zara. «Me lo prometta. La polizia qui... fa parte di qualunque cosa sia successa. Hanno preso il suo portatile, hanno ignorato i lividi sulle sue braccia, hanno stabilito che fosse un incidente quando chiunque avrebbe potuto vedere...». Si interruppe, con il respiro affannato.

Zara esitò, l'etica giornalistica in lotta con l'empatia umana. Sottrare una prova a un'indagine di polizia superava un limite che non aveva mai considerato prima, un limite che, se scoperto, avrebbe potuto compromettere la sua carriera. Ma la disperazione negli occhi di May, le dita tremanti che stringevano sia il telefono che il polso di Zara, parlavano di una verità più profonda: non si trattava solo di integrità professionale, ma di una giustizia negata per troppo tempo.

E poi, non c'era alcuna indagine ufficiale. Questo non era un caso irrisolto; era chiuso da tempo. A meno che Zara non riuscisse a produrre prove nuove e incontrovertibili, prove che avrebbero potuto trovare su quel telefono.

«Lo prometto», disse infine Zara. «Ma May, dobbiamo provare a recuperare qualunque cosa ci sia dentro. Potrebbero esserci prove, messaggi, foto, registri delle chiamate che potrebbero dirci cosa successe quella notte».

Il sollievo distese i lineamenti di May e la stretta sul polso di Zara si allentò, pur senza lasciarlo del tutto. «Pensa che sia possibile? Dopo tutto questo tempo alle intemperie?».

«I telefoni moderni sono sorprendentemente resistenti», rispose Zara, sebbene non ne fosse del tutto certa. «La custodia sembra intatta, il che dovrebbe aver offerto un po' di protezione. E non è rimasto immerso in acqua, è stato solo esposto agli elementi». Accennò al dispositivo con un cenno del capo. «Ci sono specialisti che potrebbero essere in grado di effettuare il recupero dati».

May annuì, riconsegnando con cura il telefono a Zara; il passaggio fu deliberato, significativo, un passaggio di fiducia prima ancora che di un oggetto. «L'ultima cosa che ha toccato», disse a bassa voce, come se il pensiero le fosse venuto in mente solo in quel momento.

Zara accettò il telefono con delicatezza, consapevole di ciò che stringeva tra le mani: non solo una potenziale prova, ma un legame diretto con Iris, forse le sue ultime comunicazioni, i suoi ultimi istanti. Le dita di May indugiarono sulla custodia, riluttanti a interrompere il contatto con quell'inaspettato collegamento con sua figlia.

«Lo tratterò con cura», promise Zara, incrociando lo sguardo di May. «E la terrò informata su tutto ciò che troveremo, e mi assicurerò che torni a lei, a qualunque costo».

Infine le dita di May si staccarono e la donna raddrizzò le spalle, ricomponendosi visibilmente. «Le sarebbe piaciuta», disse all'improvviso, cogliendo Zara di sorpresa. «Iris. Non sopportava gli sciocchi o i simulatori. Avrebbe apprezzato la sua determinazione». L'ombra di un sorriso le sfiorò le labbra. «E la sua testardaggine».

L'inatteso complimento toccò una corda profonda in Zara, chiudendole la gola. Annuì, incapace di trovare una risposta adeguata, e infilò con cura il telefono in tasca.

«Dovremmo andare», disse May, lanciando un'occhiata verso il ponte dove i fiori autoctoni in memoria di Iris poggiavano ancora contro la targa commemorativa. «Prima che qualcuno ci veda».

Risalirono il sentiero del burrone in silenzio, con Zara acutamente consapevole di ciò che portava in tasca. Il telefono sembrava pesare molto più della sua massa fisica. Resistette all'impulso di toccarlo attraverso il tessuto dei pantaloncini, come se quel contatto potesse in qualche modo disturbare i fragili dati rimasti all'interno. Si concentrò invece sul problema pratico: chi avrebbe potuto estrarre informazioni da un dispositivo così danneggiato dopo tanti anni di esposizione agli agenti atmosferici? E, cosa ancora più importante, di chi poteva fidarsi per i suoi contenuti?

Quando raggiunsero il pianoro, May si guardò intorno con cautela prima di parlare a voce bassa. «Riuscirà a... vedere cosa c'è dentro?».

Zara valutò la domanda con attenzione. «Personalmente no. Il danno è esteso e il recupero dati da un telefono così compromesso richiede attrezzature specializzate. Anche se per miracolo si accendesse ancora, cosa di cui dubito, i componenti interni sono probabilmente corrosi».

Le spalle di May si afflosciarono leggermente, la speranza momentanea svanì dai suoi occhi.

«Però», continuò Zara, osservando attentamente l'espressione di May, «potrei conoscere qualcuno in grado di aiutarci».

La polizia era fuori questione dopo la rivelazione di May sul portatile scomparso. Gli esperti informatici locali avrebbero parlato in una cittadina di queste dimensioni. Un servizio commerciale di recupero dati avrebbe richiesto scartoffie, registri, rischi di fughe di notizie. E per quanto Garrett potesse essere affidabile, la sua posizione lo rendeva impossibile da coinvolgere, a prescindere dai sentimenti complicati che c'erano tra loro.

Ma c'era una persona che conosceva, dotata sia delle competenze tecniche che dell'assoluta discrezione richiesta. Qualcuno i cui confini etici erano chiari e la cui lealtà non era in discussione. Qualcuno che avrebbe visto la faccenda come un irresistibile enigma tecnico piuttosto che come una potenziale complicazione legale.

«Il mio coinquilino a Brisbane», disse Zara, e la decisione si fece solida mentre parlava. «Dev. Sta facendo un dottorato in ingegneria elettrica, specializzato in recupero dati e informatica forense. Ha attrezzature che competono con i laboratori universitari, la maggior parte delle quali costruite da lui stesso». Una nota di orgoglio si insinuò nella sua voce. «Ha recuperato dati da dispositivi che i professionisti avevano dichiarato irrecuperabili. Ed è del tutto affidabile».

May le studiò il volto, cercando certezze. «Tornerebbe a Brisbane in auto?».

Zara annuì. «Oggi stesso. Se parto presto potrei essere lì nel tardo pomeriggio, consegnargli il telefono e tornare domani». Sostenne con fermezza lo sguardo di May. «Non coinvolgerebbe mai le autorità senza il nostro esplicito consenso, e capisce il valore della riservatezza. Una sfida tecnica del genere è pane per i suoi denti».

«E si fida ciecamente di lui?», chiese May, con una domanda carica di tutti quegli anni di diffidenza verso i canali ufficiali e di promesse infrante.

«In questo momento, gli sto letteralmente affidando la mia casa. E gli affiderei la mia vita», rispose Zara semplicemente. «Dev è... è brillante, ma etico fino al midollo». Sorrise leggermente. «È probabilmente l'unica persona che conosco più testarda di me quando si tratta di risolvere problemi».

May parve misurare quelle parole, soppesandole contro il suo disperato bisogno di proteggere quell'ultimo legame con sua figlia. Infine annuì, e il sollievo fu visibile nell'allentarsi della tensione sul suo volto.

«Quanto tempo gli ci vorrebbe per... per vedere se si può recuperare qualcosa?».

«Dipende dall'entità del danno», ammise Zara. «Potrebbero volerci giorni o settimane. Il telefono è rimasto esposto per undici anni. La batteria si sarà sicuramente deteriorata, forse ha perso materiali corrosivi sugli altri componenti. I chip di memoria potrebbero essere danneggiati in modo irreparabile». Non voleva alimentare false speranze. «Dev sarà onesto sulle possibilità».

Avevano ormai raggiunto il limitare del parco e la cittadina si stava svegliando intorno a loro. Un uomo anziano che portava a spasso il cane fece un cenno a May, indugiando con curiosità su Zara. Un furgone per le consegne passò sferragliando, il conducente rallentò per scrutarle prima di accelerare di nuovo.

«La gente mormorerà», sussurrò May, notando l'attenzione. «Lo fanno sempre».

«Che lo facciano», replicò Zara, attenta a mantenere una postura disinvolta nonostante il prezioso carico in tasca. «Siamo solo due persone che hanno fatto una passeggiata insieme».

Le labbra di May si incurvarono in un accenno di sorriso. «E che passeggiata». Scosse lentamente la testa. «Sono così felice di aver dato ascolto a quella piccola voce che mi diceva di invitarla a camminare con me stamattina. È stata Iris, pensa, a darmi la spinta nella direzione giusta?».

«Non lo so», disse Zara sinceramente. «Forse. Ho visto cose bizzarre indagando su casi irrisolti. Persone che prendevano decisioni insolite che portavano a scoperte fondamentali, e dopo non sapevano spiegare perché l'avessero fatto. Mantengo una mente aperta».

Mentre camminavano, la mente di Zara correva già alla logistica. Doveva chiamare Dev, prepararlo a ciò che gli stava portando. Preparare la sua attrezzatura per portarla con sé; non voleva lasciarla nella camera del motel per la notte, non dopo l'effrazione.

«Se ci sono messaggi», disse improvvisamente May, interrompendo i pensieri di Zara, «SMS o chiamate di quella no tte...». Esitò, poi continuò. «Voglio sapere. Anche se saranno difficili da ascoltare. Anche se cambieranno il modo in cui la ricordo». La sua voce si fece più forte. «Ho vissuto con mezze verità per undici anni. Posso sopportare la verità intera adesso, qualunque essa sia».

Zara annuì, comprendendo il coraggio richiesto da una tale apertura dopo anni di protettivo isolamento.

«Condividerò tutto ciò che troveremo», promise. «Senza nascondere nulla».

Svoltarono sulla strada principale, con the Golden Horse visibile davanti a loro, la sua insegna rossa e oro che catturava la luce del mattino. David sarebbe stato all'interno, a prepararsi per l'attività della giornata, ignaro di ciò che avevano scoperto. Ignaro che sua moglie avesse fatto quel passo enorme verso la scoperta della verità sulla morte della figlia.

«Dovrebbe andare», disse May mentre si avvicinavano al ristorante. «Prepari quello che le serve per Brisbane. Prima parte, prima tornerà». Fece una pausa, poi aggiunse sottovoce: «Dirò a David cosa abbiamo trovato. Cosa stiamo facendo».

Zara annuì, consapevole degli sguardi che le osservavano dalle vetrine dei negozi e dalle auto di passaggio. Nelle piccole città non c'era privacy, specialmente per i forestieri. «La chiamerò quando arrivo a Brisbane», disse. «E di nuovo domani quando sarò sulla via del ritorno».

May allungò improvvisamente una mano, stringendo quella di Zara. Il tocco fu breve ma fermo, un gesto di gratitudine e fiducia comunicato attraverso quel semplice contatto. Poi si voltò e camminò verso il ristorante, raddrizzando la schiena a ogni passo, mentre la familiare armatura di dignità tornava al suo posto.

Zara la guardò andare via, sentendo il peso della responsabilità sulle spalle più gravoso di quello del telefono in tasca. Non si trattava più solo di salvare la sua carriera, e nemmeno di scoprire la verità fine a se stessa. Si trattava di una madre che aveva vissuto in un'incertezza insopportabile per undici anni, di un padre che si era sepolto nel lavoro pur di non affrontare il dolore, di una giovane donna di talento la cui vita era stata rubata da una violenza travestita da incidente.

Si voltò e si diresse verso il motel per fare i bagagli, accelerando il passo. All'angolo si fermò, guardando indietro verso il burrone dove il ruscello scorreva placido tra le sponde. Da quella distanza sembrava tranquillo, ordinario, impossibile da immaginare come la scena di una violenza che aveva spezzato una vita e distrutto altre.

Zara pensò a Iris che attraversava quella passerella nella sua ultima notte, forse per incontrare qualcuno di cui si fidava, qualcuno che aveva tradito quella fiducia nel peggiore dei modi. Le era caduto il telefono accidentalmente durante una colluttazione? Era stato nascosto deliberatamente dopo? Le domande si moltiplicavano, ma per la prima volta da quando era arrivata a Salt Creek, Zara sentì che potevano finalmente avere una strada verso le risposte.

«Non la deluderò», sussurrò, una promessa rivolta sia a Iris che a May, anche se nessuna delle due poteva udirla. «Qualunque cosa ti sia successa quella notte, lo scopriremo. E qualcuno finalmente ne risponderà».

Con quel pensiero, si voltò e si allontanò, preparando già mentalmente il viaggio verso Brisbane, le conversazioni con Dev, la cautela nel maneggiare quella che poteva essere la prova più importante trovata finora. Il telefono in tasca era più di un semplice dispositivo; era la chiave che poteva finalmente svelare la verità sulla ragazza nel ruscello.

CAPITOLO 11

LA BRUCE HIGHWAY SI stendeva davanti a Zara, con il calore che ondeggiava sulla superficie mentre il sole pomeridiano batteva contro il parabrezza. Sei ore di guida con l'unica compagnia dei suoi pensieri e della radio. Sei ore per rivivere ogni istante al ruscello con May Zhang, per sentire il telefono di Iris contro la coscia attraverso il tessuto della tasca, per calcolare e ricalcolare la ragnatela sempre più fitta di legami a Salt Creek che in qualche modo portavano al corpo di una diciassettenne in quindici centimetri d'acqua.

I campi di canna da zucchero lasciarono il posto alla boscaglia rada, per poi tornare ai terreni agricoli; il paesaggio passava quasi inosservato mentre la sua mente correva. Undici anni. Il telefono era rimasto incastrato in quel ponte per undici anni mentre May e David Zhang convivevano con la bugia ufficiale sulla morte della figlia. Mentre il responsabile camminava libero, costruendo una vita sulle fondamenta di quella menzogna.

«Se ci sono dei messaggi», aveva detto May, «voglio saperlo. Anche se dovessero essere difficili da ascoltare»..

Zara strinse la presa sul volante, con le nocche che diventavano bianche. L'effrazione nella sua stanza al motel assumeva ora un nuovo significato. Qualcuno pensava che si stesse avvicinando troppo. Qualcuno aveva paura di ciò che avrebbe potuto scoprire. E ora, se mai si fosse scoperto che aveva sottratto prove dalla scena di un decesso, incidente o omicidio che fosse, la sua credibilità sarebbe andata distrutta insieme a ogni possibilità di giustizia per Iris.

Il telefono emise un segnale acustico per la notifica di un messaggio. Era Dev, che confermava che sarebbe stato a casa al suo arrivo. Lo aveva chiamato in anticipo ma era rimasta vaga sul motivo del suo ritorno; non voleva spiegare al telefono cosa stesse portando con sé. Meglio mostrarglielo di persona. Dev comprendeva la discrezione meglio di chiunque altro; la sua attività secondaria nell'aiutare le persone a recuperare dati persi gli aveva insegnato quando era meglio non fare domande.

Quando i sobborghi settentrionali di Brisbane iniziarono a invadere l'autostrada, la tensione nelle spalle di Zara si allentò leggermente. Si era lasciata alle spalle gli occhi vigili di Salt Creek, almeno per una notte. Niente sorveglianza da piccola città, niente Garrett con i suoi occhi grigio-azzurri che vedevano fin troppo, niente domande indiscrete da parte dei locali che si chiedevano perché non volesse farsi gli affari propri. Solo la sua casa in legno ad Aspley con le grondaie cadenti e l'inquilino che era probabilmente quanto di più vicino avesse a un migliore amico.

La luce del tardo pomeriggio inondava la strada di sfumature dorate mentre imboccava il vialetto; il familiare scricchiolio della ghiaia sotto gli pneumatici fu più confortante di quanto si aspettasse. La casa appariva esattamente come l'aveva lasciata: vernice bianca che si scrostava sugli angoli, la porta zanzariera leggermente storta, erbe aromatiche in vaso sui gradini d'ingresso in vari stadi di abbandono, nonostante le promesse di Dev.

Prima ancora che potesse cercare le chiavi, la porta si spalancò rivelando Dev; la sua figura allampanata riempiva l'uscio, mentre gli occhiali gli scivolavano sul naso come facevano sempre.

«Il ritorno della figlia prodiga dei podcast!» esclamò. Fece un passo avanti, poi esitò, la sua naturale goffaggine sociale prese il sopravvento. «È il momento di un abbraccio? Il tuo ultimo episodio era brillante, quindi direi che ci sta»..

Zara si ritrovò a sorridere nonostante tutto. «Decisamente un momento da abbraccio», disse, lasciando cadere lo zaino per accettare la sua breve e un po' rigida stretta.

«Hai un aspetto terribile», osservò lui allontanandosi, onesto come al solito. «Non si dorme bene nel Queensland rurale?»

«Non ho dormito quasi per niente». Recuperò la borsa e lo seguì all'interno, accolta dall'odore familiare di elettronica, caffè e dal tenue sentore chimico dell'attrezzatura di Dev. «Sarà bello passare una notte nel mio letto. Ma non sono qui per questo; ho portato una cosa per cui mi serve il tuo aiuto».

Lo spazio vitale di Dev aveva colonizzato altre aree comuni da quando se n'era andata: schede elettroniche e attrezzature per la saldatura si spandevano sul tavolo da pranzo, tre monitor ora invece di due sulla scrivania nell'angolo. Ma aveva tenuto libera la sua poltrona preferita, il tessuto blu logoro che la invitava come un vecchio amico.

«Tè prima? O passiamo subito agli affari?» chiese lui, muovendosi già verso il bollitore elettrico, leggendo dalla sua postura il bisogno di caffeina.

«Affari», disse Zara, infilando con cautela la mano in tasca. «Questo è... delicato, Dev. Ben oltre i tuoi soliti lavori di recupero».

Inarcò le sopracciglia sopra gli occhiali, incuriosito. «Intrigante. Lo sai che vivo per le sfide».

In soggiorno, Zara liberò il telefono dagli strati di stoffa, una sciarpa e poi una maglietta, che aveva usato per proteggerlo durante il viaggio. Lo posò delicatamente sul tavolino tra loro, con movimenti reverenti, consapevole di ciò che quel dispositivo poteva aver visto.

«Ho motivo di credere che questo sia il telefono di Iris Zhang», disse a voce bassa.

Gli occhi di Dev si spalancarono, il suo sguardo passava rapidamente dal telefono al volto di Zara. «La ragazza nel ruscello? Proprio il suo telefono?» Le sue mani restarono lungo i fianchi, senza ancora toccare il dispositivo, riconoscendo la gravità di ciò che avevano davanti. «Dove l'hai... no, anzi, non dirmi i dettagli. Immagino che non ti sia stato consegnato ufficialmente dalla polizia».

«No», confermò Zara. «E ho bisogno della massima riservatezza su questo. Niente domande sulla catena di custodia, niente discussioni con nessuno».

Lui annuì con decisione. «Ricevuto». Poi la curiosità professionale prese il sopravvento e lui si sporse in avanti, esaminando il telefono senza toccarlo. «Samsung Galaxy S3, uscito nel 2012, quindi doveva essere quasi nuovo quando è morta nel 2014»... I suoi occhi seguirono le crepe sullo schermo, la corrosione visibile lungo i bordi. «Danni significativi, forse non quanto mi aspetterei dopo undici anni di esposizione?» Lanciò un'occhiata interrogativa a Zara.

«Era in un punto parzialmente riparato», tergiversò lei.

Lui recuperò una piccola valigetta dalla camera e la aprì, rivelando i suoi attrezzi: pinzette, piccoli cacciaviti, una lente d'ingrandimento con luce integrata. «Fammi dare un'occhiata come si deve».

Zara guardò Dev mentre smontava delicatamente il telefono. Documentava ogni passaggio con la fotocamera del suo cellulare, mormorando osservazioni tecniche tra sé e disponendo ogni pezzo in una linea ordinata man mano che lo separava. Nonostante la precedente goffaggine sociale, con la tecnologia tra le mani Dev si muoveva come un chirurgo.

«La batteria è completamente degradata, come previsto», disse, separando i componenti con cura. «I circuiti interni mostrano una corrosione estesa. La CPU è probabilmente danneggiata in modo irreparabile». Alzò lo sguardo, fissando Zara negli occhi. «Ma c'è una buona notizia. C'è una scheda microSD».

Sollevò un minuscolo quadratino di plastica con i contatti metallici, miracolosamente intatto. «Questi aggeggi sono incredibilmente resistenti. L'involucro l'ha protetta dall'esposizione diretta. C'è una buona probabilità, non una garanzia, ma una probabilità, che io riesca a recuperare i dati»..

«Quanto tempo ci vorrà?» chiese Zara.

L'espressione di Dev si fece seria. «Una settimana, minimo. Forse di più. Dovrò pulire i contatti, creare un ambiente di recupero personalizzato, forse persino riparare la scheda stessa». Posò il componente con cura. «E Zara, devo essere chiaro: potrebbe non funzionare. Dopo undici anni in quelle condizioni, il contenuto potrebbe essere corrotto in modo irrimediabile».

Lei annuì, sentendosi improvvisamente travolta dalla stanchezza. L'adrenalina della scoperta, il lungo viaggio, il peso della fiducia di May; tutto la colpì in un colpo solo. Affondò nella poltrona, il corpo che finalmente cedeva allo sforzo delle ultime settimane.

«Capisco», disse. «Ma dobbiamo provarci. È l'unica pista che non è stata contaminata da undici anni di silenzio di provincia».

Dev alzò lo sguardo dal telefono smontato. «Ti va di raccontarmi cosa hai scoperto finora? Il podcast dice qualcosa, ma immagino ci sia dell'altro che non hai reso pubblico».

Zara gli fornì la versione ripulita: l'annegamento impossibile, la resistenza della città alle domande, l'effrazione nel motel, la graduale fiducia di May Zhang. Descrisse il ritrovamento del telefono quella mattina, l'importanza del luogo del rinvenimento, il laptop sparito dai reperti della polizia. Omise però accuratamente ogni menzione di Garrett, della loro notte a Childers prima che sapesse chi fosse, della complicata tensione tra loro da allora, del bacio nella stanza del motel che l'aveva lasciata confusa e in conflitto.

Alcuni segreti non spettava a lei condividerli, e certe complicazioni era meglio tenerle separate dall'indagine. Almeno così diceva a se stessa mentre guardava Dev catalogare ogni componente di quella che poteva essere la loro migliore speranza di ottenere giustizia.

Dev alzò lo sguardo dal telefono smontato, con le dita ancora impegnate a sistemare i pezzi. «Zara», disse, con il tono che passava dal tecnico al personale, «sei al sicuro lassù? Queste intrusioni, le minacce anonime... sembra che tu abbia scosso qualcosa di grosso».

La domanda rimase sospesa tra loro, diretta e inevitabile. Zara prese la sua bottiglia d'acqua, bevendone un sorso per guadagnare tempo. La verità era complicata: minacce ignote, un investigatore che non riusciva a inquadrare del tutto, una città con segreti sepolti per cui valeva la pena uccidere. Ma aveva perfezionato l'arte del sottile inganno durante anni di giornalismo investigativo.

«Certo che lo sono», rispose, con tono leggero e sbrigativo. «La gente di provincia sa solo abbaiare. Vogliono spaventarmi, ma non sono davvero pericolosi».

Gli occhi di Dev si restrinsero dietro le lenti. La conosceva da abbastanza tempo – un anno di bollette condivise, cene d'asporto e occasionali conversazioni notturne – per riconoscere la particolare cadenza che assumeva la sua voce quando non diceva tutta la verità. Le sue dita si fermarono sulla scheda microSD, ma non insistette oltre. Era il loro patto non scritto: rispettare i confini reciproci, anche quando sospettavano che quei confini nascondessero dei guai.

«Be', la tua carriera di podcaster non è certamente in pericolo», disse invece, cambiando rotta. «Il numero di iscritti è triplicato dal primo episodio. Le statistiche che sto monitorando mostrano tassi di coinvolgimento che farebbero piangere di gioia gli sponsor aziendali».

Zara si sentì sollevata per il cambio di argomento. «È stato surreale», ammise. «Dopo il disastro di Little Girls Lost, pensavo di essere finita». Si passò una mano tra i capelli, ancora sorpresa dal proprio successo. «Ho pagato il mutuo di questo mese e ho saldato il debito della carta di credito usando i risparmi. Il pagamento grosso, quasi trentamila dollari, dovrebbe arrivare il mese prossimo».

«Trentamila?» Dev fece un fischio sommesso. «Con soli quattro episodi?»

«L'algoritmo mi ama di nuovo», disse lei scrollando le spalle, anche se una nota di orgoglio trapelò nella voce nonostante il tentativo di apparire indifferente. «Alla gente ora importa di Iris. Vogliono giustizia per lei».

«Vogliono il prossimo episodio» la corresse Dev, ma senza cattiveria. «Li hai agganciati con un mistero ignorato per oltre un decennio. E la qualità della produzione è eccezionale, considerando che fai tutto da sola».

Zara sorrise, concedendosi di godersi il momento. Dopo mesi di caduta libera professionale, aveva ritrovato l'equilibrio. «Pensavo che dovremmo festeggiare con il thailandese di quel posto assurdamente costoso a Chermside», propose. «Offro io».

«Una mossa finanziaria audace», commentò Dev impassibile, ma i suoi occhi si illuminarono all'idea.

Mentre Dev ordinava — curry verde per lei, massaman per lui, involtini primavera da dividere — Zara andò in cucina a preparare il tè. La routine familiare di riempire il bollitore, scegliere le tazze e dosare le foglie nell'infusore la calmò. Da lì poteva osservare Dev al lavoro, ricurvo in un atteggiamento di concentrazione sul telefono di Iris, completamente assorto.

Era stata fortunata ad averlo come coinquilino. Lui capiva i suoi orari irregolari e il suo occasionale bisogno di silenzio assoluto durante il lavoro. La loro amicizia era nata gradualmente, costruita sul rispetto reciproco per i propri spazi e su una comune stima per la competenza tecnica.

«A proposito di quei commenti anonimi», disse Dev quando lei tornò con il tè, accettando la sua tazza. «Ho fatto qualche ricerca».

«Immaginavo», rispose Zara, sistemandosi sulla poltrona. L'idea di relax per Dev spesso consisteva nel seguire briciole digitali solo per vedere dove portassero. «Hai trovato qualcosa di interessante?»

«Interessante non è la parola giusta». Posò la tazza, e la sua espressione si fece seria. «Ho sbattuto contro un muro di cibersicurezza che non dovrebbe esistere per dei semplici troll di internet. Chiunque abbia lasciato quei commenti sa il fatto suo: crittografia solida, uso sofisticato di VPN, forse persino protocolli di sicurezza di livello governativo».

Un brivido corse lungo la schiena di Zara, nonostante la tazza calda tra le mani. «Livello governativo? Intendi come i sistemi della polizia?»

Dev scrollò le spalle, ma il gesto disinvolto contrastava con la preoccupazione nello sguardo. «Potrebbe essere. O personale militare. O qualcuno che ha imparato quelle tecniche nei canali ufficiali. Il punto è che non si tratta di semplici locali arrabbiati che scrivono dal cellulare. Qui c'è qualcuno con un addestramento».

L'implicazione pesava tra loro. Zara pensò a Garrett, ai suoi occhi grigio-azzurri e ai suoi cauti avvertimenti. A Kirsty Cannon e ai suoi legami politici. Fino a dove si estendeva la rete di protezione attorno alla morte di Iris?

«C'è dell'altro», continuò Dev, sistemandosi gli occhiali sul naso. «La tempistica suggerisce che qualcuno stia monitorando i tuoi caricamenti in tempo reale. I commenti appaiono pochi minuti dopo la pubblicazione dei nuovi contenuti, con una costanza tale da indicare degli avvisi automatici».

Le dita di Zara si strinsero attorno alla tazza. «Quindi qualcuno sorveglia tutto ciò che pubblico. Immediatamente».

«E risponde con messaggi sempre più ostili». Dev la guardò negli occhi. «Zara, ti conosco abbastanza bene da sapere che non mollerai questa storia. Ma stai attenta. Qualunque cosa tu abbia scovato, ha messo in allarme delle persone».

«Lo farò», promise lei, con parole automatiche e vuote.

Dev sospirò, riconoscendo l'insincerità di quella rassicurazione. «Almeno tieni le porte chiuse e fatti sentire regolarmente? Mi preoccupo».

Il campanello li interruppe: era arrivata la cena. Mentre disponevano i contenitori sul tavolino, con il telefono smontato accuratamente messo da parte, Zara si sentì grata per la comprensione di Dev. Lui non l'avrebbe assillata per dettagli che non era pronta a condividere, non avrebbe preteso che abbandonasse l'indagine, non le avrebbe fatto la predica sui rischi. Invece, l'avrebbe aiutata come poteva: recuperando dati da fonti impossibili, seguendo impronte digitali, offrendole un rifugio sicuro quando aveva bisogno di riorganizzarsi.

«Alla ragazza nel ruscello», disse Dev, alzando un involtino primavera in un brindisi scherzoso. «Che possa condurti alla verità e a un bel conto in banca».

Zara fece toccare il proprio involtino contro quello di lui, apprezzando il tentativo di alleggerire l'atmosfera. «Alla verità», fece eco lei. «E agli amici che non fanno troppe domande».

Lui sorrise, ma i suoi occhi rimasero seri dietro le lenti. Entrambi sapevano che l'indomani lei sarebbe tornata a Salt Creek, verso pericoli che nessuno dei due comprendeva appieno. Ma per quella sera, potevano far finta che la minaccia più grande fosse scegliere se mangiare altro curry verde o tenere un po' di posto per il mango sticky rice che avevano preso per dessert.

I campi di canna da zucchero sfilavano oltre i finestrini in file infinite, interrotte di tanto in tanto da piccoli centri che apparivano e svanivano come pensieri di passaggio. Zara era partita da Brisbane all'alba, ansiosa di tornare a Salt Creek prima che qualcuno notasse la sua assenza, anche se a quanto pare quel treno era già passato se l'indagine di Dev sui commenti anonimi era corretta. Qualcuno seguiva da vicino i suoi contenuti. Avrebbero saputo anche che aveva lasciato la città per una notte? Avrebbero sospettato il motivo?

La valigia con i vestiti puliti sul sedile posteriore le sembrava una piccola vittoria. Camicie pulite, biancheria non lavata nel lavandino del motel, i suoi pantaloncini preferiti che aveva inizialmente lasciato a casa pensando che questa indagine avrebbe richiesto giorni anziché settimane. Piccoli comfort per quella che si annunciava come una situazione sempre più scomoda.

Il pensiero del telefono di Iris, ora smontato con cura nel laboratorio di Dev, le pesava sulla mente. Aveva fatto una promessa a May: tenere la polizia fuori da questa scoperta, seguire le prove ovunque portassero senza interferenze ufficiali. Ma dopo le rivelazioni di Dev sulla sofisticata sicurezza dietro quelle minacce anonime, non poté fare a meno di chiedersi se avesse fatto la scelta giusta. Se Garrett era coinvolto nell'insabbiamento, nascondere le prove era giustificato. Se non lo era, stava potenzialmente ostacolando la giustizia per Iris.

Aveva lasciato Dev chino sul bancone, già intento a preparare soluzioni detergenti specifiche per la scheda microSD. «Non aspettarti risultati rapidi», l'aveva avvertita. «Questo tipo di recupero è minuzioso. E Zara», la sua espressione era stata insolitamente seria, «stai attenta a chi lo racconti. Se qualcuno è arrivato a tanto per intimidirti, non si fermerà alle intrusioni e alle minacce online».

Apparve il familiare cartello di benvenuto di Salt Creek, lettere sbiadite su vernice scrostata. Zara rallentò entrando nei confini della città, passando davanti al The Golden Horse con la sua insegna rossa e oro. Un movimento all'interno attirò la sua attenzione: May che puliva i tavoli prima della calca del pranzo. Avrebbe dovuto contattare gli Zhang, aggiornarli sulla valutazione di Dev senza dare false speranze. Ma quel colloquio avrebbe dovuto aspettare. Per prima cosa, doveva risistemarsi in camera, pianificare la mossa successiva, controllare se qualcos'altro fosse stato toccato in sua assenza.

Il parcheggio del Salt Creek Motel era quasi vuoto; la maggior parte degli ospiti era partita quella mattina, i nuovi dovevano ancora arrivare. Zara parcheggiò al suo solito posto, prese la valigia e la borsa a tracolla e si diresse in camera. La nuova serratura che Garrett aveva fatto installare brillava al sole, una piccola concessione alla sicurezza in un luogo dove i segreti sembravano trapelare dai muri.

La stanza appariva intatta, esattamente come l'aveva lasciata. Zara appoggiò la valigia sul letto, con le solite molle che scricchiolavano sotto il peso. Aveva appena finito di aprirla quando un colpo secco alla porta la fece sussultare, tre rintocchi decisi che riconobbe all'istante. Il battito cardiaco le accelerò in un modo che si rifiutò di analizzare troppo a fondo.

Garrett era fermo sulla soglia quando lei aprì; la sua postura era rigida, e i suoi occhi grigio-azzurri scrutarono il viso di lei come in cerca di ferite. Oggi indossava la divisa; la camicia celeste rendeva i suoi occhi più grigi che azzurri, i pantaloni scuri erano stirati secondo il regolamento. L'immagine perfetta dell'ufficiale professionale, se non fosse stato per quel lampo decisamente poco professionale nel suo sguardo.

«Dove sei stata?» domandò lui, con la voce tesa per quella che poteva essere rabbia o preoccupazione. «Non sei tornata al motel ieri sera».

Zara inarcò un sopracciglio, appoggiandosi deliberatamente allo stipite della porta. «Non sapevo di doverti fare rapporto se vado a casa per una notte».

La sua maschera professionale scivolò, lasciando trasparire la frustrazione. «Ero preoccupato per te». L'ammissione parve strappata a forza. «Con l'effrazione, le minacce... Sono passato ieri sera per vedere come stavi e non c'eri. La tua auto non c'era. Nessun biglietto, nessun messaggio».

«Preoccupato nella tua veste professionale di sergente investigativo di Salt Creek?» lo stuzzicò lei, ignorando il calore che le si diffondeva in corpo a causa della sua premura.

«Zara». Solo il suo nome, pronunciato così, sciolse qualcosa dentro di lei.

Non fu sicura di chi si mosse per primo. Forse entrambi, attratti dalla corrente che scorreva tra loro fin dai tempi di Childers. La bocca di lui cercò quella di lei, calda e impetuosa, mentre la mano le premeva sulla parte bassa della schiena, attirandola a sé. Lei rispose all'istante, le dita che stringevano il tessuto della sua camicia d'ordinanza, mentre il bacio si faceva più profondo.

Poi la realtà tornò a galla violentemente. Il telefono. La fiducia di May. La prova che aveva portato fuori da Salt Creek, una prova che quell'uomo, quell'ufficiale di polizia, aveva l'obbligo professionale di sequestrare. Una prova che lei gli stava deliberatamente nascondendo.

Zara si irrigidì, allontanandosi e ristabilendo una distanza fisica. Gli occhi di Garrett si incupirono quando notarono il cambiamento, e le sue mani ricaddero lungo i fianchi.

«Che c'è?» chiese lui, con voce roca.

«Niente» mentì lei, e la parola le lasciò un sapore amaro in bocca. «È solo che... è complicato. Tu sei un poliziotto. Io sto indagando su un caso che il tuo dipartimento ha chiuso anni fa».

Non era una bugia, solo una verità incompleta. Non poteva parlargli del telefono senza tradire May. Non poteva continuare a baciarlo senza avere l'impressione di tradire la propria etica professionale. I conflitti di lealtà le si attorcigliavano dentro.

«Non è questo», disse Garrett, socchiudendo leggermente gli occhi mentre le studiava il volto. «C'è qualcos'altro. Qualcosa che non mi stai dicendo».

Un barlume di colpa le attraversò il viso nonostante i suoi sforzi per mascherarlo. Non era mai stata brava a nascondere le emozioni; era per questo che preferiva stare dietro al microfono piuttosto che davanti a una telecamera. Fece un altro passo indietro nella stanza, avendo bisogno di spazio per pensare con chiarezza. «Ci sono un sacco di cose che non ti dico. Proprio come sono sicura che ci siano cose che tu non dici a me».

Garrett la osservava, il detective che era in lui catalogava visibilmente le sue reazioni, leggendo i segnali sottili che lei non riusciva a controllare. La sua postura cambiò, quasi impercettibilmente: dall'uomo che l'aveva baciata tornò a essere l'ufficiale che l'aveva diffidata dal proseguire l'indagine.

«Hai trovato qualcosa», disse lui; le parole non erano una domanda ma una constatazione. «Mentre eri via».

Zara mantenne l'espressione neutra grazie ad anni di addestramento giornalistico. «Sono andata a casa a prendere vestiti puliti e a controllare l'abitazione. Non tutto ruota attorno all'indagine».

Gli occhi di lui non lasciarono i suoi, in cerca della verità che lei stava celando. «Ah no? Non per te?» Una pausa, carica di domande taciute. «Stai attenta, Zara. Qualunque cosa tu stia facendo, chiunque tu stia proteggendo... non hai ancora il quadro completo».

L'avvertimento rimase sospeso tra loro, abbastanza ambiguo da non farle capire se la stesse minacciando o se fosse sinceramente preoccupato per la sua incolumità. Forse entrambe le cose. La complessità del loro rapporto — avversari professionali, alleati riluttanti, qualunque cosa fosse quell'attrazione fisica — rendeva ogni interazione un campo minato.

«Dovrei disfare i bagagli», disse infine lei, indicando la valigia aperta.

Garrett annuì una volta, accettando il congedo anche se i suoi occhi le dicevano che quel discorso non era finito. «Chiudi la porta a chiave», disse voltandosi per andarsene. «E Zara? La prossima volta che decidi di sparire per una notte, un avviso sarebbe gradito».

La porta si chiuse alle sue spalle. Zara rimase immobile, ascoltando i suoi passi allontanarsi, con le labbra ancora vibranti per il suo bacio e il peso del suo segreto che gravava sulla coscienza. Una settimana, aveva detto Dev. Una settimana prima di poter sapere cosa c'era sul telefono di Iris. Una settimana per navigare nelle acque sempre più pericolose di Salt Creek senza annegare nei suoi segreti, o nelle profondità grigio-azzurre degli occhi di Garrett Pennell.

Capitolo 12

Zara controllò l'orologio per la terza volta in altrettanti minuti, poi scrutò di nuovo l'ingresso della Salt Creek High School. Secondo la segretaria della scuola, la preside Eleanor Hargrove di solito finiva il lavoro amministrativo verso le quattro, il che dava a Zara circa quindici minuti per intercettarla. Quella stessa Eleanor Hargrove che insegnava inglese lì quando Iris era una studentessa, l'insegnante della cui classe Iris aveva effettivamente fatto parte, contrariamente a quanto Zara aveva erroneamente affermato nel suo podcast. Un piccolo errore, ma su cui i commentatori anonimi si erano avventati immediatamente. Ascoltatori che conoscevano la scuola fin troppo bene per essere dei semplici troll di internet.

Cambiò posizione appoggiandosi all'eucalipto, cercando un po' di ombra nel parcheggio della scuola. L'ultima campanella era suonata quarantacinque minuti prima, alle tre, e la maggior parte dei genitori aveva già recuperato i figli. Qualche ritardatario usciva ancora dall'edificio, gridando saluti agli amici.

Un gruppo di studenti più grandi passò di lì, lanciando sguardi curiosi a Zara. Una ragazza sussurrò qualcosa a un'altra e Zara colse le parole «Quella del podcast» prima che scoppiassero a ridere. A Salt Creek le voci correvano in fretta; stava diventando una piccola celebrità, anche se restava da vedere se questo avrebbe aiutato o ostacolato la sua indagine.

Spostò il peso del corpo, mentre l'umidità le faceva aderire la camicetta alla schiena in modo fastidioso. Un'altra conversazione con Jane Goulding aveva chiarito che Eleanor Hargrove poteva avere informazioni preziose sulle ultime settimane di Iris. Jane aveva menzionato che la tensione tra Iris e Kirsty era evidente in classe. Eleanor Hargrove era stata l'insegnante di inglese di entrambe le ragazze.

Un movimento nel parcheggio attirò la sua attenzione. Un elegante SUV argento si infilò in un posto auto e ne uscì Kirsty Cannon, con gli occhiali da sole appoggiati sui capelli biondo miele, indossando un abito blu sartoriale che riusciva a farla sembrare professionale e alla mano allo stesso tempo. Lanciò un'occhiata al cortile della scuola prima che il suo sguardo si inchiodasse su Zara.

Anche da quella distanza, Zara vedeva che gli occhi di Kirsty erano cerchiati di rosso. Mentre si avvicinava, la sua andatura colpì Zara come qualcosa di studiato, un'attenta messinscena pubblica piuttosto che un incontro casuale. Si posizionò proprio sul marciapiede, garantendosi la massima visibilità sia dalla strada che da chiunque potesse uscire dalla scuola.

«Zara», esclamò Kirsty, con una voce abbastanza sostenuta da attirare l'attenzione senza sembrare che lo stesse facendo apposta. «Sono così felice di rincontrarLa.»

Zara si raddrizzò, con l'istinto da giornalista in allerta. «Consigliere Cannon. Questo è inaspettato.»

«Per favore, mi chiami Kirsty.» Si fermò a un'attenta distanza di sicurezza, abbastanza vicina per creare intimità ma abbastanza lontana per decoro. La sua voce tremava leggermente, un tremolio che sembrava calibrato piuttosto che incontrollabile. «Volevo parlarLe del suo podcast.»

«La ascolto», rispose Zara in modo neutro.

«Sta causando così tanto dolore», disse Kirsty, con gli occhi lucidi di lacrime che non arrivavano a scendere. «A tutti noi. La città stava iniziando a guarire, e ora...» Fece un gesto impotente, un movimento elegante nonostante l'apparente angoscia. «Sta riaprendo ferite che non si sono mai chiuse del tutto.»

Zara studiò il viso di Kirsty, il mascara perfetto che non colava nonostante l'apparente pianto, il tremito accuratamente controllato del labbro inferiore. «Capisco che debba essere difficile», disse. «Soprattutto per qualcuno che era vicino a Iris.»

«Eravamo migliori amiche», disse Kirsty, abbassando la voce in un sussurro sofferente. Una lacrima finalmente traboccò, rigandole la guancia in quello che sembrava un movimento rallentato. «Dalle scuole elementari. La conoscevo meglio di chiunque altro.» Si asciugò la lacrima. «È per questo che fa così male. Vederla ridotta a... contenuto.»

La scelta di quel termine colpì Zara come deliberatamente provocatoria, pensata per metterla sulla difensiva. Rimase calma, osservando come gli occhi di Kirsty scattassero di tanto in tanto per assicurarsi che il loro pubblico fosse ancora attento.

«Non sto cercando di ridurre Iris a un contenuto», ribatté Zara con calma. «Sto cercando di capire cosa le è successo. La spiegazione ufficiale non coincide con i fatti.»

«Fatti?» La voce di Kirsty s'incrinò alla perfezione. «E il fatto che i suoi genitori debbano rivivere il loro peggior incubo? E il fatto che la nostra comunità venga dipinta come... come cosa? Cospiratori? Assassini?» Un'altra lacrima, un'altra elegante asciugata. «Non riguarda solo Iris. Riguarda tutti noi che le abbiamo voluto bene.»

Zara notò come Kirsty enfatizzasse il dolore della comunità piuttosto che il lutto personale, come ogni riferimento a Iris tornasse sempre all'esperienza collettiva della città. «Se era così legata a Iris come dice, non vorrebbe conoscere la verità su ciò che le è successo?»

L'espressione di Kirsty mutò, un lampo così breve che Zara avrebbe potuto perderlo se non l'avesse osservata da vicino. Dietro le lacrime, una freddezza balenò nei suoi occhi prima che tornasse la maschera di preoccupazione.

«La verità?» disse Kirsty. «La verità è che gli incidenti capitano, anche alle persone prudenti. La verità è che a volte non ci sono colpevoli, solo tragedie.» Toccò il braccio di Zara, le sue dita erano fredde nonostante il caldo. «Per favore. Per il bene di tutti coloro che l'hanno conosciuta e amata. Lasci riposare Iris.»

«Non posso farlo,» disse Zara con fermezza, sottraendosi al tocco di Kirsty. «Non quando i riscontri suggeriscono che Iris non è annegata accidentalmente.»

L'angoscia calcolata sul viso di Kirsty vacillò per una frazione di secondo. «Riscontri?» ripeté, con la voce improvvisamente più tagliente prima di addolcirsi di nuovo. «Quali prove potrebbero mai esistere dopo undici anni?»

«È quello che sono qui per scoprire,» rispose Zara, sostenendo fermamente lo sguardo di Kirsty. «E non mi fermerò finché non avrò capito cosa è successo davvero quella notte.»

La compostezza di Kirsty cedette di nuovo, la freddezza prese il posto del dolore nei suoi occhi per un istante prima che riprendesse il controllo. La trasformazione fu inquietante, come vedere una persona diversa emergere brevemente prima di essere di nuovo ricacciata indietro.

«Sta mettendo a disagio la gente,» disse Kirsty, con la voce che si induriva nonostante le lacrime ancora ancorate alle ciglia. «Iris odierebbe tutto questo.»

Quell'affermazione suonava falsa rispetto a tutto ciò che Zara aveva appreso su Iris: una talentuosa regista che documentava la storia della città, che creava arte destinata a essere vista, che aveva fatto domanda per l'ammissione anticipata all'università per coltivare le sue ambizioni creative.

«Penso che Iris vorrebbe la verità,» ribatté Zara a bassa voce. «In base a tutto quello che ho scoperto su di lei, dava alla sincerità più valore che a ogni altra cosa.»

Il sorriso di Kirsty si contrasse, senza più raggiungere gli occhi. «Lei non la conosceva,» disse, ogni parola precisa nonostante il suo stato apparentemente emotivo. «Io sì.» Lanciò un'occhiata all'orologio, un gesto che spezzò l'intensità del momento. «Devo andare. Ho una riunione del consiglio.»

Si voltò, composta ed elegante nonostante la scena emotiva di pochi istanti prima, e tornò verso il suo SUV. Il sole brillava sui suoi capelli mentre si allontanava, la postura perfetta, i passi misurati, senza alcun segno del fatto che avesse appena pianto per quella che sarebbe stata la sua migliore amica.

Zara la guardò andare via, ormai certa che la parte della migliore amica preoccupata fosse esattamente quello: una recita. Sotto l'esterno impeccabile di Kirsty si nascondeva qualcosa di spietato. La domanda era se le sue mani fossero macchiate dalla morte di Iris, e quali prove potessero collegarla a quella notte al ruscello.

Si voltò di nuovo verso l'ingresso della scuola, più determinata che mai a parlare con Eleanor Hargrove. Se Kirsty era così impegnata a far chiudere l'indagine, Zara doveva essere vicina alla verità. E Kirsty non si sarebbe fermata alle lacrime pubbliche e agli avvertimenti velati. La posta in gioco si era appena alzata e Zara doveva muoversi in fretta prima che qualunque prova rimasta svanisse del tutto, proprio come il laptop di Iris era scomparso tutti quegli anni prima.

La delusione pesava su Zara mentre tornava a piedi verso il motel, con il sole pomeridiano ancora battente. La preside Hargrove era stata una perdita di tempo: cordiale ma distante, sosteneva di ricordare a malapena Iris Zhang. «Così tanti studenti nel corso degli anni,» aveva detto con un sorriso che non le arrivava agli occhi. «E sono diventata preside poco dopo. I doveri amministrativi tendono a confondere i ricordi dei tempi in aula.» Un vuoto di memoria conveniente che portava impressa l'influenza di Kirsty Cannon.

Zara ripercorse mentalmente la messinscena di Kirsty alla scuola mentre camminava. Le lacrime calibrate con cura, il posizionamento strategico sotto gli occhi di tutti, i momenti in cui la sua maschera era scivolata rivelando qualcosa di freddo e calcolatore sotto il lutto. Non era il comportamento di qualcuno che piangeva una vecchia amica; era la disperazione di chi ha qualcosa da nascondere.

Con un sospiro, cercò in tasca la tessera magnetica. Sarebbe andata a prendere qualcosa per cena al Golden Horse e l'avrebbe mangiata mentre esaminava alcuni documenti arrivati via e-mail quel giorno; altri rapporti di polizia originali, che stavano arrivando a gocce da qualche giorno ma non rivelavano nulla che non sapesse già.

Era quasi arrivata alla porta, con la tessera tesa pronta per essere inserita nella serratura, quando si rese conto che qualcosa non andava. La sua auto era troppo bassa, pendeva stranamente da un lato.

La sua auto, parcheggiata proprio davanti alla sua porta in piena vista dalla strada, era stata brutalmente aggredita. Tutti e quattro i suoi pneumatici nuovi erano tagliati, non solo sgonfi ma squarciati con ferocia, i fili di gomma sparsi sulla ghiaia come organi sventrati. I tagli suggerivano un coltello affilato e una forza deliberata, non un atto di vandalismo casuale.

Il cuore le batteva forte contro le costole mentre si avvicinava al veicolo, scrutando il parcheggio vuoto in cerca di testimoni, del colpevole, di chiunque. La porta dell'ufficio del motel era chiusa, l'insegna VACANCY tremolava al sole del pomeriggio. La sua auto era l'unica nel parcheggio; era un giorno feriale e il motel sarebbe stato tranquillo, con qualche viaggiatore ritardatario che forse avrebbe fatto il check-in più tardi.

Nessun testimone. Sapeva già che non c'erano telecamere; Garrett si era molto seccato di questo dopo l'intrusione nella sua stanza.

Mentre faceva il giro del cofano, qualcosa di bianco attirò la sua attenzione, un pezzo di carta piegato fissato sotto il tergicristallo. Con le dita tremanti lo rimosse, la carta era calda per aver cotto al sole contro il vetro. Il biglietto era scritto a mano con un pennarello nero, le lettere squadrate e deliberate, chiaramente camuffate:

SMETTI DI SCAVARE O FARAI LA SUA FINE

Sei parole. Una minaccia definitiva compressa in una singola riga.

La bile le salì in gola, acida e bollente. I suoi pneumatici nuovi, una spesa significativa, un impegno a restare a Salt Creek finché non avesse scoperto la verità, distrutti deliberatamente per inviare un messaggio. La progressione era chiara: molestie online, l'intrusione e ora questa minaccia fisica unita al danno materiale. Un'escalation che rispecchiava i progressi della sua indagine.

E quel «farai la sua fine», non c'era ambiguità a chi si riferisse. Iris Zhang, trovata a faccia in giù in quindici centimetri d'acqua.

La mano di Zara tremava mentre prendeva il telefono. Doveva prima documentare tutto, fare foto ai danni, conservare il biglietto come prova. La giornalista che era in lei si mosse automaticamente nonostante la paura, scattando immagini di ogni pneumatico squarciato, del biglietto tenuto sul palmo della mano, dei dintorni deserti che avevano permesso a qualcuno di avvicinarsi alla sua auto senza essere visto.

Solo allora compose il numero della stazione di polizia, il pollice rimase sospeso sopra il numero diretto di Garrett prima di scegliere invece la linea principale. Distanza professionale. Denuncia di un reato. Non una richiesta di aiuto personale.

«Salt Creek Police Station,» rispose la voce della segretaria.

«Sono Zara Langley del Salt Creek Motel,» disse, orgogliosa di quanto la sua voce rimanesse ferma nonostante il tremito alle mani. «Devo denunciare un atto di vandalismo e un biglietto minatorio lasciato sul mio veicolo.»

«Mando subito qualcuno, signorina Langley,» rispose la segretaria, con una nota di riconoscimento nella voce. Naturalmente, ormai tutti in città sapevano chi fosse.

«Grazie», disse Zara, chiudendo la chiamata prima che il suo sangue freddo potesse vacillare.

Si appoggiò alla parete del motel; il mattone grezzo graffiava attraverso la camicia sottile, ancorandola a una sensazione fisica mentre la mente correva. Chi era stato? La tempistica suggeriva qualcuno che sapeva del suo incontro a scuola, qualcuno che forse l'aveva vista parlare con Kirsty. Qualcuno che sapeva dei suoi nuovi pneumatici e di ciò che rappresentavano: il suo impegno a restare a Salt Creek. Qualcuno che la voleva fuori dai piedi a tal punto da minacciarla di morte.

Il rumore di un veicolo in avvicinamento la riportò al presente. Una LandCruiser della polizia svoltò nel parcheggio, procedendo più velocemente di quanto fosse strettamente necessario. Garrett.

Parcheggiò a un posto di distanza dalla sua auto vandalizzata e scese dal veicolo prima ancora che la polvere si posasse. La camicia della divisa era scura di sudore tra le scapole, come se fosse rimasto a lungo sotto il sole. La sua espressione era professionalmente neutra, ma i suoi occhi la squadrarono rapidamente, da capo a piedi, come a sincerarsi che non fosse ferita.

«Signorina Langley», disse lui, formale nonostante i loro trascorsi complicati. «Ha denunciato un atto di vandalismo?»

Lei indicò la sua auto, scrutando il volto dell'uomo mentre lui osservava gli pneumatici squarciati, quella distruzione metodica.

«È successo mentre era fuori?», chiese lui, girando intorno al veicolo e accovacciandosi per esaminare i tagli nella gomma.

«Sì. Ero a scuola, poi sono tornata dritta qui». Lei esitò, poi allungò la mano con il biglietto, ancora ripiegato. «Questo era sotto il tergicristallo».

Garrett prese il foglio, aprendolo con cura dai bordi come per preservare eventuali impronte digitali, anche se entrambi sapevano che il colpevole sarebbe stato troppo prudente per lasciarne. I suoi occhi lessero quelle sette parole e, in quel momento, la sua maschera professionale crollò.

La paura, cruda e genuina, balenò sul suo volto prima che potesse controllarla. Non apprensione, non preoccupazione, ma paura. La mascella si contrasse, il muscolo sotto la pelle guizzò mentre serrava i denti. Le punte delle dita divennero bianche lungo i bordi della carta. Per un istante mozzafiato, Garrett non fu un investigatore che esaminava una prova, ma un uomo che affrontava una minaccia contro qualcuno a cui teneva.

La trasformazione durò solo pochi secondi prima che lui riportasse i lineamenti alla compostezza professionale, ma Zara l'aveva vista. Qualunque cosa stesse succedendo tra loro, qualunque fosse il suo ruolo nell'indagine, il suo timore per la sicurezza di lei era reale. E quella realtà complicava tutto.

«Quand'è stata l'ultima volta che ha visto l'auto intatta?» chiese lui, con la voce di nuovo controllata mentre riponeva il biglietto in un sacchetto delle prove.

Zara rispose meccanicamente, fornendo orari, dettagli, i suoi sospetti su chi potesse averla vista a scuola. Ma la sua mente continuava a tornare a quel lampo di paura nei suoi occhi, a ciò che significava, a ciò che rivelava. Se Garrett Pennell, il sergente investigativo di Salt Creek, era sinceramente spaventato per la sua incolumità, il pericolo era concreto.

Garrett tirò fuori il telefono. Fece due chiamate in rapida successione: prima a un servizio di rimorchio, con tono secco mentre richiedeva assistenza immediata; poi all'officina di Mick, spiegando la situazione, con una rabbia controllata che gli rendeva la voce più bassa e roca. «Tieni aperta l'officina, Mick. Non mi importa che ora sia. Voglio quattro pneumatici nuovi pronti, gli stessi Michelins che ha appena comprato». Ascoltò, poi aggiunse: «Consideralo una priorità della polizia». Concluse le chiamate, si voltò verso Zara, con un'istintiva protettività nello sguardo che non aveva nulla a che fare con gli obblighi professionali.

«Il carro attrezzi sarà qui tra cinque minuti», disse, infilando il telefono in tasca. «La accompagno io da Mick». Non era una domanda né un'offerta, ma una constatazione.

Zara annuì, ancora turbata dall'emozione nuda che aveva intravisto sul suo volto quando aveva letto il biglietto. La mascella di lui restava tesa, un muscolo pulsava sotto la pelle abbronzata mentre scrutava i bungalow del motel, il parcheggio vuoto, la strada oltre lo spiazzo. Il suo corpo si era posizionato leggermente davanti a quello di lei, come per farle fisicamente da scudo contro possibili minacce.

«Devo prendere alcune cose in camera», disse lei, dirigendosi verso la porta.

Garrett la seguì, abbastanza vicino da farle sentire la sua presenza alle spalle. «Aspetterò qui», disse, appostandosi all'esterno mentre lei entrava.

Dentro, Zara afferrò una bottiglia d'acqua fredda e bevve un lungo sorso. Non le serviva nulla dalla stanza, in realtà, ma aveva bisogno di un momento per recuperare la calma, perché la reazione di Garrett andava oltre la preoccupazione professionale e lei non sapeva bene come gestirla. La rapidità del suo arrivo, l'intensità della sua rabbia, quell'atteggiamento protettivo: nulla di tutto ciò rientrava nel ruolo di un distaccato agente della legge locale. Eppure, era lo stesso uomo che l'aveva avvertita di non indagare sulla morte di Iris, che rappresentava il sistema che aveva deluso gli Zhang, che poteva persino essere coinvolto in qualunque cosa fosse accaduta undici anni prima.

Quando uscì, Garrett stava parlando con il conducente del carro attrezzi, che scuoteva la testa e schioccava la lingua mentre agganciava l'auto di Zara per trascinarla sul pianale del camion. La mano di Garrett si posò sulla parte bassa della schiena di lei mentre camminavano verso la sua LandCruiser, un tocco leggero ma deliberato, inteso a guidarla e proteggerla.

L'interno del veicolo era immacolato, a differenza della sua auto disordinata. Mentre si sistemava sul sedile del passeggero, la portiera si chiuse accanto a lei. Garrett scivolò al posto di guida; le sue ampie spalle e la console tra loro rendevano lo spazio improvvisamente più piccolo, più intimo di quanto lei avesse previsto.

Accese il motore ma non partì subito, osservando l'operatore del carro attrezzi che finiva di caricare la sua auto danneggiata. Le sue nocche erano bianche sul volante, il suo profilo teso nella visione periferica di lei.

«Se ne occuperanno loro», disse, interpretando male il silenzio di lei come preoccupazione per il veicolo.

«Non è per l'auto che sono preoccupata», rispose Zara, voltandosi a guardarlo direttamente. «È l'escalation. Minacce online, poi un'intrusione in camera, ora questo. Quale sarà il prossimo passo?»

La mascella di Garrett si serrò ulteriormente, se possibile. «È per questo che discuteremo di ulteriori misure di sicurezza mentre le cambiano gli pneumatici».

La feroce protettività nel suo tono fece diffondere un calore nel petto di lei, un calore pericoloso che minacciava la sua obiettività, il suo scopo a Salt Creek. Guardò fuori dal finestrino, raccogliendo i pensieri mentre attraversavano la cittadina, superando il Golden Horse con la sua insegna rossa e dorata, oltrepassando il negozio di mangimi dove Ray si era ammutolito alla comparsa di Garrett.

«Perché le importa così tanto che io venga ferita?» chiese infine, e la domanda rimase sospesa nello spazio chiuso tra loro.

I suoi occhi rimasero fissi sulla strada. «È il mio lavoro».

«Lo è?» incalzò Zara, voltandosi sul sedile per studiare il suo profilo. «Il suo lavoro è proteggere la gente di Salt Creek. Io non sono una di loro. Sono un'estranea che indaga su un caso che il suo dipartimento ha archiviato come incidente undici anni fa». Fece una pausa, osservando la sua reazione. «Qualcuno direbbe che l'opzione più semplice sarebbe girarsi dall'altra parte quando qualcuno cerca di spaventarla per farla andare via».

Le sue nocche sbiancarono sul volante, unico segno esteriore che le parole di lei l'avevano colpito. «Non è così che opero», disse lui con voce tesa.

«Sembra una questione personale», disse lei piano.

Le parole rimasero sospese tra loro, cariche di sottintesi: Childers, il bacio nella camera del motel, quella corrente di consapevolezza che scorreva tra loro nonostante tutte le barriere professionali.

Garrett non rispose. Il silenzio si prolungò, riempito solo dal ronzio del motore e dall'occasionale gracchiare della radio della polizia. La gente del posto lanciava sguardi curiosi al veicolo della polizia con Zara sul sedile del passeggero; nuovi pettegolezzi stavano sicuramente prendendo forma al loro passaggio.

Quando entrarono nell'officina di Mick, l'atteggiamento protettivo di Garrett riemerse immediatamente. Le camminava vicino, con il corpo leggermente angolato verso il suo, gli occhi che scansionavano l'officina come a valutare potenziali minacce. Mick uscì dall'ufficio pulendosi le mani su uno straccio; la sua espressione passò da un saluto professionale a una valutazione curiosa notando la loro vicinanza e la tensione tra i due.

«Li hai pronti quei Michelin, Mick?» chiese Garrett, con voce casuale ma con una postura che era tutt'altro.

«Tutto pronto», confermò Mick. Lanciò un'occhiata a Zara. «Brutta faccenda, squarciare gli pneumatici. Fatico a credere che qualcuno a Salt Creek farebbe una cosa simile».

«Qualcuno ha voluto mandare un messaggio», disse Zara con fermezza. «E non è stato molto sottile».

Mick scosse la testa. «Piccole città, eh? Non puoi tirare un peto senza che tutti sappiano cosa hai mangiato a colazione». Sparì nel retro, lasciandoli soli nella zona anteriore dell'officina.

Zara si voltò per affrontare direttamente Garrett. «Non si tratta di protocollo di polizia», lo sfidò, tenendo la voce abbastanza bassa perché Mick non potesse sentirla dal magazzino. «Il modo in cui si comporta... non è solo preoccupazione professionale».

Gli occhi di Garrett incontrarono i suoi, grigio-azzurri e intensi. Per un momento, lei pensò che lui potesse svicolare di nuovo, ritirarsi dietro il distintivo e i gradi. Invece, la sua espressione cambiò.

«Qualcuno la sta minacciando», disse, ogni parola attenta, deliberata. «Non è qualcosa che posso prendere alla leggera».

L'ammissione rimase sospesa nell'aria tra loro; ciò che restava non detto era significativo quanto ciò che era stato pronunciato. *Lei non è qualcuno che posso prendere alla leggera.*

«Il confine tra personale e professionale a volte si sfuma», continuò, abbassando ulteriormente la voce. «Soprattutto in una città di queste dimensioni».

Zara era acutamente consapevole di quanto fossero vicini, a meno di un braccio di distanza. Le luci fluorescenti dell'officina proiettavano ombre sul suo viso, evidenziando la tensione della mascella, l'intensità del suo sguardo. I loro corpi erano inclinati l'uno verso l'altro come magneti che cercavano un allineamento; l'attrazione tra loro era fisica e innegabile.

«E da quale lato di quel confine ci troviamo in questo momento?», chiese lei, e la domanda era sia una sfida che un invito.

Prima che lui potesse rispondere, il rombo del carro attrezzi che entrava nel capannone dell'officina interruppe il momento. Garrett fece un passo indietro, la maschera professionale tornò al suo posto mentre si voltava per salutare l'autista, sebbene i suoi occhi dicessero a Zara che quella conversazione non era finita.

Lo guardò parlare con il conducente, dirigendo il posizionamento della sua auto. Qualunque cosa stesse accadendo tra loro complicava un'indagine già complessa. Garrett Pennell, l'investigatore che l'aveva avvertita di non scavare nella morte di Iris, ora era ferocemente protettivo nei confronti della sua incolumità. La contraddizione non aveva senso a meno che non ci fossero strati in questo caso, e nello stesso Garrett, che non aveva ancora scoperto.

Mick emerse dal retro con il primo pneumatico, rotolandolo verso l'auto. «Ci vorrà circa un'ora», disse. «C'è una sala d'attesa di là se volete un caffè. Oppure potete tornare tra un po'».

La mano di Garrett si posò brevemente sulla base della schiena di lei mentre camminavano verso la piccola sala per i clienti; il contatto era caldo attraverso la camicia. «Dovremo discutere di cosa accadrà ora», disse a bassa voce. «Chiunque sia stato, non si fermerà qui».

La certezza nella sua voce le fece correre un brivido lungo la schiena nonostante il calore della sua vicinanza. Ciò che non stava dicendo era che la minaccia era reale, che chiunque avesse squarciato i suoi pneumatici e lasciato quel biglietto era perfettamente capace di mantenere la promessa di farle fare la fine di Iris Zhang. La domanda era se la determinazione di Garrett a proteggerla significasse che sapeva chi c'era dietro le minacce... o se fosse all'oscuro di tutto quanto lei.

In ogni caso, la linea tra loro si era spostata di nuovo, il personale e il professionale si confondevano in qualcosa che nessuno dei due poteva facilmente definire o negare. E mentre si sistemavano nella piccola sala d'attesa, con le ginocchia che quasi si toccavano nello spazio angusto, Zara si chiese se quel legame l'avrebbe condotta infine alla verità su Iris, o se sarebbe diventato l'ennesima complicazione in un'indagine già carica di moventi nascosti e segreti sepolti.

Capitolo 13

L'officina di Mick svanì nello specchietto retrovisore mentre Garrett riaccompagnava Zara al motel; nessuno dei due parlava. I nuovi pneumatici erano stati montati rapidamente, ma il biglietto, *SMETTI DI SCAVARE O FARAI LA SUA FINE*, giaceva tra loro come una terza presenza dentro il sacchetto delle prove in plastica trasparente. Fuori, il temporale che aveva minacciato per tutto il pomeriggio stava finalmente arrivando; l'aria era così densa di umidità che sembrava di respirare attraverso cotone bagnato. Zara fissava fuori dal finestrino, guardando i fulmini guizzare all'orizzonte, con il proprio riflesso spettrale contro il cielo che si oscurava.

Quando entrarono nel parcheggio del motel, Garrett spense il motore ma non accennò a uscire. Le sue dita tamburellavano sul volante, un ritmo nervoso in contrasto con il suo solito autocontrollo.

«Dovresti preparare le tue cose», disse infine, con la voce incrinata dal nervosismo. «Posso organizzarti una sistemazione altrove. In un posto più sicuro.»

Zara si girò verso di lui. «Non scapperò.»

I loro sguardi si incrociarono nella penombra dell'auto e l'espressione di lui cambiò, la distanza professionale si incrinò. Fu lui a distogliere lo sguardo per primo, annuendo una volta, in modo secco, come se non si fosse aspettato altra risposta, e allungò la mano verso la maniglia della portiera, chiaramente intenzionato a scortarla al sicuro all'interno.

Fuori dalla stanza del motel, la mano di Zara tremò leggermente mentre inseriva la chiave magnetica. Il lampione proiettava lunghe ombre sul cemento e l'aria era opprimente per la pioggia imminente. Spinse la porta e rimase un istante sulla soglia, improvvisamente consapevole delle implicazioni di ciò che stava per fare.

«Entra», disse, e quelle parole avevano un peso maggiore di quanto suggerisse la loro semplicità.

Garrett la seguì all'interno, le sue ampie spalle riempirono brevemente l'uscio prima di passarle accanto. Rimase impacciato al centro della piccola stanza, troppo grande per quello spazio. Anche se il condizionatore era rimasto acceso tutto il pomeriggio, l'ambiente sembrava ancora troppo caldo.

Zara posò la borsa sulla scrivania e si voltò a guardarlo, lasciando che fosse il linguaggio del corpo a dire ciò che non era ancora pronta a pronunciare a voce. La tensione tra loro era andata crescendo fin dai tempi di Childers, una corrente che nessuno dei due poteva negare nonostante i confini professionali e la reciproca diffidenza. E improvvisamente, era stanca di combatterla. Forse era il temporale in arrivo a ricordarle quella notte a Childers, la passione feroce che era esplosa tra loro.

Voleva che accadesse di nuovo. Adesso.

Ma invece di avvicinarsi a lei, Garrett iniziò a fare avanti e indietro, tre passi in una direzione prima di tornare sui suoi passi.

Si passò le mani tra i capelli, scompigliandoli ulteriormente, con un gesto così insolitamente agitato che Zara avvertì un sussulto di allarme.

«Garrett?»

Lui smise di camminare, voltandole le spalle, le spalle rigide sotto la camicia azzurra dell'uniforme. Quando parlò, la sua voce era tesa, come se le parole venissero trascinate fuori da un luogo profondo e riluttante.

«Devo dirti una cosa.»

Zara si sedette sul bordo del letto, intuendo che qualunque cosa stesse per arrivare richiedeva spazio, richiedeva la sua immobilità contrapposta al movimento di lui.

«Io c'ero», disse lui, voltandosi a guardarla con gli occhi tormentati. «Nel 2014. Ero l'agente scelto che per primo rispose alla chiamata riguardante Iris Zhang.»

La confessione cadde tra loro, il primo filo che si dipanava. Lei rimase in silenzio, lasciando che lui continuasse, ma i suoi occhi si spalancarono. Non aveva visto il suo nome in nessuno dei fascicoli ricevuti finora. Conoscendo il modo in cui il Queensland Police Service preferiva spostare regolarmente gli agenti, evitando in particolare che trascorressero troppo tempo in sedi rurali dove avrebbero potuto legarsi troppo alla comunità a scapito della neutralità, aveva dato per scontato che fosse impossibile che Garrett si trovasse lì a quel tempo.

«Sono stato io a trovarla nel ruscello.» La voce gli si spezzò sulla parola «trovarla», e la sua compostezza professionale andò in frantumi. «Era a faccia in giù in un'acqua che copriva appena i miei stivali. Quindici centimetri al massimo. E c'erano dei lividi, lividi freschi, sul retro delle braccia. Segni di dita. Di quelli che restano solo quando qualcuno ti tiene ferma con forza.»

Riprese a camminare, le parole uscivano più in fretta ora, come se un argine si fosse rotto. «Ho documentato tutto. I lividi, la profondità dell'acqua, il telefono scomparso, il fatto che non avrebbe dovuto trovarsi affatto lì se stava tornando a casa dal ristorante. Niente aveva senso. Niente faceva pensare a un annegamento accidentale.»

Zara lo osservava, non vedendo più il controllato sergente investigativo che l'aveva avvertita di stare lontana da questa indagine, ma un uomo che portava sulle spalle dieci anni di sensi di colpa.

«Portai tutto a Finch. L'Ispettore Capo Malcolm Finch.» La bocca di Garrett si contrasse nel pronunciare quel nome. «All'epoca era l'ufficiale superiore qui, il responsabile dell'indagine, ovviamente. Gli mostrai i miei appunti, le fotografie, spiegai perché non poteva essere stato un incidente. E lui... si limitò a guardarmi, con uno sguardo che non dimenticherò mai, come se fossi un bambino che si era intromesso in una conversazione tra adulti.»

Le spalle di Garrett si curvarono mentre parlava, il tono di voce si abbassò. «Mi disse che ero nuovo, inesperto, che vedevo cose che non c'erano. Disse che chiaramente la ragazza era scivolata, aveva battuto la testa ed era annegata in un tragico incidente. Quando insistetti sui lividi, disse che probabilmente era caduta giù per il burrone prima di raggiungere il ruscello, procurandosi i lividi durante la caduta.»

«Ma tu non gli hai creduto», disse Zara dolcemente.

«No.» La parola fu piatta, definitiva. «Ma avevo venticinque anni, ero in servizio solo da pochi anni. E Finch era... beh, era Finch. Rispettato. Influente. Il tipo di ufficiale a cui ai giovani poliziotti viene insegnato a sottomettersi».

Un fulmine squarciò il cielo all'esterno, illuminando momentaneamente il suo volto in un contrasto netto, evidenziando il solco tra le sopracciglia e la linea serrata della bocca.

«Due mesi dopo, fui trasferito a Cairns. Ufficialmente, un'"opportunità di avanzamento di carriera". Ufficiosamente, venivo rimosso da una situazione in cui avevo posto troppe domande.» Smise di camminare, fermandosi davanti a lei. «Ho provato a lasciar perdere. Ho cercato di convincermi che forse Finch aveva ragione, che ero stato troppo zelante, che vedevo schemi dove non ce n'erano.»

«Ma non ci sei riuscito», disse Zara, riconoscendo in lui la stessa ostinata ricerca della verità che guidava anche lei.

«No. Mi è rimasta impressa. In ogni caso di annegamento su cui lavoravo, ogni rapporto su una giovane vittima, tornavo sempre a Iris Zhang. A ciò che avevo visto. A ciò che sapevo.» Trasse un respiro affannoso. «Ho passato gli ultimi otto anni a costruirmi una solida reputazione, prima a Cairns e poi a Brisbane, scalando i ranghi. E per tutto quel tempo, ho anche raccolto informazioni su Finch, su quello che è successo qui.»

I pezzi andarono al loro posto per Zara, e la misteriosa motivazione del detective le fu finalmente chiara. «È per questo che sei tornato a Salt Creek tre anni fa».

Garrett annuì, un movimento breve e cupo. «Ho richiesto specificamente il trasferimento. La promozione a sergente investigativo e Salt Creek doveva essere una sede tranquilla per ambientarmi nel nuovo grado. La copertura perfetta per quello che stavo facendo davvero: costruire un caso per la Crime and Corruption Commission contro Finch e chiunque altro fosse coinvolto nell'insabbiamento di ciò che è accaduto a Iris.»

Fuori finalmente scoppiò la pioggia, grosse gocce si abbatterono contro la finestra e l'improvviso acquazzone corrispose all'intensità della sua confessione. Garrett si avvicinò, abbassando la voce come se temesse di essere ascoltato nonostante la stanza fosse vuota.

«Ho raccolto prove, lentamente. I vecchi fascicoli del caso erano... opportunamente incompleti. I miei rapporti originali erano semplicemente spariti, e non era tutto. Mancavano delle fotografie. Certe deposizioni erano state alterate. Ci sono voluti tre anni per ricostruire cosa è successo davvero, e mi mancano ancora elementi cruciali.» La sua voce si fece più rauca. «E poi sei arrivata tu.»

Il battito di Zara accelerò, ricordando la loro notte a Childers, le mani di lui sulla propria pelle, la bocca di lui sulla sua, senza che nessuno dei due sapesse chi fosse l'altro o cosa sarebbe successo in seguito.

«Childers è stata...» Si interruppe, cercando le parole. «Per qualche ora, mi sono dimenticato di Iris Zhang. Del caso che ha consumato un terzo della mia vita. Ero solo un uomo che incontrava una donna in un pub, ed è stato...» Lasciò la frase in sospeso, incapace di finire il pensiero.

«Lo so», disse Zara con semplicità.

Lui si avvicinò ancora di più, abbastanza da permetterle di vedere la leggera barba incolta sulla mascella, di sentire l'odore di caffè, sudore e qualcosa di distintamente suo. «Quando ti ho vista alla stazione quel primo giorno, mentre ti presentavi come una giornalista che indagava sulla morte di Iris, ho pensato che fosse una specie di scherzo di cattivo gusto. Che chiunque ci fosse dietro tutto questo si stesse prendendo gioco di me.»

La mano di lui si sollevò, quasi sfiorandole il viso prima di ritrarsi. «E ora qualcuno ti sta minacciando. Le stesse persone che sono riuscite a insabbiare questo caso per undici anni. Ho una paura tremenda, Zara». La voce gli si incrinò sul nome di lei, un'ammissione cruda ed esposta. «Paura che ti facciano del male o che ti uccidano prima che io possa proteggerti, prima che riusciamo ad arrivare alla verità. Prima di poter finalmente dare a Iris e ai suoi genitori la giustizia che meritano».

L'uso del «noi» non sfuggì a Zara. Nella sua confessione, non aveva rivelato solo la verità sul proprio coinvolgimento, ma anche la consapevolezza che, nonostante tutto, si trovavano dalla stessa parte.

La pioggia sferzava le finestre; la piccola stanza sembrò improvvisamente l'occhio di un ciclone, una fragile calma circondata da una furia crescente. E in quella calma, un detective e una giornalista si fronteggiavano, i segreti svelati, il cammino da seguire improvvisamente, crudamente chiaro.

Zara sedeva immobile sul bordo del letto, con la bottiglia d'acqua che le tremava leggermente tra le mani. La plastica scricchiolò quando le sue dita si strinsero, un suono nitido contro il picchiettare costante della pioggia. La confessione di Garrett aveva spostato qualcosa di fondamentale tra loro, riordinando i tasselli di questa indagine come un puzzle che finalmente prende forma. Il ventilatore a soffitto sussultava sopra di loro, il suo ritmo irregolare muoveva appena l'aria densa di pioggia.

«Hai indagato su questo caso per undici anni», disse lei infine, con parole misurate, quasi a volerle testare. «Da solo».

Garrett annuì, senza mai staccare gli occhi dai suoi. La rivelazione gli aveva tolto un peso, lasciandolo apparire esausto e sollevato al tempo stesso. Si appoggiò alla parete, come se avesse bisogno del suo sostegno ora che il suo segreto non era più solo suo.

Zara trasse un respiro profondo, valutando le proprie opzioni. La fiducia non era qualcosa che concedeva facilmente, specialmente alla polizia, specialmente dopo il disastro di Little Girls Lost. Ma Garrett le aveva appena consegnato la sua carriera, il suo scopo, la sua missione decennale. L'ago della bilancia si era spostato.

«Anch'io ho una cosa da dirti», disse, posando con cura la bottiglia d'acqua sul comodino. «Qualcosa che non avevo intenzione di condividere con nessun poliziotto».

L'interesse accese lo sguardo di lui; il detective riemerse da sotto la vulnerabilità di pochi istanti prima.

«La mattina prima di andare a Brisbane», esordì lei, osservando attentamente la sua reazione, «May Zhang mi ha chiesto di accompagnarla al ruscello. Alla passerella dove è stata trovata Iris».

Fuori, un fulmine squarciò il buio, illuminando la stanza di un bianco spettrale per una frazione di secondo prima che l'oscurità tornasse. Il tuono seguì quasi immediatamente, abbastanza vicino da far tremare le finestre.

«Abbiamo trovato qualcosa», continuò Zara, con voce ferma nonostante l'interruzione del temporale. «Qualcosa di incastrato tra le assi del ponte, impigliato in una trave di sostegno sottostante. Qualcosa che era rimasto lì per undici anni».

La comprensione balenò negli occhi di Garrett prima ancora che lei pronunciasse le parole, ma lei le disse comunque.

«Abbiamo trovato il telefono di Iris».

Garrett si staccò dalla parete, la sua postura improvvisamente vigile, gli istinti professionali in lotta con l'uomo che aveva appena messo a nudo la propria anima.

«May mi ha fatto promettere di non darlo alla polizia», continuò subito Zara, prima che lui potesse parlare. «Mi ha raccontato del portatile di Iris, di come Finch lo avesse preso come prova e di come fosse convenientemente sparito. Temeva che la stessa fine toccasse al telefono».

La mascella di Garrett si serrò alla menzione di Finch, ma rimase in silenzio, lasciandola continuare.

«Il telefono era danneggiato, lo schermo rotto, l'esposizione all'acqua, undici anni di clima del Queensland. Ma ho un coinquilino a Brisbane, Dev. Sta facendo il dottorato in ingegneria elettronica, specializzandosi in recupero dati e informatica forense». Una punta di orgoglio si insinuò nella sua voce. «È un genio. Se c'è qualcuno in grado di recuperare i dati da quel telefono, è lui».

«È per questo che sei andata a Brisbane», disse Garrett. «Non per i vestiti».

«Non solo per i vestiti», lo corresse Zara. «Ho portato indietro delle camicie pulite, comunque».

Il debole tentativo di sdrammatizzare cadde nel vuoto nell'atmosfera carica, ma l'espressione di lui si addolcì leggermente.

«Dev pensa di poter recuperare i dati dalla scheda microSD», continuò lei. «Ci sta lavorando proprio ora. Ha detto che ci vorrà almeno una settimana, forse più».

Garrett si passò una mano sul volto, le sue emozioni visibilmente in conflitto: il poliziotto che avrebbe dovuto esigere l'immediata consegna delle prove e l'uomo che aveva passato dieci anni a combattere proprio il sistema che rappresentava.

«Se c'è qualcosa su quel telefono», disse infine, «qualsiasi cosa che mostri con chi era Iris quella notte...»

«Lo so», lo interruppe Zara. «Potrebbe far crollare l'intero castello. May lo sa bene, ed è per questo che me lo ha affidato». Incontrò direttamente lo sguardo di lui. «E ora io lo sto affidando a te».

Si studiarono a vicenda in quella piccola stanza, il detective e la giornalista, avversari per professione ma uniti dallo scopo.

«Abbiamo lavorato l'uno contro l'altra», disse Garrett, a bassa voce. «Combattendo la stessa battaglia da fronti opposti».

«Senza arrivare da nessuna parte», riconobbe Zara.

L'insegna al neon VACANCY all'esterno sfarfallò, proiettando una luce rossa alternata a ombre sul viso di lui, evidenziando la determinazione nei suoi occhi e la curva ostinata della mascella che rispecchiava la propria.

«Insieme, però», disse lui, e quella parola conteneva tutta la promessa di un'alleanza formale. «Insieme potremmo avere davvero una possibilità».

Nessuna stretta di mano sigillò il loro accordo, nessun contratto fu firmato. Solo uno sguardo, carico e certo, che trasformò il loro rapporto da riluttanti avversari a partner.

«Qualcuno sa che ti stai avvicinando», disse Garrett, indicando la finestra, verso l'auto di lei. «Le minacce peggioreranno prima che tutto questo finisca».

«Lo so», rispose semplicemente Zara.

Il tuono rimbombò all'esterno, più lungo questa volta, un brontolio prolungato che sembrò fare eco alla risoluzione di lei. La pioggia si era intensificata, spesse cortine d'acqua scivolavano lungo il vetro, sfuocando il mondo esterno.

«Dobbiamo stare attenti», disse Garrett. «Chiunque abbia ucciso Iris ha avuto undici anni per coprire le proprie tracce, per costruirsi una vita su quella bugia. Non si arrenderanno facilmente».

«Kirsty Cannon», disse Zara, il nome le sfuggì prima che potesse riconsiderare. «Oggi mi ha affrontata a scuola. Stava... recitando. Dolore, preoccupazione, giusta indignazione. Ma sotto tutto questo, freddezza. Calcolo.»

Garrett annuì, per nulla sorpreso. «Il Consigliere Cannon è decisamente sulla mia lista delle persone che nascondono qualcosa. Insieme a suo padre, Richard, sebbene sia morto qualche anno fa. E naturalmente Finch, anche se ora si è ritirato sulla Gold Coast».

«May ha detto che è stato Finch a prendere il portatile di Iris», gli ricordò Zara. «Non è una coincidenza».

«No», concordò Garrett. «Non lo è».

Si avvicinò alla finestra, scrutando il parcheggio sferzato dal temporale. Il suo riflesso si sovrappose all'oscurità esterna, la sua espressione fissa in linee di cupa determinazione che eguagliavano quella di lei.

«E ora cosa succede?», chiese Zara, anche se conosceva già la risposta.

«Ora», disse Garrett, voltandosi di nuovo verso di lei, «facciamo quello che avremmo dovuto fare fin dall'inizio. Uniamo ciò che sappiamo. E troviamo giustizia per Iris Zhang».

Un altro fulmine balenò, seguito istantaneamente da un colpo di tuono che scosse l'edificio. In quel momento di illuminazione, si fronteggiarono nella stanza, non più separati nella loro ricerca della verità, ma allineati, risoluti, uniti contro qualunque forza avesse tenuto nascosta la verità sulla morte di Iris per undici anni.

La tempesta continuava a infuriare, ma dentro quella piccola stanza di motel era nata un'alleanza, forgiata da uno scopo comune e da una ritrovata fiducia, abbastanza forte, forse, da scoprire finalmente cosa fosse successo alla ragazza nel ruscello.

CAPITOLO 14

LA PIOGGIA MARTELLAVA SUL tetto della LandCruiser mentre Garrett guidava tra le strade deserte. I fulmini squarciavano il cielo, illuminando Salt Creek con brevi bagliori. In un'ora erano cambiate moltissime cose: la confessione di Garrett sul ritrovamento del corpo di Iris, la rivelazione di lei riguardo al telefono. Non erano più avversari, ma alleati.

«Ho tutto in centrale», disse Garrett, con la voce appena udibile sopra il fragore della tempesta. «Undici anni di indagine. Cose che non sono mai finite nel fascicolo ufficiale».

Zara cercò di conciliare questa sua nuova versione con l'uomo che inizialmente l'aveva diffidata dal proseguire. «Ci hai lavorato da solo per tutto questo tempo?»

«Dovevo farlo», rispose lui. Strinse le mani sul volante mentre attraversavano una pozzanghera. «Non sapevo mai di chi potermi fidare».

Lei comprendeva fin troppo bene quell'isolamento. La solitudine nel perseguire la verità quando gli altri preferivano menzogne rassicuranti.

Svoltarono nel piccolo parcheggio dietro la stazione di polizia. L'edificio era buio, fatta eccezione per una singola luce alla reception. Garrett spense il motore.

«Pronta?», chiese, e c'era qualcosa nella sua voce che le fece pensare che stesse chiedendo molto più che un semplice parere sulle prove.

Un unico piantone alla scrivania fece un cenno a Garrett quando entrarono, degnando Zara a malapena di uno sguardo. Quell'accettazione così naturale suggeriva che non fosse una situazione insolita.

Lui la condusse lungo un corridoio stretto fino a un ufficio in fondo. La targa diceva: «sergente investigativo G. Pennell». Aprì la porta, la fece entrare, poi la richiuse a chiave alle loro spalle.

Spartano ma funzionale: una scrivania, un computer, due sedie, un ventilatore che girava sul soffitto. Una grande bacheca di sughero copriva una parete, quasi vuota tranne che per avvisi ufficiali e qualche mappa.

Garrett si avvicinò a uno schedario nell'angolo. Tirò fuori una chiave. Il mobile sembrava ordinario, di metallo grigio, ammaccato agli angoli. Ma quando sbloccò e aprì l'ultimo cassetto in basso, Zara si rese conto che quello era diverso.

Il cassetto era pieno zeppo di faldoni, taccuini e sacchetti per le prove. Ognuno meticolosamente etichettato. Garrett iniziò a tirarli fuori, impilandoli sulla scrivania.

«I miei appunti sul campo originali del 2014», disse, poggiando un taccuino rilegato in pelle. «E le deposizioni dei testimoni che non sono mai state depositate ufficialmente. Persone che avevano visto cose che contraddicevano la versione dell'annegamento».

Continuò a scaricare materiale. Fotografie della scena del crimine, ritagli di giornale, mappe con aree segnate con inchiostri di diversi colori, fogli con la cronologia dei fatti pieni di annotazioni.

«Hai documentato tutto», disse lei.

«Dovevo farlo. Se mai avessi voluto costruire un caso abbastanza solido per la Crime and Corruption Commission».

Sparsero il materiale sulla scrivania e su un piccolo tavolo da riunione. Garrett lo dispose in ordine cronologico, creando una linea temporale dell'ultimo giorno di Iris e della successiva indagine.

«Questo è tutto ciò che il pubblico non ha mai visto», disse sottovoce. «Tutto ciò che è stato escluso dai rapporti ufficiali».

L'occhio di Zara cadde sulle fotografie della scena del crimine. Mostravano Iris a faccia in giù nel torrente poco profondo. Quando lui passò alla foto successiva, a Zara mancò il respiro.

Iris all'obitorio, posizionata su un fianco. Scuri lividi deturpavano il retro delle braccia, all'altezza dei bicipiti. Segni distinti a forma di dita. Prove di violenza completamente assenti dalle fotografie e dal rapporto autoptico che lei aveva ottenuto.

«Di questi lividi non si fa menzione da nessuna parte nell'autopsia ufficiale».

«Conveniente, vero?» La voce di Garrett era tesa. «Le note preliminari del dottor Robinson li documentavano nel dettaglio. Poi Finch ebbe un colloquio con lui, e il rapporto finale omette ogni livido incompatibile con un annegamento accidentale. Questa foto non è mai arrivata all'autopsia ufficiale».

Allungarono la mano verso la fotografia nello stesso momento. Le loro dita si sfiorarono. Nessuno dei due si scostò immediatamente; le dita indugiarono prima di ritrarsi lentamente.

Garrett si schiarì la voce. «C'è dell'altro. Deposizioni di un backpacker che all'epoca lavorava al Salties. Era uscito per una pausa sigaretta e aveva camminato fino all'ingresso del parco. Disse di aver visto Iris litigare con qualcuno vicino alla passerella intorno alle 22:15, il che coincide con il fatto che lei abbia lasciato the Golden Horse alle 22. La sua dichiarazione fu raccolta ma mai registrata. Chiesi spiegazioni a Finch, ma lui insistette sul fatto che il backpacker non conosceva nemmeno Iris e non poteva essere certo che fosse lei». Fece una smorfia. «Quante ragazze cinesi pensi che ci fossero a Salt Creek all'epoca? Forse non conosceva il nome di Iris, ma sono quasi certo che l'avrebbe riconosciuta di vista».

«Sei riuscito a rintracciare il backpacker per fargli altre domande?»

«Purtroppo no. Era tedesco, ma non diede un indirizzo in Germania... e si chiamava Hans Braun. L'equivalente tedesco di Mario Rossi».

«Forse potrei lanciare un appello nel podcast», rifletté Zara. «Ho molti iscritti dalla Germania. Posso dire che so che è un tentativo disperato, ma... sappiamo quanti anni avesse all'epoca?»

Garrett scartabellò tra le carte. «Sì... ventidue».

«Quindi oggi ne ha 33 o 34. Potrei lanciare un appello dicendo che, se qualcuno conosce un Hans Braun di quell'età, gli chieda se ha fatto il backpacker in Australia nel 2014».

«Vale la pena tentare», concordò Garrett. Le rivolse un piccolo sorriso di sbieco. «Immagino che avere un pubblico globale possa tornare utile, dopotutto».

«Puoi scommetterci», rispose lei, prima di riportare l'attenzione sulle pile di carta sul tavolo.

Zara esaminò il materiale con metodo, analizzando ogni pezzo. La mole di prove era schiacciante, e guardandole tutte insieme emergevano degli schemi.

«Aspettavi proprio questo», disse, alzando lo sguardo verso di lui. «Qualcuno con cui condividere tutto questo. Qualcuno che ti credesse».

Gli occhi di lui incontrarono quelli di lei, grigio-azzurri nella penombra. «Non una persona qualunque. Qualcuno che potesse aiutare a dare un senso a tutto. Qualcuno che non si sarebbe tirato indietro».

Zara tornò alle prove. Alla fotografia della pelle livida di Iris, alla deposizione soppressa. Qualunque cosa stesse nascendo tra lei e Garrett era ora secondaria rispetto a questo: la verità che stavano ricostruendo, pezzo dopo pezzo.

Ma non poteva fare a meno di essere consapevole della sua presenza accanto a lei. Di come i loro corpi si muovessero in un'inconscia sincronia. Del modo in cui la mano di lui indugiava vicino alla sua.

Le ore volarono via. La mezzanotte passò, segnata dall'orologio di Garrett. Le tazzine di caffè vuote si accumulavano mentre analizzavano le prove. Gli occhi di Zara bruciavano, ma la sua mente restava lucida.

«Guarda qui», disse, picchiettando il dito su un altro paio di deposizioni. «Il proprietario del negozio di fish and chips inizialmente disse di aver visto Kirsty Cannon passare davanti al suo negozio verso il torrente intorno alle dieci. Ma dopo essere stato interrogato da Richard Cannon, cambiò versione e disse di essersi sbagliato; non era affatto Kirsty».

Garrett si sporse in avanti, sfiorandole la spalla. «Conveniente». Prese un altro fascicolo. «Richard Cannon presiedeva il comitato per la sicurezza pubblica che supervisionava i finanziamenti alla polizia. Potere e influenza».

«E ora sua figlia ricopre lo stesso incarico, giusto?» Era stata cauta nelle sue indagini su Kirsty Cannon, ma non era stato difficile scoprirlo.

Garrett sfogliò altri documenti. «Anche se dimostrassimo l'inquinamento delle testimonianze, si tratta di un vizio procedurale, non di una prova diretta di omicidio. Ci servirebbero un movente, un'opportunità e prove fisiche che colleghino qualcuno alla morte di Iris. Lo standard legale per riaprire un caso così vecchio è molto alto».

Lei apprezzò la sua franchezza. Molti agenti che aveva incontrato si erano mostrati difensivi riguardo a procedure viziate. L'apertura di Garrett la spingeva a fidarsi di lui in modo più completo.

Continuarono a lavorare mentre la notte si faceva più profonda intorno a loro. A un certo punto, la mano di Garrett coprì quella di lei su un documento che entrambi stavano per prendere. Stavolta, nessuno dei due si ritrasse.

«Zara», disse lui, e il modo in cui pronunciò il suo nome la spinse ad alzare lo sguardo.

I suoi occhi cercarono quelli di lei con intensità. «È complicato».

«Lo so».

«Stai indagando su un caso di cui faccio parte. Tecnicamente sono una fonte. Questo infrange circa una dozzina di regole professionali».

«So anche questo». Lei girò la mano, palmo contro palmo con la sua. «Ma non sono sicura che in questo momento mi importi».

«Nemmeno a me». Si alzò, tirandola su con sé. «Vieni a casa con me. Possiamo continuare domani, ma stasera...»

«Stasera», acconsentì lei.

Raccolsero i documenti più sensibili e li chiusero a chiave nello schedario. Il piantone alzò a malapena lo sguardo mentre uscivano. La mano di Garrett era appoggiata sulla parte bassa della schiena di Zara, un gesto che sembrava al contempo protettivo e possessivo.

Il tragitto fino a casa di Garrett fu breve, ma ogni secondo sembrava carico di elettricità. La pioggia continuava il suo assalto costante, ma all'interno della LandCruiser il calore cresceva tra loro.

La sua casa era una modesta abitazione rivestita in legno in una strada tranquilla. Il tipo di posto che parlava di qualcuno che dava valore alla sostanza più che alla forma. All'interno era ordinata senza essere sterile. Vissuta, ma curata.

«Birra? Vino?» chiese lui, spostandosi verso la cucina.

«Acqua, a dire il vero». Aveva la gola secca.

Versò due bicchieri e gliene porse uno. Rimasero in piedi nel soggiorno. L'imbarazzo del momento li colpì improvvisamente entrambi. In ufficio, circondati da prove e indagini, il legame tra loro era sembrato naturale. Qui, in questo spazio domestico, la realtà di ciò che stavano per fare assumeva un peso diverso.

«Zara». Posò il bicchiere, prese quello di lei e lo mise accanto al suo. «Di solito non sono il detective che infrange ogni regola esistente». L'ombra di un sorriso gli toccò le labbra. «Ma eccoci qui».

«Eccoci qui».

Quando le loro labbra si incontrarono, non fu con un calore impetuoso, ma con qualcosa di più lento. Lui le prese il viso tra le mani, stringendola come qualcosa che potesse sparire se si fosse mosso troppo in fretta. Le dita di Zara trovarono i bottoni della camicia dell'uniforme, sbottonandoli uno a uno. Prendendosi il suo tempo in un modo che non aveva fatto a Childers.

Si spogliarono a vicenda lentamente. Ogni indumento rimosso era una rivelazione più che un ostacolo. Le dita di lui tremarono leggermente contro il gancio del reggiseno, e quella piccola vulnerabilità le fece stringere qualcosa nel petto.

Quando alla fine rimasero l'uno di fronte all'altra, Garrett le cercò di nuovo la mano. La portò alle labbra, premendo un bacio sul palmo, sul polso, sulla parte morbida interna del gomito.

Le lenzuola erano fresche contro la schiena di lei quando Garrett la fece adagiare sul letto. Il suo peso la seguì, premendola sul materasso in un modo che sembrava un ancoraggio piuttosto che una costrizione. I loro corpi si allinearono, familiari eppure interamente nuovi.

Le labbra di lui tracciarono un percorso dalla bocca alla gola, fino alla clavicola. Lei si inarcò sotto il suo tocco, le mani che mappavano le ampie distese della schiena di lui. La lieve ruvidità della barba contro il palmo mentre gli accarezzava la mascella. I movimenti tra loro crebbero lentamente.

Quando finalmente lui si mosse sopra di lei e i loro corpi si unirono, Zara si ritrovò a incrociare i suoi occhi. A Childers avevano chiuso gli occhi, persi nelle sensazioni. Ora si guardavano. Sostenevano l'una lo sguardo dell'altro mentre si muovevano insieme, stabilendo un ritmo che parlava di comprensione reciproca.

C'era una vulnerabilità in tutto questo che non si sarebbe aspettata. Questa capacità di essere visti, visti davvero, in un momento di tale apertura. L'espressione di Garrett trasudava meraviglia, tenerezza e qualcosa di più profondo che lei non era pronta a definire. Le mani di lei tracciarono i contorni del suo viso, memorizzando le rughe agli angoli degli occhi, la linea ostinata della mascella ora ammorbidita.

Si muovevano all'unisono. La connessione non veniva mai sacrificata alla brama. Quando infine per entrambi arrivò il momento culminante, fu come un susseguirsi di onde più che una vetta improvvisa.

Dopo, lui la strinse al petto. Un braccio le cingeva la vita, le gambe intrecciate sotto le lenzuola sgualcite. Le dita di lui tracciavano disegni pigri lungo la sua colonna vertebrale mentre il respiro rallentava. I cuori tornavano gradualmente ai loro ritmi normali. Fuori, la pioggia picchiettava dolcemente contro i vetri.

«Resta», mormorò Garrett contro i suoi capelli.

Zara annuì. Sentiva già il sonno che la tirava a sé. «Non vado da nessuna parte».

Il braccio di lui si strinse attorno alla sua vita, attirandola a sé. Lei sentì le sue labbra premere contro la sua tempia. Mentre il sonno la rapiva, l'ultimo pensiero conscio di Zara fu quanto tutto questo fosse diverso da ogni altra intimità che avesse mai conosciuto. Non una fuga o una distrazione, ma un punto di connessione nel mezzo del caos.

Zara sbatté le palpebre svegliandosi lentamente. Si sentì momentaneamente disorientata prima che i ricordi tornassero a galla.

La camera da letto di Garrett. Il letto di Garrett. Le lenzuola accanto a lei erano sgualcite ma vuote, conservavano ancora una traccia di calore. La sua mano scivolò sullo spazio vacante mentre il ricco aroma del caffè appena fatto la raggiunse.

La camera da letto appariva diversa alla luce del giorno. Un certificato incorniciato dell'accademia di polizia era appeso discretamente su una parete. La libreria ospitava un mix eclettico di romanzi gialli, riviste di pesca e diversi volumi sulla storia locale del Queensland. C'era cura nella disposizione, ma nulla di pretenzioso o studiato.

I suoi vestiti giacevano ordinatamente piegati su una sedia nell'angolo. Opera di Garrett, si rese conto. Invece di prenderli, notò la sua camicia dell'uniforme azzurro chiaro sul pavimento, dove doveva essere scivolata dalla sedia. Zara la raccolse, portandosela brevemente al naso. Profumava di lui. Sudore pulito, un profumo sottile, il tenue sentore metallico del suo distintivo. Se la infilò. Il tessuto le arrivava a metà coscia, le maniche penzolavano ben oltre la punta delle dita. Le arrotolò due volte, poi si diresse a piedi nudi fuori dalla camera.

Il corridoio si apriva su una modesta zona giorno. Arredi semplici, un televisore che sembrava usato raramente, una canna da pesca appoggiata in un angolo. Attraverso un arco, riusciva a vedere la cucina e Garrett in piedi davanti al bancone, di schiena. Indossava solo un paio di pantaloncini. La luce del mattino dorava i muscoli delle spalle e della schiena. Stava preparando il caffè. La domesticità della scena la colpì come qualcosa di confortevole e allo stesso tempo leggermente surreale.

Lui doveva averla sentita perché si voltò. L'espressione che gli passò sul volto quando la vide con indosso la sua camicia le fece sussultare lo stomaco.

«Buongiorno», disse lei.

«Buongiorno». La sua voce era più roca del solito, graffiante per il sonno. I suoi occhi la percorsero, soffermandosi sul modo in cui la sua camicia ricadeva sul corpo di lei. «Caffè?»

«Per favore».

Lui versò due tazze e le portò al tavolino. Lei si sedette, avvolgendo le mani attorno alla ceramica calda. Lui prese posto di fronte a lei. Per un momento, si limitarono a guardarsi. Questa cosa nuova tra loro era ancora troppo fragile per darle un nome.

«Probabilmente dovremmo parlarne», disse infine Garrett.

«Probabilmente». Zara sorseggiò il caffè. «È complicato».

«A dir poco». Lui si passò una mano tra i capelli. «Tu stai conducendo un'indagine su un caso in cui io sono coinvolto. Tecnicamente sono una fonte. Se venisse fuori...»

«Comprometterebbe la credibilità di entrambi», concluse lei. «Lo so».

«Eppure». Lui allungò la mano sul tavolo, cercando le dita di lei. «Non lo rimpiango. La scorsa notte. Stamattina. Nulla di tutto ciò».

«Nemmeno io». Lei gli strinse la mano. «Ma dobbiamo stare attenti. Per il bene di entrambi».

«Concordo». Lui le studiò il viso. «Quindi che facciamo?»

«Continuiamo a lavorare al caso. Restiamo professionali. Non lasciamo che questo ci distragga da ciò che conta». Fece una pausa. «Ma quando siamo soli...»

«Quando siamo soli», fece eco lui, con la comprensione negli occhi.

Finirono il caffè in un silenzio complice. Alla fine, Zara si alzò, riluttante ma consapevole che entrambi avevano del lavoro da fare.

«Dovrei tornare al motel. Farmi una doccia, cambiarmi. Dev si chiederà dove sono finita».

Anche Garrett si alzò. «Prenditi il giorno libero. Dal caso, intendo. Concediti una pausa».

«Una pausa?» Il concetto le sembrava estraneo.

«Sì. Ti sei presa un solo giorno libero da quando sei arrivata?» Quando lei non rispose, lui continuò: «Vieni in barca con me. Solo per poche ore. Pescheremo qualcosa, probabilmente falliremo miseramente, e tu prenderai un po' di sole e aria fresca. Niente discorsi sul caso. Solo... una giornata».

Zara si ritrovò a sorridere. «Sembra davvero perfetto».

«Bene». Lui la attirò a sé, le baciò la fronte. «Vengo a prenderti alle nove. Metti qualcosa che non ti dispiaccia bagnare e che possa impregnarsi di sale».

I quindici minuti di auto verso Salt Creek Heads li portarono lungo una strada asfaltata di recente che si snodava tra sterpaglie prima di iniziare una dolce salita. Man mano che prendevano quota, tra gli alberi apparivano scorci di oceano blu. Diventavano sempre più ampi finché il panorama non si aprì completamente dietro una curva. A Zara mancò il fiato davanti a quella vista. Acqua azzurra che si estendeva fino all'orizzonte, promontori che si protendevano nel mare, la sagoma lontana di isole che tremolavano nella calura mattutina.

«È la prima volta che vedi i Heads?» chiese Garrett, notando la sua reazione.

«Sì». Lei rimase a fissare. «Non avevo motivo di venire fin qui. Adesso mi pento di non averlo fatto prima».

«È la parte migliore del vivere qui», disse lui, guidando il Land-Cruiser oltre un'altra curva. «Nelle giornate no, vengo quassù solo per sedermi e guardare l'acqua per un po'».

Zara poteva capire il perché. C'era qualcosa di espansivo in quella vista. Un promemoria di spazio e possibilità oltre i confini di una piccola città con i suoi segreti sepolti.

Mentre scendevano verso il piccolo insediamento di Salt Creek Heads, Zara notò una significativa attività edilizia sui fianchi delle colline. Diverse grandi case in vari stadi di completamento svettavano su lotti privilegiati con vista sull'oceano. Dichiarazioni architettoniche in vetro e legno che sembravano in contrasto con le modeste case in cladding in legno che costituivano l'insediamento originale.

«Cannon Developments», disse Garrett, seguendo il suo sguardo. Il suo tono rimase neutro, ma Zara colse il leggero contrarsi della sua mascella. «Richard Cannon fondò un'impresa edile circa quindici anni fa. Kirsty l'ha ereditata quando lui è morto».

«Sembrano costose».

«Lo sono. Nessun locale vivrà qui. Sono tutte case vacanza di lusso o AirBnB, assolutamente fuori portata per chiunque di Salt Creek». Imboccò una svolta, dirigendosi verso un piccolo parcheggio vicino a una rampa di cemento per le barche. «Kirsty ha spinto molto per un ulteriore sviluppo da quando ha assunto la guida del comitato urbanistico del consiglio. Più turisti, più soldi che circolano».

«E più potere per lei», mormorò Zara, notando come le case più nuove sembrassero rivendicare le posizioni migliori lungo il promontorio. Le viste più spettacolari. Politica locale, guadagno personale e forse qualcosa di più oscuro. Tutto si intrecciava in modi che stava ancora cercando di districare.

Si fermarono nel parcheggio accanto alla rampa di alaggio. Altri veicoli con rimorchi vuoti indicavano che non erano gli unici a approfittare del tempo perfetto, anche se la rampa stessa era al momento libera. Garrett fece retrocedere il rimorchio con sicurezza lungo la rampa finché la poppa della barca non scivolò in acqua.

«Vuoi aiutarmi a vararla?» chiese lui, spegnendo il motore.

Il processo fu più articolato di quanto Zara si aspettasse. Sganciare le cinghie, controllare il cavo del verricello, assicurarsi che tutto fosse fissato all'interno della barca prima che toccasse l'acqua. Garrett la guidò in ogni passaggio. Le sue mani coprivano occasionalmente quelle di lei per mostrarle la tecnica corretta. Questi tocchi casuali sembravano diversi ora. Carichi di consapevolezza dopo la loro notte insieme, eppure naturali in un modo che non aveva previsto.

Una volta che la barca fu in acqua, Garrett la portò al piccolo pontile adiacente alla rampa e chiamò Zara perché tenesse la corda mentre lui spostava il LandCruiser e il rimorchio al parcheggio. Il sole le scaldava le spalle attraverso la maglietta. L'aria era densa del profumo dell'acqua salata e delle mangrovie. Intorno a lei, i pellicani stavano appollaiati su piloni logori. Di tanto in tanto, i pesci rompevano la superficie con piccoli guizzi. Un'aquila pescatrice volteggiava pigramente in alto.

Garrett tornò e saltò sulla barca. Atletico e aggraziato. Poi le tese la mano per aiutarla a salire. L'imbarcazione oscillò leggermente sotto i suoi piedi mentre lei trovava l'equilibrio. La mano ferma di lui le sosteneva la vita.

«Benvenuta a bordo», disse, guidandola verso un sedile prima di avvolgere la corda e spostarsi alla piccola console. Il motore partì con un rassicurante ronzio. «Pronta?»

Zara annuì. L'eccitazione ribolliva mentre si allontanavano dal pontile. L'acqua era calma, increspata solo da dolci onde che la Quintrex affrontava facilmente. Garrett navigava con pacata sicurezza. Una mano sul timone, gli occhi che scansionavano i segnaletici del canale mentre si dirigevano verso acque più profonde.

«È bellissimo qui fuori», disse Zara, trascinando le dita nella scia a fianco della barca. L'acqua era invitante e limpida, rivelando il fondale sabbioso e qualche pesce guizzante.

«Non ti venga in mente di fare il bagno così vicino alla costa», la avvertì Garrett, leggendole l'espressione. «I coccodrilli amano queste acque. Un salties di quattro metri è stato avvistato proprio la settimana scorsa».

Zara ritrasse rapidamente la mano. Guadagnandosi una risata da parte di Garrett. «Ragazza di città», la prese in giro, ma le parole non contenevano malizia, solo caloroso divertimento.

Aggirarono un piccolo promontorio su cui svettava orgoglioso un faro. Apparve una casa suggestiva, arroccata scenograficamente sul fianco della scogliera. Moderna e spigolosa, le sue pareti di vetro riflettevano il sole del mattino come un segnale luminoso. Diversi balconi si protendevano sull'acqua. Un pontile privato raggiungeva una piccola baia protetta sottostante. Anche da quella distanza, trasudava ricchezza e privilegio.

«La casa di Kirsty», disse Garrett.

Zara la studiò. Notandone le dimensioni, la posizione d'élite, l'ostentazione. «Deve valere milioni. Ha molto più da perdere di quanto avessi immaginato».

Garrett annuì. La sua espressione si fece momentaneamente solenne. «È tutto costruito sugli affari di suo padre, sulle sue connessioni politiche. La sua intera identità è legata all'essere la beniamina di Salt Creek. L'erede del suo impero». Guardò la casa ancora per un istante, poi si riscosse visibilmente. «Ma avevamo un patto, giusto? Niente discorsi sul caso oggi».

«Giusto», concordò Zara, sebbene la sua mente da giornalista stesse già archiviando quelle osservazioni. Collegandole al quadro più ampio che stavano componendo.

Garrett allontanò la barca dalla costa, puntando verso il mare aperto. Il ronzio costante del motore e il dolce schiaffo delle onde contro lo scafo creavano un ritmo rilassante. Più si allontanavano dalla terraferma, più Zara sentiva il peso dell'indagine sollevarsi temporaneamente dalle sue spalle.

«Allora», chiese Garrett, e la sua espressione seria lasciò il posto a un sorriso che gli increspò gli angoli degli occhi, «com'è la tua esperienza con la pesca?»

Zara scoppiò a ridere. Il suono si disperse sull'acqua. «Inesistente. Sono cresciuta nella periferia ovest di Brisbane. Il massimo che ho fatto è stato guardare mio cugino pescare gamberi d'acqua dolce nel ruscello dietro casa di mia zia».

«I gamberi contano», rispose lui solennemente, sebbene i suoi occhi brillassero di divertimento. «Sono solo pesci molto piccoli con un sacco di zampe».

«Sono quasi certa che non sia scientificamente accurato».

«Stai mettendo in dubbio la mia competenza nella pesca, signorina Langley?»

«Mai, sergente investigativo. Sono completamente alla tua mercé per tutto ciò che riguarda la nautica».

Le loro risate si mescolarono, portate via dalla brezza mentre Garrett li guidava verso un punto lontano dove promise che i pesci avrebbero abboccato. Osservando il suo profilo mentre scansionava l'orizzonte, rilassato e concentrato in un modo che non gli aveva mai visto a Salt Creek vera e propria, Zara sentì qualcosa di inaspettato stabilirsi nel suo petto. Non solo attrazione o l'eco dell'intimità fisica, ma il riconoscimento di qualcosa di più raro. La possibilità di un legame con qualcuno che capiva la sua determinazione. La sua dedizione. La sua mancanza di volontà di distogliere lo sguardo dalle verità scomode.

Domani sarebbero tornati all'indagine. Ai dati del telefono che speravano Dev recuperasse. Ai pericolosi segreti di Salt Creek. Ma oggi, oggi apparteneva a loro. Ore rubate sull'acqua blu sotto un cielo sconfinato. Un breve respiro prima della tempesta che sicuramente stava arrivando.

CAPITOLO 15

LE OMBRE DEL POMERIGGIO si allungavano sul cemento mentre la LandCruiser entrava nel parcheggio del motel. La pelle di Zara formicolava ancora piacevolmente dopo le ore trascorse al sole, con i cristalli di sale che si asciugavano tra le pieghe delle mani. La giornata in acqua con Garrett era stata un respiro inaspettato, una parentesi rubata di normalità nel bel mezzo di un'indagine sempre più pericolosa. Sentiva muscoli di cui aveva dimenticato l'esistenza, che dolevano piacevolmente per aver recuperato il filo della pesca, anche se avevano ributtato in mare tutto ciò che avevano preso, ridendo e concordando di comprare pesce e patatine per cena. Quando Garrett spense il motore, l'incantesimo della loro giornata fuori iniziò a dissolversi e la realtà rientrò prepotentemente insieme al debole odore di gas di scarico.

«Porto la barca a casa e ci vediamo da me», disse Garrett, con lo sguardo che si addolciva mentre la guardava. I segni di tensione intorno agli occhi si erano attenuati durante la giornata in acqua; il suo viso era più rilassato di quanto lei lo avesse mai visto.

«Faccio una doccia e preparo i bagagli, prendo pesce e patatine e vengo lì», rispose Zara, slacciandosi la cintura di sicurezza. La decisione di stare da Garrett era venuta naturale dopo la notte precedente, dopo le minacce, dopo tutto quanto. Per una volta, logica e desiderio coincidevano. «Devo solo buttare tutto in macchina e fare il check-out. Ci vorrà un'ora o poco più, probabilmente».

Lui annuì, tamburellando una volta con le dita sul volante. «Chiudi la porta a chiave dietro di te»..

«Sempre». Gli rivolse un sorriso rassicurante. «Anche se non credo che cercheranno di entrare mentre sono qui».

«Spero di no».

Il loro addio fu breve, uno sfiorarsi di dita, uno sguardo condiviso. Nessuno dei due ammise quanto sembrasse domestico quell'accordo informale di ritrovarsi a casa di lui, di condividere lo spazio. Zara scese dal veicolo, guardando Garrett allontanarsi con il rimorchio della barca che ondeggiava leggermente dietro la LandCruiser.

Si avvicinò alla porta del motel con la tessera magnetica in mano, già catalogando mentalmente da dove iniziare a fare i bagagli dopo essersi lavata via il sale di dosso. Non aveva portato molto con sé; vivere con la valigia era diventata una seconda natura in anni di lavoro investigativo sul campo.

La tessera scattò nella fessura, la serratura si sbloccò e Zara aprì la porta.

Qualcosa le sembrò subito sbagliato.

L'aria all'interno era diversa. Alterata, sottilmente rimescolata. Il suo istinto da giornalista, affinato da anni in ambienti ostili e storie pericolose, scattò in allerta prima ancora che la sua mente conscia elaborasse il perché.

Si fermò sulla soglia, con una mano ancora sulla maniglia. Le tende erano tirate, immergendo la stanza in un crepuscolo artificiale nonostante il sole pomeridiano all'esterno. Nulla appariva immediatamente fuori posto. La custodia della sua attrezzatura era sulla scrivania dove l'aveva lasciata quella mattina, con il coperchio ancora chiuso. La porta del bagno era socchiusa esattamente con la stessa angolazione.

Ma l'odore era diverso. Qualcosa di chimico sotto i soliti aromi da motel di detergente industriale e deodorante per ambienti. Una zaffata di pennarello, acre e pungente.

E il letto. Le lenzuola erano sgualcite in un modo che non era stato lei a lasciare.

Il fiato di Zara si mozzò mentre gli occhi si abituavano alla luce fioca. Sparpagliate sul letto sfatto c'erano delle fotografie. Dozzine.

Lei.

Mentre camminava lungo la strada principale di Salt Creek.

In piedi fuori dal Golden Horse.

Mentre parlava con Jane Goulding su una panchina del parco.

Seduta in macchina fuori dalla casa di una vecchia compagna di scuola di Iris.

Ogni immagine era catturata a distanza ma con una chiarezza inquietante, alcune chiaramente scattate con un teleobiettivo. La sorveglianza era professionale, metodica, e andava avanti da settimane, a giudicare dai suoi vestiti che cambiavano nelle immagini.

Ma ciò che le fece venire il voltastomaco fu lo sfregio. In diverse foto il suo viso era cancellato con un grosso pennarello nero, tratti violenti che in alcuni punti avevano strappato la carta. E al centro della composizione, a fissare un primo piano particolarmente ravvicinato del suo volto al materasso, c'era un coltello da cucina. Non un serramanico o un coltellino svizzero, ma un vero coltello da chef, di quelli fatti per tagliare sul serio.

La bile le salì in gola. Il messaggio non avrebbe potuto essere più chiaro nemmeno se lo avessero scritto con il suo sangue.

Le mani le tremavano, ma le fermò con la pura forza di volontà. Si costrinse a respirare, tre tempi dentro, tre tempi fuori, come aveva imparato durante il suo primo addestramento per ambienti ostili anni prima.

La custodia dell'attrezzatura. Si diresse rapidamente verso di essa. Il coperchio era chiuso, ma le serrature... no, erano ancora bloccate. Aveva speso un sacco di soldi per quella custodia, volendo essere sicura che la sua attrezzatura fosse al sicuro quando non la portava con sé, e ci lasciava sempre dentro anche un tag di tracciamento GPS. Soldi ben spesi, pensò, quando la valigetta si aprì con un clic soddisfacente, rivelando i suoi costosi microfoni, il registratore e le unità disco di riserva, tutto intatto.

Una piccola grazia, almeno. Il suo lavoro rimaneva al sicuro, anche se la sua incolumità non lo era.

Zara chiuse e bloccò di nuovo la custodia, poi si raddrizzò, sfilando il telefono dalla tasca. La stanza sembrò improvvisamente più piccola, le pareti si stringevano, ma si rifiutò di fuggire senza le sue cose. Scappare avrebbe solo mostrato debolezza, e chiunque la stesse osservando chiaramente si nutriva di quello.

Compose il numero di Garrett, mantenendo il respiro regolare mentre la chiamata veniva inoltrata. Le nocche erano bianche intorno al telefono, l'unico segno visibile di tensione che si concesse.

«Già ti manco?» La sua voce portava il calore persistente della loro giornata insieme.

«Qualcuno è entrato qui». Zara mantenne il tono deliberatamente piatto, professionale. La fermezza della sua voce sorprese persino lei.

Il silenzio che seguì durò a malapena un secondo, ma sembrò molto più lungo. Quando Garrett parlò di nuovo, ogni calore era svanito, sostituito dal piglio tagliente del detective. «Merda, avrei dovuto accompagnarti dentro! Sei al sicuro? Sono ancora lì?»

«Nessun segno di nessuno. Ma ci sono delle foto». Deglutì. «Di me. Con un coltello. Cioè, non io con un coltello, il coltello è stato piantato nella foto...». Riconobbe vagamente di non essere molto coerente. Shock? Fortunatamente, Garrett la stava prendendo sul serio.

«Non toccare nulla. Sto tornando indietro proprio ora». Si sentì chiaramente il motore salire di giri. «Resta in linea. Tieni la porta chiusa a chiave».

«Sto bene», insistette lei, anche se entrambi sapevano che era una bugia. «Solo... fai in fretta».

Zara si mosse verso la porta, inserì la mandata e mise la catenella di sicurezza, sapendo che era una protezione perlopiù simbolica. Si posizionò dove poteva vedere sia la porta che il letto violato, rifiutandosi di perdere di vista entrambi.

La stanza sembrava ora carica di elettricità, come se l'aria stessa trasportasse malizia. Catalogò le potenziali armi. La lampada da scrivania, abbastanza pesante da stordire. La penna in tasca, che poteva essere conficcata nei tessuti molli, se necessario. Persino il coltello, anche se non voleva toccarlo per non inquinare eventuali impronte digitali; se le cose si fossero messe male, lo avrebbe sicuramente strappato dal materasso per difendersi. La giornalista in lei osservava questi pensieri con distaccato interesse, notando quanto velocemente la sua mente si fosse spostata su calcoli di sopravvivenza.

Attraverso il telefono, sentiva il respiro controllato di Garrett e qualche imprecazione occasionale mentre si faceva strada nel traffico. La sua presenza, anche solo sonora, la calmava.

«Tre minuti», disse lui.

Zara annuì, anche se lui non poteva vederla. «Sono qui».

In attesa, scrutando le ombre in cerca di movimento, pensò ai lividi scuri sulle braccia di Iris Zhang, ai segni a forma di dita per essere stata tenuta sott'acqua. A qualcuno che aveva protetto il proprio segreto per undici anni e che avrebbe chiaramente fatto di tutto per tenerlo sepolto per sempre.

Il suono di pneumatici che stridevano nel parcheggio annunciò l'arrivo di Garrett prima che lui potesse dire altro.

Passi pesanti risuonarono sul cemento esterno, seguiti da tre colpi secchi. Lei si avvicinò alla porta, controllando dallo spioncino prima di sbloccare la mandata e togliere la catenella. Garrett entrò di colpo. I suoi occhi cercarono prima i suoi, uno sguardo rapido e valutativo che si addolcì momentaneamente per il sollievo, prima di indurirsi di nuovo mentre passava in rassegna la stanza. Il rimorchio della barca era ancora agganciato alla sua LandCruiser; lei scorse attraverso la porta aperta che era parcheggiato frettolosamente trasversalmente a più posti nel piazzale del motel.

«Sei ferita?» chiese lui, chiudendo la porta alle proprie spalle.

Zara scosse il capo. «No. Solo...». Indicò il letto.

Garrett si avvicinò al letto con cautela, con le mani intrecciate dietro la schiena per evitare di contaminare le prove, chinandosi per esaminare le fotografie senza toccarle. I suoi occhi catalogarono ogni immagine metodicamente, tracciando il percorso dello stalker che aveva seguito Zara per settimane.

«Queste sono state scattate con una macchina fotografica vera», disse, con voce clinicamente distaccata. «Obiettivo a lungo raggio. Qualità professionale». Si mosse intorno al letto, studiando la disposizione da diverse angolazioni. «Il coltello fa parte di un set da cucina standard. Economico; ne ho visti in vendita al KMart. Probabilmente acquistato per corrispondenza. Oppure qualcuno è andato in auto a Bundaberg e lo ha comprato lì, stampando le foto nello stesso momento».

Zara lo guardava lavorare, grata per la sua concentrazione professionale. Creava un cuscinetto tra lei e lo spazio violato, la minaccia esposta in lucide stampe 10x15.

««Questa», continuò Garrett, indicando una foto di Zara che entrava nel ristorante degli Zhang, «è stata scattata proprio ieri mattina, prima che andassimo a pescare. E questa», il suo dito si soffermò su un'altra che la ritraeva mentre scendeva dalla sua auto nelle prime ore del mattino, fuori da casa mia, «è di stanotte».

L'implicazione si posò tra loro. Chiunque li stesse osservando sapeva di loro due, sapeva del loro crescente legame personale. Sapeva che lei aveva passato la notte a casa di lui.

«Quindi non sono andati a Bundaberg per stampare le foto» mormorò Zara. «Interessante. Non molte persone in città hanno una stampante in grado di produrre questa qualità».

Lo sguardo di Garrett atterrò infine sull'immagine centrale. Il volto di Zara in primo piano, con il coltello conficcato attraverso di esso nel materasso. Per un breve istante, la sua maschera professionale scivolò, rivelando qualcosa di crudo e furioso sotto la superficie. Serrò la mascella così forte che un muscolo sussultò visibilmente sotto la pelle.

«Ti hanno seguita costantemente», disse, abbassando la voce. «Documentando i tuoi movimenti. Costruendo un dossier. Questa non è intimidazione casuale. Questa è...». Fece una pausa, lottando per riprendere il controllo. «Questa è sorveglianza pre-operativa».

Il termine rimase sospeso nell'aria, clinico e terrificante. *Pre-operativa*. La fase prima dell'azione. Prima della violenza.

Garrett si raddrizzò, voltandosi per guardarla in pieno volto. Il distacco professionale che aveva mantenuto si spezzò improvvisamente, completamente, come ghiaccio sotto un peso inaspettato. In tre rapidi passi la raggiunse, stringendola in un abbraccio, con una mano che le cullava la nuca e l'altro braccio stretto intorno alla vita.

«Stavo impazzendo cercando di proteggerti mantenendo le distanze», confessò, con la voce che si incrinava contro i suoi capelli. «Cercando di mantenere una sorta di confine professionale quando tutto ciò che volevo era tenerti al sicuro».

Le parole gli vibravano nel petto contro la guancia di lei. Zara sentì qualcosa cedere dentro di sé, un muro che non si era resa conto di stare ancora mantenendo. Tremò contro di lui, per la paura finalmente ammessa, per il sollievo di non affrontare tutto questo da sola, per l'intensità di essere stretta di nuovo da lui dopo la loro giornata di attenta e amichevole distanza in acqua.

Gli cinse la vita con le braccia, stringendo i pugni dietro la sua camicia. Poteva sentire il cuore di lui martellare sotto la propria guancia, odorare le tracce persistenti di acqua salata sulla sua pelle miste al profumo più pungente di sudore venato di paura.

Il suo corpo era solido e caldo, un'ancora nel terreno instabile di quell'indagine.

«Continuo a pensare a Iris», sussurrò contro il suo petto. «Ai lividi sulle sue braccia. A qualcuno che la tiene sott'acqua». Si scostò quanto bastava per guardarlo negli occhi, mantenendo la voce ferma con la forza di volontà. «Stanno alzando il tiro, vero?».

Garrett annuì, senza cercare di nasconderle la verità. I suoi occhi, solitamente freddi e controllati, bruciavano di qualcosa che le fece stringere il petto. Una mano salì a incorniciarle il viso, il pollice che tracciava lo zigomo con una delicatezza sorprendente data la tensione nel resto del corpo.

«Sì», disse semplicemente. «Lo stanno facendo».

In quel momento, guardandolo, Zara riconobbe che ogni pretesa di professionalità o decoro era svanita. Ciò che restava era qualcosa di ridotto all'essenziale: un uomo e una donna in piedi insieme contro il pericolo, uniti da uno scopo condiviso e da un sentimento crescente che nessuno dei due era pronto a nominare.

La mano di lui tremava leggermente contro il suo viso. «Non avrei dovuto lasciarti sola», disse, con un'autocritica evidente nella voce. «Nemmeno per venti minuti. Non dopo tutto quello che è successo».

«Non potevi saperlo», rispose Zara, coprendo la mano di lui con la propria. «E sto bene. Sono scossa, ma sto bene».

Gli occhi di Garrett tornarono al letto, al coltello che era stato messo lì per terrorizzare, per intimidire. La sua espressione si indurì di nuovo, ma in modo diverso rispetto a prima, non con distacco professionale ma con determinazione personale.

«Non resterai qui un minuto di più», disse, e le sue parole non ammettevano domande né margini di discussione. «Nulla qui vale la pena di rischiare la tua sicurezza».

«Nessuna obiezione da parte mia». Zara accennò un sorriso che non arrivò agli occhi. «Ho tutto il materiale che mi serve sul fascino dei motel di provincia».

Lui non ricambiò il sorriso, il suo sguardo tornò sul viso di lei con un'intensità che le mozzò il fiato. «Devo documentare tutto questo», disse. «Scattare foto, mettere le prove nel sacchetto. Ma non ti lascerò più sola».

L'investigatore professionale riemerse brevemente, ma trasformato: la sua dedizione alle procedure non era più in contrasto con i suoi sentimenti personali, ma ne era alimentata, affilata come una lama pericolosa.

«Ti aiuto», disse Zara, scostandosi a malincuore dal suo abbraccio ma tenendo una mano sul suo braccio, sembrando entrambi riluttanti a interrompere completamente il contatto. «Dimmi cosa fare».

Le sue dita si intrecciarono brevemente con quelle di lei, una stretta di riconoscimento che somigliava a una promessa. «Prima documentiamo tutto. Poi ti porto via di qui». I suoi occhi sostenevano quelli di lei, fermi e sicuri. «E poi troveremo chi ha fatto questo».

Garrett fotografò metodicamente le foto esposte, il coltello, la disposizione sul letto. I suoi movimenti erano precisi, professionali, anche se Zara vedeva la tensione nelle sue spalle, la furia controllata nel modo attento in cui si muoveva. Lei restò vicino alla scrivania, con il portatile già riposto, guardandolo documentare la scena con la stessa pignoleria che aveva dedicato per undici anni all'indagine sulla morte di Iris Zhang. Quando finalmente lui alzò lo sguardo, infilando di nuovo il telefono in tasca, l'occhiata che si scambiarono comunicò tutto ciò che c'era da dire. Era ora di andare.

«Gestirò le prove più tardi» disse, tirando fuori un grosso sacchetto delle prove dal kit di emergenza del veicolo. Con le mani guantate, fece scivolare con cura il coltello e le foto nel sacchetto, sigillandolo. «Cosa ti serve prendere da qui?»

Si mossero nella piccola stanza con una coordinazione sorprendente, come se avessero preparato i bagagli insieme una dozzina di volte. Zara tirò fuori la valigia dall'armadio mentre Garrett controllava il bagno per i suoi articoli da toeletta. C'era un'efficienza nei loro movimenti che smentiva la freschezza del loro legame.

«Caricabatterie?», chiese Garrett, scansionando già le prese elettriche.

«Presi». Zara stava piegando i vestiti nello zaino, dando priorità alla praticità rispetto all'ordine. Le mani le tremavano leggermente mentre faceva i bagagli per il calo di adrenalina che iniziava a farsi sentire, ma andò avanti con la stessa determinazione che l'aveva accompagnata in zone di guerra e aree disastrate.

Garrett si mosse per aiutarla a piegare una camicia, sfiorandole le mani nel farlo. Il tocco si prolungò, giusto un attimo più del necessario, le sue dita calde contro la pelle di lei ancora baciata dal sole. I loro occhi si incontrarono sopra il tessuto piegato a metà, una corrente passò tra loro. Non riguardava solo la minaccia o il caso, ma loro due, quell'allineamento imprevisto e inaspettato di intenti e desiderio.

«La tua attrezzatura di registrazione», le ricordò dolcemente lui, rompendo il momento ma non il legame.

Zara annuì, andando a recuperare la Pelican case dalla scrivania. Garrett gliela prese dalle mani, saggiandone il peso. «Pesante» commentò. «Buona attrezzatura?»

«La migliore che potevo permettermi», rispose lei, guardandolo mentre la posizionava con cura vicino alla porta accanto al suo zaino. C'era qualcosa nel gesto, nella cura che metteva per i suoi strumenti professionali, che la toccò inaspettatamente. Un riconoscimento di ciò che contava per lei, di ciò che la definiva al di là di questo caso.

Continuarono per la stanza in questa danza di efficienza e intimità. Garrett recuperava i suoi appunti dalla scrivania mentre Zara raccoglieva i pochi oggetti personali dal comodino: un tascabile logoro, il braccialetto d'argento di sua madre, una scatoletta di mentine. La mano di lui sulla base della schiena di lei mentre controllavano che non fosse caduto nulla sotto il letto.

Per tutto il tempo, Zara rimase acutamente consapevole del sacchetto delle prove sigillato sulla scrivania, di ciò che rappresentava. Qualcuno aveva osservato ogni sua mossa, documentato la sua routine, aspettando il momento giusto. E ora, avevano deciso di passare dalla sorveglianza alla minaccia diretta.

«Altro?» chiese Garrett, scrutando la stanza ormai spoglia. Era stato meticoloso, professionale, ma la tensione non aveva abbandonato il suo corpo. La mascella restava serrata, gli occhi si muovevano costantemente tra Zara e la porta, come un predatore in allerta.

Lei scosse il capo, chiudendo la valigia con una definitività che sembrava significativa al di là del semplice atto. «È tutto».

Garrett fece un ultimo giro della stanza, controllando di nuovo l'armadio, sbirciando sotto il letto. Quando si raddrizzò, la sua espressione si era indurita, gli occhi freddi di rabbia a malapena trattenuta mentre guardava il letto stropicciato dove era stato il coltello. In quel momento, lei poté vedere il formidabile investigatore che aveva passato undici anni a cercare giustizia per una ragazza che conosceva a malapena.

«Andiamo», disse, con voce bassa e tesa. Prese la Pelican case e il sacchetto delle prove con una mano, e la borsa del portatile con l'altra.

Zara afferrò la valigia, trascinandola verso la porta. Mentre Garrett gliela teneva aperta, lei si fermò sulla soglia, guardando indietro verso la stanza che era stata la sua base per settimane. Lo spazio sembrava più piccolo ora, contaminato dall'invasione, dalla minaccia. Qualunque sicurezza avesse offerto un tempo, era svanita.

«Zara?» La voce di Garrett la riportò al presente.

«Arrivo». Si voltò, uscendo nel sole del tardo pomeriggio. La normalità dell'esterno del motel, l'insegna sbiadita, la piscina vuota, le auto sparse, sembrava surreale dopo la violazione avvenuta all'interno.

Garrett caricò le sue cose nella LandCruiser, con il rimorchio della barca ancora attaccato, un ricordo della loro giornata in acqua che ora sembrava incredibilmente lontano. I suoi movimenti erano bruschi, ma i suoi occhi scrutavano costantemente il parcheggio, l'ufficio del motel, la strada oltre. Cercando minacce, osservatori, chiunque prestasse troppa attenzione.

Guardandolo, Zara sentì la stanchezza travolgerla. La combinazione di sole, pesca e adrenalina l'aveva svuotata. Si appoggiò alla porta chiusa della sua camera di motel ormai vuota, chiudendo brevemente gli occhi.

«Tutto bene?», chiese Garrett sottovoce.

Lei aprì gli occhi e lo trovò a guardarla, con la preoccupazione incisa nelle rughe intorno agli occhi. «Sto solo metabolizzando», rispose onestamente. «È stata una giornata di estremi».

La mano di lui cercò la sua, le dita si intrecciarono. «Lo so. Questa mattina sembra appartenere a persone diverse».

La semplice verità di quelle parole aleggiò tra loro. Erano stati persone diverse, su quella barca. Più leggeri, non gravati dal caso, dal pericolo. Ora la realtà si era riaffermata con brutale chiarezza.

«So che volevi portare la tua macchina da me. Ma non credo che dovresti guidarla».

Lei sbatté le palpebre, cercando di capire. «Non sono così esausta. Casa tua non è lontana».

«Non intendevo quello». Gentilmente, le lasciò la mano solo per metterla sotto il suo gomito e guidarla verso il lato passeggero della LandCruiser. «Intendevo che voglio che Mick la controlli accuratamente prima che tu la guidi di nuovo».

«Oh». Guardò la sua auto, parcheggiata innocentemente nel posto fuori dalla camera del motel dove l'aveva lasciata. «Vuoi dire...».

«Potrebbero esserci sabotaggi meno ovvi degli pneumatici tagliati».

Zara non aveva mai avuto molto interesse per le auto. Oh, sapeva come cambiare una ruota e controllare l'olio, ma al minimo segnale di un problema portava l'auto dritta dal meccanico più vicino. Non aveva la minima idea di cosa, precisamente, qualcuno potesse aver fatto alla sua auto per disabilitarla senza che se ne accorgesse, ma era prontissima a credere che fosse possibile. Pensieri di tubi dei freni tagliati le corsero per la mente, aprì la portiera del passeggero della LandCruiser e salì.

«Chiameremo Mick domani come prima cosa».

«D'accordo». Garrett le strinse una volta la mano prima di lasciarla e girare intorno per sedersi al posto di guida. Mentre si allontanavano dal motel, Zara lo guardò rimpicciolirsi nello specchietto laterale. Il peso di ciò che era accaduto oggi, sia la gioia del tempo trascorso insieme che la minaccia seguita, si posò tra loro come qualcosa di fisico.

«Sai che questo cambia tutto», disse infine, continuando a guardare il motel sparire in lontananza. «Non è più possibile mantenere confini professionali».

Gli occhi di Garrett rimasero sulla strada, ma la sua espressione si addolcì leggermente. «Credo che quelli siano spariti da qualche parte tra la stazione di polizia e la mia camera da letto» rispose, con un tocco di umorismo cupo a rompere la tensione. «Ma sì. Questo è... diverso».

«Qualcuno sa», continuò Zara, dando voce a ciò che entrambi avevano riconosciuto. «Di noi. Ci stavano guardando stanotte, mi guardavano a casa tua».

Le mani di lui si serrarono sul volante. «Lo so».

«Stanno cercando di spaventarmi per farmi lasciare il caso. Di spaventare entrambi».

«Sì».

«Non funzionerà». Si voltò a guardare il suo profilo, la determinazione scritta in ogni linea del suo volto.

Garrett la guardò brevemente, con qualcosa che le passò nello sguardo e che le fece stringere il petto. «No», concordò lui. «Non funzionerà».

Mise la freccia e uscì dall'autostrada, svoltando in quella che passava per la zona residenziale di Salt Creek, verso la sua casa con i suoi spazi puliti e il suo ordine meticoloso, la sua promessa di sicurezza. Dietro di loro, da qualche parte in quella città, un assassino osservava e aspettava, stava osservando e aspettando da undici anni.

L'unica differenza era che ora, né Zara né Garrett affrontavano quella minaccia da soli.

CAPITOLO 16

Mangiarono pesce e patatine fritte sul retro del portico di Garrett, con la carta unta spianata tra loro e le birre fredde che trasudavano nell'aria della sera. Nessuno dei due parlò molto. La giornata era oscillata così violentemente tra gli estremi che ogni conversazione sembrava inadeguata. Zara spizzicò il palombo in pastella e guardò le volpi volanti attraversare il cielo che si scuriva, con il corpo appesantito dal sole e dolorante, e la mente che ancora tornava a quelle fotografie, al coltello, alla violazione del suo spazio.

Garrett mangiò con costanza, meccanicamente, nel modo in cui lei aveva notato che faceva quando i suoi pensieri erano altrove. Quando ebbe finito, appallottolò la carta, prese un lungo sorso della sua birra e disse: «Dobbiamo smetterla di muoverci solo ai margini di questa storia».

Zara lo guardò.

«Dobbiamo affrontare qualcuno direttamente. Qualcuno che conosca la verità e che potrebbe cedere».

Lei aveva pensato la stessa cosa per tutto il pomeriggio, persino quando erano in acqua; la questione circolava sotto la calma superficie della loro battuta di pesca. I resoconti di seconda mano e le indagini prudenti non avrebbero risolto nulla. Oggi qualcuno era passato dalla sorveglianza alla minaccia diretta. L'indagine doveva adeguarsi a quell'escalation.

«Finch», disse lei.

Garrett annuì. Si appoggiò allo schienale della sedia e fissò il giardino, dove il rimorchio della barca giaceva sganciato sull'erba, relitto di quelle poche ore trascorse a fingere che la vita fosse normale. «Kirsty non parlerà mai di sua spontanea volontà, e non sono davvero sicuro che qualcun altro sappia effettivamente qualcosa, se non Finch; lui sa qualcosa. Non credo che sia stato coinvolto direttamente nell'omicidio di Iris Zhang; non l'ho mai pensato. Ma credo che sia stato complice nell'insabbiamento. Questo lo rende l'anello debole».

«Si è rifiutato di parlarmi quando l'ho contattato», gli ricordò Zara. «Sosteneva di non ricordare i dettagli di un annegamento avvenuto undici anni fa».

«Quello è stato quando eravate solo una giornalista che poteva liquidare». La bocca di Garrett ebbe un fremito, cupo. «Ma io sono un sergente investigativo che richiede una cortesia professionale a un collega in pensione. Dinamica diversa».

«Credi che accetterà di vederci?»

«Vederci», corresse Garrett, prendendo il cellulare. «Accetterà di vederci. Finch è un codardo, ma è un codardo pratico parteciperebbe all'incontro anche solo per scoprire quanto sappiamo».

Lei lo guardò scorrere i contatti finché non trovò il numero che aveva conservato per tutti quegli anni. Il suo pollice rimase sospeso sopra lo schermo per un momento, poi premette invio e mise il telefono in vivavoce tra loro.

Tre squilli prima che una voce roca rispondesse. «Garrett Pennell. Un po' tardi per una chiamata di cortesia, non crede?»

«Buonasera, Finch». La voce di Garrett cambiò, assumendo quell'autorità informale che lei gli aveva sentito usare con altri agenti. «Era da un po' che volevo vederLa. Pensavo di scendere verso la Gold Coast domani; Le va di fare due chiacchiere?»

Una pausa, carica di tensione. «Qualche motivo particolare per questo improvviso interesse a vedere un vecchio collega?» Il tono di Finch era calmo, ma Zara colse la tensione sottostante.

«Pensavo che potremmo discutere dei vecchi tempi. In particolare di un'indagine a Salt Creek, nel 2014. Iris Zhang. Le dice niente?»

Il silenzio si protrasse abbastanza a lungo da far chiedere a Zara se Finch avesse riattaccato. Poi un leggero sospiro, più simile alla rassegnazione che alla sorpresa.

«Sei sempre stato un bastardo testardo», disse Finch. «Porti ancora quel rancore dopo tutti questi anni».

«Non è rancore. Sono nuove prove venute alla luce. Cose di cui credo preferirebbe discutere in privato piuttosto che vederle uscire attraverso altri canali».

Un'altra pausa. Zara poteva quasi vedere Finch soppesare le sue opzioni, la mente del vecchio poliziotto che faceva i calcoli.

«Va bene», disse Finch. «Domani pomeriggio. A casa mia a Broadbeach. Alle tre». Snocciolò un indirizzo, che Garrett annotò su un taccuino. «Sei solo tu o viene anche quella giornalista? Quella che sta agitando le acque».

Gli occhi di Garrett incontrarono quelli di Zara dall'altra parte del tavolo. «La signorina Langley sarà con me».

«Lo immaginavo». Finch sospirò. «Voi due fate proprio una bella squadra, da quello che sento. A domani». La linea cadde.

Zara inarcò un sopracciglio. «*Da quello che sento*". Ci tiene d'occhio».

«Qualcuno a Salt Creek gli passa ancora informazioni». Garrett posò il telefono. «In ogni caso, siamo dentro».

Sparecchiarono gli incarti del pesce e patatine fritte e il tavolo da pranzo divenne la loro sala operativa: prove sparse in pile ordinate, fotografie di Iris, Malcolm Finch e Kirsty Cannon appuntate su una bacheca di sughero che Garrett aveva preso dalla stanza degli ospiti. Zara le stava davanti, studiando i volti; le sue dita sfiorarono una volta la foto del coltello che era stato conficcato nella sua stessa immagine solo poche ore prima.

Lavorarono sulle prove per le ore successive, selezionando cosa portare e quali punti premere. Garrett organizzò i suoi appunti sul campo originali, le foto dei lividi che non erano mai finite nei rapporti ufficiali, le deposizioni dei testimoni che erano state alterate tra i primi interrogatori e la documentazione finale.

«Dobbiamo farlo sentire con le spalle al muro ma non minacciato», disse Garrett. «Finch reagisce alla pressione calcolata, non all'aggressione».

Zara aggiunse i suoi appunti al fascicolo: il ritrovamento del telefono, le discrepanze nella cronologia, le crescenti minacce contro di lei. «E i dati del telefono? Dev non ha ancora finito il recupero; gli ho mandato un messaggio prima e ha detto che non è ancora sicuro di riuscire a cavarne qualcosa».

Garrett alzò lo sguardo. La luce della lampada catturò il grigio alle sue tempie. «Finch questo non lo sa».

Lei incrociò i suoi occhi, comprendendo. «Andiamo di bluff».

«Gli diciamo che abbiamo recuperato il telefono. Gli diciamo che abbiamo i dati della scheda microSD che sono attualmente sottoposti ad analisi forense. Lasciamo che sia la sua immaginazione a riempire i vuoti». Tamburellò un dito sul tavolo. «Un colpevole presumerà sempre che tu sappia più di quanto sai davvero».

«E se capisce il bluff?»

«Non lo farà. Non se saremo abbastanza specifici su ciò che sappiamo e abbastanza vaghi su ciò che non sappiamo». L'espressione di Garrett era dura, sicura. «Finch aspetta da undici anni che qualcuno venga a bussare. Sentirà ciò che ha sempre avuto paura di sentire».

Zara annuì lentamente. Era un azzardo, ma ragionevole. «Dovremo provarlo. Rendere i dettagli coerenti».

«D'accordo».

Ci passarono sopra un'altra ora, dando forma al bluff come a un copione: cosa presentare come fatto accertato, dove lasciare che fosse il silenzio a lavorare, quando sganciare la notizia dei dati del telefono. Le loro mani si sfioravano occasionalmente mentre si passavano i documenti, ogni contatto era un piccolo calore nel mezzo di quel lavoro serio.

«E se non cede?», chiese lei.

L'espressione di Garrett si raddolcì per un momento. «Cederà. Finch si porta dietro questo peso da undici anni, ed è un uomo che tiene alle sue comodità. Il pensiero di perdere la pensione, la reputazione, l'iscrizione al golf club...» Scosse la testa. «Parlerà».

Andarono a letto poco dopo mezzanotte. Zara ascoltò il respiro di Garrett farsi lento, mentre la sua mente continuava a vagliare le possibilità, a pensare a ciò che il domani avrebbe potuto portare.

Il mattino arrivò in fretta. Garrett era già alzato prima di lei, già al telefono in cucina. Lei colse la fine della sua conversazione mentre usciva a piedi nudi: «... un paio di giorni di permesso; scendo sulla Gold Coast oggi, torno domani. Drinan ha coperto i turni. Sì. Grazie». Riattaccò e la guardò. «Centrale sistemata. Il caffè è pronto».

Si vestirono quasi in silenzio, indossando entrambi quella che sembrava un'armatura: Zara con una gonna a tubino nera al ginocchio, una camicia botton-down inamidata, stivaletti con un tacco sensato; Garrett in pantaloni chino puliti e una polo blu. Lei vide il loro riflesso nello specchio del corridoio mentre raccoglievano i fascicoli delle prove e l'immagine la colpì. Sembravano partner. In tutti i sensi.

Garrett passò dall'officina di Mick mentre uscivano città. Il meccanico era già immerso fino ai gomiti nel motore di un Hilux quando accostarono, pulendosi le mani su uno straccio che non faceva altro che sporcarle di più.

«L'auto di Zara è ancora al motel», disse Garrett, consegnandogli le chiavi. «Qualcuno è stato nella sua stanza. Voglio che l'auto venga controllata come si deve prima che lei la guidi di nuovo. Freni, sterzo, tubi del carburante, tutto quanto».

Le sopracciglia di Mick si alzarono ma non fece domande, si limitò a mettersi in tasca le chiavi. «La traino qui stamattina. Ci do un'occhiata oggi pomeriggio se riesco, al massimo domani».

«Ti ringrazio. Torneremo domani. Tienila qui finché non veniamo a prenderla».

Mick annuì, il suo sguardo passò brevemente su Zara con qualcosa che poteva essere preoccupazione. «Voi due state attenti, eh?»

«Sempre», disse Garrett con un sorriso tirato che non raggiunse gli occhi.

Il viaggio verso la Gold Coast richiese gran parte della giornata, quasi sette ore filate lungo la M1. Parlarono poco, entrambi consumati dai propri pensieri. Si fermarono a una stazione di servizio vicino all'aeroporto per mangiare, seduti l'uno accanto all'altra mangiando cibo da fast-food di cui nessuno dei due sentì davvero il sapore prima di ripartire.

«Se l'è goduta», disse Garrett mentre entravano nel territorio della Gold Coast, con i grattacieli che scintillavano davanti a loro. «Tutti i benefici, la pensione completa. Una bella casa in una comunità recintata con vista sull'acqua. Golf tre volte a settimana. Tutto questo mentre i genitori di Iris si svegliano ancora ogni mattina sapendo che l'assassino della loro figlia non è mai stato preso».

«Come conosci le sue abitudini?»

«L'ho tenuto d'occhio», ammise Garrett. «Avevo bisogno di capire a cosa dà valore. Cosa rischia di perdere».

Svoltarono nella comunità per pensionati, l'ingresso fiancheggiato da palme curate e ibiscus in fiore. Prati verdi si estendevano tra ville in stile mediterraneo, con i golf cart parcheggiati accanto ad auto di lusso. Una comodità guadagnata, o nel caso di Finch, comprata con una verità sepolta.

La villa di Finch si trovava vicino all'acqua, con il tetto di terracotta e le pareti bianche luminose nel sole del pomeriggio. Una piccola barca ondeggiava a un molo privato sul retro. Garrett parcheggiò nel vialetto ma non accennò a uscire.

«Pronta?» La sua mano trovò quella di lei sopra il tunnel centrale.

Zara gli strinse le dita una volta prima di lasciarle per prendere la borsa. «Andiamo a fargli tornare la memoria».

Si fermarono entrambi qualche istante per stiracchiarsi, i muscoli irrigiditi dall'essere stati seduti in auto tutto il giorno. E poi percorsero insieme il sentiero del giardino, con le spalle che quasi si toccavano. Finch rispose al secondo colpo, riempiendo la soglia. Sembrava più piccolo che nelle sue fotografie, la pensione aveva ammorbidito quella che una volta era stata una corporatura intimidatoria. Ma i suoi occhi erano acuti, e passarono da Garrett a Zara con la valutazione di un poliziotto di carriera.

«Bene», disse Finch, facendosi indietro per lasciarli entrare. «Immagino che sia meglio farla finita».

Il soggiorno di Finch era tutto mobili in pelle disposti in modo da mettere in risalto la vista sull'acqua, una vetrina di medaglie al servizio della polizia, fotografie di nipoti sorridenti. Il ventilatore a soffitto smuoveva il fresco dell'aria condizionata. Zara sedette accanto a Garrett su un divano in pelle color crema, guardando Finch fare gli onori di casa. Offrì da bere: «Birra? Vino? Un po' presto, ma non lo dirò a nessuno se non lo farete voi». Il suo tono gioviale suggeriva che non si trattasse di nient'altro che una visita di cortesia. Garrett declinò. Zara chiese dell'acqua.

Studiò l'uomo che aveva insabbiato l'omicidio di un'adolescente. La pensione avrebbe anche potuto sostituire la sua forma fisica da poliziotto con la rassicurante pinguedine del golf e dei lunghi pranzi, ma quegli occhi restavano acuti, calcolatori sotto il calore nonnismo.

Finch tornò con un vassoio di bicchieri d'acqua, il ghiaccio che tintinnava. «Allora», disse, sistemandosi in una poltrona reclinabile posizionata in modo da dominare sia la stanza che la vista, «avete guidato per sette ore per parlare di un annegamento di undici anni fa. Deve essere proprio un bel podcast, signorina Langley».

«Non riguarda solo il podcast», rispose Zara.

«No?» Le sue sopracciglia si alzarono. «Cosa, allora? La giustizia?» Disse la parola con la lieve derisione di un uomo che aveva passato decenni a decidere quale versione applicare.

Garrett aprì la borsa, senza fretta. «Non è mai troppo tardi per la verità, Malcolm».

Qualcosa balenò sul volto di Finch a quel nome di battesimo, il sottile passaggio da ex superiore a potenziale sospettato. Lo coprì con un gesto dismissivo. «La verità è che la ragazza è annegata. Un tragico incidente. Niente di più».

Senza rispondere, Garrett posò una cartella sulla tavolino da caffè. «I miei appunti sul campo originali del 15 ottobre 2014. Quelli che sono misteriosamente scomparsi dal fascicolo».

Aprì la cartellina rivelando pagine fotocopiate con una grafia ordinata. Zara le riconobbe dalla notte trascorsa in centrale. Erano gli appunti sul campo originali di Garrett sulla scena del crimine, che dettagliavano tutto ciò che aveva osservato. Profondità dell'acqua. Posizione del corpo. Temperatura. E i lividi a forma di dita sulle braccia di Iris.

Finch diede a malapena un'occhiata agli appunti. «Osservazioni da principiante. Eri alle prime armi, troppo zelante».

«Anche il medico legale era alle prime armi?» Garrett poggiò una seconda cartella accanto alla prima. «Il rapporto preliminare del dottor Robinson annotava che i lividi erano compatibili con qualcuno che avesse tenuto Iris sott'acqua da dietro. Quei rilievi non finirono mai nell'autopsia finale. Sfortunatamente Robinson è morto qualche anno fa. Arresto cardiaco. Quindi non possiamo interrogarlo».

«Ed è per questo che lo stiamo chiedendo a lei» disse Zara. Stava osservando Finch con attenzione. Un muscolo ebbe un sussulto nella sua mascella, quasi impercettibile, ma lei aveva passato anni a studiare i volti durante gli interrogatori. Era scosso, nonostante la messinscena.

«Ti porti dietro questo peso da troppo tempo» disse Finch, allungando la mano verso il suo bicchiere d'acqua. «Dovresti considerare l'idea di lasciar perdere, prima che ti rovini la carriera».

«È una minaccia?» La voce di Garrett non cambiò di tono.

«Un consiglio. Da parte di qualcuno che è stato al tuo posto». Finch bevve, mentre i cubetti di ghiaccio tintinnavano. «A volte i casi non si risolvono come vorremmo. Parte dell'essere un buon poliziotto consiste nel sapere quando è il momento di voltare pagina».

Garrett continuò come se l'altro non avesse parlato, tirando fuori una terza cartella. Fotografie della scena del crimine nell'acqua bassa dove era stata trovata Iris. La deposizione ritrattata del proprietario del negozio di Fish and Chips, dopo che Richard Cannon gli aveva parlato. Le discrepanze tra i resoconti iniziali e il rapporto finale. A ogni nuovo elemento, Zara vide

Finch sgretolarsi: una contrazione attorno agli occhi, una sottile patina di sudore sulle tempie nonostante il ventilatore, il modo in cui il suo sguardo continuava a vagare verso l'acqua invece che verso le prove.

«State mettendo in piedi una bella teoria del complotto» disse infine Finch. «Ma rimane solo questo. Una teoria. Niente di concreto».

«In realtà» disse Garrett, appoggiandosi allo schienale con un sorriso tirato, «abbiamo qualcosa di concreto. Il telefono di Iris Zhang è stato recuperato la scorsa settimana da sotto la passerella dove è morta».

Finch si immobilizzò, il bicchiere a metà strada verso le labbra. «Quale telefono?»

«Il suo telefono» disse Zara, notando come il colore svanisse da sotto l'abbronzatura dell'uomo. «Quello che non è mai stato trovato, nonostante i genitori avessero confermato che lo portava sempre con sé. È stata May Zhang a trovarlo, in realtà, quando eravamo insieme alla passerella. Era incastrato sopra un pilastro di sostegno, sotto il livello del piano di calpestio».

«Era rimasto parzialmente protetto dalle intemperie» aggiunse Garrett con voce ferma, studiata ma senza darlo a vedere, «ed era in condizioni sorprendentemente buone. La scientifica è già riuscita a recuperare dati parziali dalla scheda microSD. Stanno lavorando a un recupero completo proprio ora; dovremmo avere tutto nei prossimi giorni».

Il bluff andò a segno. Zara lo vide colpire, vide il sangue abbandonare completamente il volto di Finch. Lui posò il bicchiere con forza sul tavolino, con le mani che tremavano vistosamente.

Il silenzio si prolungò, riempito solo dal ventilatore a soffitto e dal verso lontano dei gabbiani sull'acqua.

«Non capite in che posizione mi trovassi» disse alla fine, con un filo di voce.

Zara infilò lentamente la mano in tasca, attivando l'app di registrazione sul telefono. Anni di interviste le avevano insegnato a riconoscere il momento in cui le difese cedevano, quando la confessione diventava inevitabile. Era quello.

«Perché non ce lo spiega?» disse lei, con dolcezza.

Lo sguardo di Finch tornò a vagare verso l'acqua, cercando qualcosa all'orizzonte. Quando parlò di nuovo, la sua voce era cambiata. Non era più il sicuro detective in pensione, ma un vecchio schiacciato da segreti troppo pesanti da portare da solo.

«Richard mi chiamò quella notte» esordì. «Non la centrale, non la stazione. Il mio cellulare personale. Disse che c'era stato un incidente al torrente che coinvolgeva sua figlia». Fece un respiro tremante. «Seppi che qualcosa non andava nel momento stesso in cui disse "incidente". Dopo trent'anni di servizio, sviluppi un sesto senso per queste cose».

«Cosa trovò quando arrivò?» Il tono di Garrett era neutrale, ma Zara vedeva la tensione nelle sue mani, le nocche bianche contro il ginocchio.

«La ragazza era già morta». Finch parlava rivolto al pavimento. «A faccia in giù in un'acqua che copriva a malapena i miei stivali. Richard era lì, inzuppato, e Kirsty era seduta sulla riva, che fissava il vuoto... era chiaramente in stato di shock. Non ci voleva un detective per capire che non era stato un incidente».

«Cosa ha fatto?» chiese Zara, mantenendo la voce bassa, incoraggiante.

Finch la guardò direttamente per la prima volta, con un'espressione tormentata. «Quello che Richard Cannon mi disse di fare». Le mani si intrecciarono in grembo, le nocche divennero bianche. «E che Dio mi aiuti, l'ho fatto».

«Sapevo cosa avevo davanti» continuò Finch quando nessuno dei due parlò, con voce più ferma ora, come se la rottura della diga avesse alleviato un po' di pressione. «Una ragazza di diciassette anni, a faccia in giù in quindici centimetri d'acqua, lividi sulle braccia. Non ci voleva un genio. Richard sosteneva che Kirsty e Iris avessero litigato per un ragazzo, che la situazione fosse degenerata fisicamente, che Iris fosse caduta, avesse battuto la testa e fosse annegata». Espirò. «Ma i lividi raccontavano una storia diversa. Qualcuno ha tenuto giù quella ragazza finché non ha smesso di respirare».

Zara rimase immobile. Il suo telefono registrava silenziosamente in tasca. Accanto a lei, Garrett sedeva rigido, il respiro misurato; solo la presa sul ginocchio lo tradiva.

«Ha chiesto chi l'avesse uccisa?» La voce di Garrett era pericolosamente calma.

Finch scosse la testa. «Non ce n'era bisogno. Richard era fradicio, ma era Kirsty quella che non riusciva a guardare il corpo. Se ne stava lì sulla riva a stringersi le ginocchia, dondolandosi». I suoi occhi andarono alle foto di famiglia sulla mensola del camino. «Aveva la stessa età che ha ora la mia nipote più piccola».

«Quindi ha dato per scontato che fosse stata Kirsty» disse Zara. «Per cosa? Per il ragazzo?»

«Sì». Finch annuì. «Richard disse che c'erano stati problemi tra le ragazze per quel ragazzino, Thorne. Kirsty provava qualcosa per lui, ma lui stava con Iris». Le sue labbra si contrassero. «Un dramma adolescenziale finito in tragedia. Richard voleva disperatamente far sparire tutto. Disse che l'intero futuro di sua figlia era in gioco».

«Così l'ha aiutato a inscenare un annegamento accidentale» disse Garrett. Piatto. Non era una domanda.

«Feci una telefonata» disse Finch, come se quella distinzione contasse qualcosa. «Una ragazza morta contro un'intera famiglia rovinata, oltre ai danni collaterali per metà città. Richard dava lavoro a dozzine di persone, era in ogni comitato cittadino, faceva donazioni al fondo della polizia. La sua influenza era...»

«Ci risparmi le giustificazioni» lo interruppe Garrett. «Che fine ha fatto il laptop di Iris?»

Finch chiuse brevemente gli occhi. «Richard disse che potevano esserci prove di alcune cose brutte che Kirsty aveva inviato a Iris... cyberbullismo, immagino. Non voleva che venisse fuori. Lo presi agli Zhang, dissi loro che era la procedura standard, che ci serviva per verificare i suoi spostamenti quel giorno». La sua voce si abbassò. «Lo diedi a Richard quella stessa notte. Non gli ho mai chiesto cosa ne avesse fatto».

«E i miei rapporti?» incalzò Garrett. «Le fotografie dei lividi? Le deposizioni dei testimoni?»

«Insabbiati. O alterati. Richard aveva amici in consiglio, nell'ufficio del medico legale. Persone che gli dovevano dei favori o che avevano bisogno del suo appoggio». Indicò con un gesto vago le prove sul tavolo. «Non ho gestito tutto io personalmente. Alcune cose sono semplicemente sparite attraverso i canali ufficiali».

«E quando io non smettevo di fare domande?» Il muscolo nella mascella di Garrett sussultò.

«Organizzai il tuo trasferimento a Cairns». Finch incontrò il suo sguardo. «Per il tuo bene, che ci creda o no. Stavi facendo rumore riguardo all'inquinamento delle prove, a deposizioni incoerenti. Un'altra settimana e ti saresti trovato in seri guai. O peggio».

«Peggio?» disse Zara. Un brivido di freddo la percorse.

Finch la guardò. «Richard Cannon non era un uomo che lasciava in sospeso le questioni. Il trasferimento fu un atto di clemenza».

Il silenzio riempì la stanza. Fuori l'acqua scintillava, le barche andavano alla deriva. La distanza tra quel panorama idilliaco e la verità che stava emergendo nel salotto di Finch faceva girare la testa a Zara.

«Cosa avrei dovuto fare?» La voce di Finch si incrinò. La domanda era rivolta oltre loro, a qualche giudice invisibile. «Richard possedeva metà città. Aveva del fango su tutti, me compreso. Avevo debiti di gioco; lui li coprì, non chiese mai la restituzione. Una sua parola e la mia pensione, la mia reputazione...» Si guardò intorno nella villa. «Una ragazza morta contro la rovina di dozzine di vite. Feci il mio calcolo».

La crudezza di quelle parole. La facilità con cui aveva ridotto la vita di Iris Zhang a un problema di matematica, un sacrificio sull'altare della propria comodità. Zara si sentì fisicamente nauseata.

Garrett rimase perfettamente immobile. Quando parlò, la sua voce era di ghiaccio. «Ha appena confessato l'inquinamento delle prove, l'intralcio alla giustizia e il favoreggiamento personale per omicidio. Se ne rende conto?»

Finch annuì lentamente. «Immaginavo che saremmo finiti qui quando ti sei presentato con la giornalista». Lanciò un'occhiata a Zara. «Sta registrando la nostra conversazione, suppongo?»

Lei non lo negò. Si limitò a sostenere il suo sguardo.

«La registrazione andrà alla Crime and Corruption Commission» disse Garrett. «Riceverà presto una loro visita, non c'è dubbio».

Zara si aspettava una protesta, forse un tentativo di ritrattare. Invece le spalle di Finch si abbassarono con un gesto vicino al sollievo. «Aspetto questo giorno da undici anni» disse sottovoce. «Credo di aver sempre saputo che sarebbe arrivato».

L'assenza di resistenza sembrava vacua. Zara capì che portarsi dentro la morte di Iris era stata la vera punizione per Finch. Non abbastanza, mai abbastanza, ma un peso che ora sembrava pronto a deporre.

«Abbiamo finito qui» disse Garrett, raccogliendo le cartelle e rimettendole nella borsa. Si alzò. Zara si alzò con lui.

Finch rimase sulla sua poltrona, dimostrando ognuno dei suoi sessantasei anni. «Kirsty non cadrà facilmente» li avvertì. «Ha costruito tutta la sua vita sulla protezione di suo padre. Senza quella...» Scosse la testa. «Fate attenzione. Non è stabile».

«Lo sappiamo» disse Zara.

Lo lasciarono lì, a fissare la vista sull'acqua che aveva comprato con undici anni di silenzio. Nessuno dei due parlò mentre percorrevano il sentiero in giardino. Solo quando raggiunsero la LandCruiser Zara cercò la mano di Garrett, intrecciando le dita alle sue.

«Uno è andato» disse sottovoce.

Lui le strinse la mano, poi la lasciò per sbloccare il veicolo. «Ma la parte difficile deve ancora venire».

Mentre partivano, Zara diede un'occhiata allo specchietto laterale. Finch era in piedi sulla veranda, una figura piccola che rimpiccioliva a ogni giro di ruota. Interruppe la registrazione e controllò che fosse stata salvata correttamente, caricando i backup sul suo account cloud.

«Undici anni» disse Garrett, immettendosi sulla strada principale. «Sapeva esattamente cosa era successo, e ogni singolo giorno ha scelto la sua comodità invece della giustizia».

«La gente razionalizza l'imperdonabile» rispose Zara. «Trovano il modo di convivere con se stessi».

«Kirsty ha avuto undici anni per perfezionare la sua versione. Per convincersi di essere nel giusto, o di essere lei la vera vittima».

Si immisero sull'autostrada diretti a nord. Il loro prossimo scontro non avrebbe avuto la relativa facilità di piegare un uomo già schiacciato dal senso di colpa. Kirsty Cannon aveva costruito la sua identità sulle fondamenta del suo segreto: consigliere, leader della comunità, filantropa. Una vita splendente costruita per coprire la ragazza che aveva tenuto sott'acqua la sua amica finché le bolle non erano cessate.

«Ci ha tenuti d'occhio» disse Zara, pensando alle fotografie sul suo letto al motel. «Sa che le stiamo addosso».

«Bene» rispose Garrett. «Lascia che si prepari. Lascia che si preoccupi. Gli animali messi all'angolo commettono errori».

Zara appoggiò la testa al sedile e guardò la costa scorrere via. Avevano la confessione di Finch, le prove dell'insabbiamento e presto, se Dev avesse mantenuto la promessa, i dati reali del telefono di Iris per sostituire il bluff. I pezzi stavano andando al loro posto.

Ma l'avvertimento di Finch non la lasciava tranquilla. Kirsty aveva ucciso una volta per proteggere il suo futuro. Cosa avrebbe fatto ora, con tutto ciò che aveva costruito sotto minaccia?

La risposta li attendeva più avanti, a Salt Creek.

Capitolo 17

Il pub a Nambour puzzava di patatine fritte e vecchia moquette, il genere di posto frequentato dai tradies che tornavano a casa e dai camionisti che interrompevano i lunghi tragitti. Zara spostò un pezzo di bistecca nel piatto; l'appetito le era stato spento dal viaggio e dalla confessione di Finch, che le pesava ancora sul petto. Di fronte a lei, Garrett mangiava con costanza una cotoletta di pollo, con gli occhi che di tanto in tanto vagavano verso la partita di cricket trasmessa dal televisore sopra il bancone. A nessuno dei due importava del punteggio.

Si erano fermati perché nessuno aveva l'energia per guidare le restanti quattro ore fino a Salt Creek. Il motel della porta accanto era economico e abbastanza pulito; un letto e una doccia, tutto ciò di cui avevano bisogno. L'indomani avrebbero concluso il viaggio, capito come affrontare Kirsty con la confessione di Finch in pugno e deciso quando coinvolgere la Crime and Corruption Commission.

«Dovresti mangiare», disse Garrett, indicando il suo piatto con un cenno del capo.

«Non ho fame.» Zara sorseggiò la sua limonata. Troppo dolce. «Continuo a pensare a quello che ha detto Finch. Che ha aspettato undici anni che arrivasse qualcuno.»

«Il senso di colpa logora le persone. Anche quelle che pensano di aver fatto pace con se stesse.»

«Ha distrutto prove. Nascosto deposizioni. Ti ha mandato via quando ti sei avvicinato troppo.» Appoggiò il bicchiere sul tavolo. «Tutto per proteggere la figlia di Richard Cannon e la sua pensione.»

«E ora la perderà.» L'espressione di Garrett era cupa. «La CCC non scherza con i casi di corruzione.»

Un gruppo di uomini al bancone esplose in un boato di gioia quando qualcuno mise a segno un colpo. Il rumore fece sussultare Zara, e odiò quella reazione. La mano di Garrett si spostò sul tavolo per coprire brevemente la sua.

«Abbiamo ottenuto ciò che ci serviva», disse lui. «La sua confessione ci dà potere contrattuale con Kirsty. Anche senza i dati del telefono, possiamo...»

Il telefono di Zara vibrò sul tavolo. Il nome di Dev apparve sullo schermo. Lo afferrò. «Dev?»

«Zara! Amica mia, ho provato a sbloccare questa cosa per giorni e finalmente...» L'eccitazione scoppiettava lungo la linea, le parole si accavallavano. «La scheda microSD. Ci sono entrato. Ci sono entrato davvero.»

Lei guardò Garrett. Lui si era immobilizzato, la forchetta a metà strada verso la bocca. La posò.

«Cosa hai recuperato?» chiese lei.

«Memo vocali. Un mucchio. E foto, backup di messaggi di testo, persino alcuni file video.» La tastiera di Dev ticchettò in sottofondo. «Sto caricando tutto sul tuo account cloud sicuro ora. Dovrebbe finire tra circa venti minuti.»

«Memo vocali? Di Iris?»

«Sì, sembra che usasse il telefono come un diario. Alcuni sono etichettati con le date, altri hanno solo il timestamp.» Ancora il rumore dei tasti. «Non li ho ascoltati, immaginavo che volessi essere tu la prima. Ma c'è sicuramente dell'audio, e la qualità è piuttosto buona, tutto considerato.»

Gli occhi di Garrett erano fissi in quelli di lei attraverso il tavolo. Zara sentì i peli drizzarsi sulle braccia. Avevano bluffato con Finch proprio su questo, con la promessa di dati recuperati dalla scheda microSD. E ora era reale.

«Grazie», disse lei. «Dev, questo è... non hai idea di cosa significhi.»

«Posso immaginarlo.» Il suo tono si fece serio. «Promettimi solo che starai attenta. Qualunque cosa ci sia su questo telefono, ha già fatto uccidere qualcuno.»

«Lo prometto.» La bugia venne fuori facilmente. La sicurezza aveva smesso di essere una priorità dal momento in cui qualcuno le aveva piantato un coltello nella fotografia.

Interruppe la chiamata. Per un momento nessuno dei due parlò. La vita del pub continuava intorno a loro, indifferente.

«Dobbiamo andare», disse Garrett. «Ora.»

Avevano pagato al momento dell'ordine. Zara prese la borsa e lo seguì nella notte umida. Il motel era proprio accanto, un edificio a due piani con scale esterne e porte dipinte di un color petrolio sbiadito. La loro camera era al piano terra, la numero sette; la chiave era ancora nella tasca di Garrett da quando avevano fatto il check-in un'ora prima.

All'interno, Zara andò dritta alla scrivania, aprendo il portatile, le dita che correvano per il login mentre Garrett chiudeva la porta a chiave e tirava una sedia accanto a lei.

Il caricamento era ancora in corso. Osservarono la barra di avanzamento in silenzio. La mano di Garrett riposava sulla spalla di lei, calda e solida. Quando la cartella apparve finalmente nella sua directory, etichettata Iris_Zhang_phone_recovery, il cursore di Zara vi fluttuò sopra.

«Qualunque cosa ci sia lì dentro», disse Garrett a bassa voce, «siamo pronti.»

Lei non era sicura che fosse vero. Fece doppio clic.

La cartella si aprì. File audio contrassegnati con date di settembre e ottobre 2014. Fotografie di Iris con gli amici, con i genitori, da sola in camera sua a fare boccacce alla telecamera. Registri di messaggi di testo. E tre file video, il più grande etichettato UQ_Final.mp4.

La sua mano si spostò sull'ultimo file video, datato 15 ottobre 2014. Il giorno in cui Iris morì. Il cursore si fermò sul pulsante play.

Garrett avvicinò la sedia. Sederono spalla a spalla, lo schermo del portatile era la cosa più luminosa nella stanza. Fuori, un autoarticolato passò rombando sull'autostrada.

Zara cliccò su play.

Un fruscio, poi un respiro. Poi un volto giovane apparve sullo schermo: Iris Zhang, con i suoi occhiali rettangolari, che guardava dritto nell'obiettivo. Era calma. La sua voce era chiara.

«Mi chiamo Iris Zhang. È il quindici ottobre 2014, e ho bisogno di documentare ciò che ho scoperto perché, se dovesse succedermi qualcosa, la gente deve conoscere la verità.»

A Zara si strinse la gola. Era lei. Era la ragazza nel ruscello, viva, seria e diciassettenne, che parlava direttamente a chiunque un giorno potesse trovare quella registrazione. Accanto a lei, Garrett aveva smesso di respirare.

«Sono amica di Kirsty Cannon da quando andavamo all'asilo insieme. Mi fidavo ciecamente di lei. Così, quando ho notato che qualcuno aveva avuto accesso ad alcuni file dei miei progetti quando non ero a casa, e che la mia chiavetta USB era in una posizione diversa da come l'avevo lasciata, mi sono detta che ero paranoica.» Una pausa, un respiro tremante. «Ma non ero paranoica. Ho controllato i registri di accesso del mio computer, quelli che papà mi ha insegnato a leggere. Kirsty ha copiato tutto il mio portfolio creativo. Tutto ciò su cui ho lavorato per la mia domanda di ammissione al QCA.»

Zara cercò la mano di Garrett sulla scrivania. Lui la prese. La voce di Iris era giovane ma attenta, ogni parola pesata. Non era panico. Era quella di una ragazza che sapeva di aver bisogno di una prova.

«All'inizio ho pensato che forse voleva studiare il mio approccio, vedere come stavo strutturando le cose. Ci eravamo sempre aiutate a vicenda con i progetti.» Un'altra pausa. «Ma poi, tre giorni fa, ero a casa sua, stavamo studiando al tavolo della sala da pranzo e lei è andata in bagno. Il suo portatile era aperto. Non avrei dovuto guardare, lo so, ma qualcosa mi ha spinta a controllare.»

Persino scoprendo un tradimento, Iris metteva in discussione le proprie azioni.

«Aveva una cartella etichettata UQ_Portfolio_-_Final. Dentro c'erano i miei file. Il mio progetto video sull'identità culturale e l'appartenenza. La mia serie fotografica sulle esperienze migratorie nel Queensland regionale. Il mio saggio sullo storytelling visivo.» La voce di Iris si indurì. «Ma aveva cambiato i nomi, cambiato alcuni dettagli. Aveva messo la sua voce fuori campo sul video. Non si trattava di ricerca o ispirazione. Ha rubato il mio lavoro e lo ha spacciato per suo.» Abbassò lo sguardo, poi tornò a fissare la telecamera. Un velo di tristezza le attraversò il volto. «Quando ho affrontato Kirsty, lei ha pianto. Ha detto di essere disperata, che suo padre l'avrebbe uccisa se non fosse entrata in una buona università, che aveva avuto attacchi di panico per la domanda. Mi ha pregato di non dirlo a nessuno. Ha detto che era solo una bozza, che alla fine avrebbe creato un lavoro tutto suo.»

Una risata amara.

«Ma il termine per la domanda era già scaduto. Aveva già presentato il mio lavoro come se fosse il suo. Quando le ho detto che non potevo lasciar correre, che l'avrei denunciata, lei... lei mi ha guardata come se fossi io a tradirla. Come se fossi io quella in torto.»

Iris continuò a parlare, esponendo i dettagli. Aveva fatto le sue ricerche, scoprendo che Kirsty stava facendo domanda per il programma di giurisprudenza della UQ, mentre lei per quello di arti creative del QCA. Facoltà diverse, commissioni di valutazione diverse. Il plagio avrebbe potuto non essere mai scoperto se Iris non se ne fosse accorta da sola.

Garrett parlò per primo. La sua voce era roca. «Non riguardava Vince Thorne.»

Zara premette il tasto pausa e fissò il fotogramma del volto di Iris sullo schermo. Settimane di indagine; anni nel caso di Garrett.

Ogni teoria che avevano costruito, ogni supposizione su gelosie adolescenziali e triangoli amorosi. Tutto sbagliato. «Pensavamo... tutti pensavano...»

«Richard ha detto a Finch che si trattava di un ragazzo. È quello che ci ha detto Finch ieri. E ci abbiamo creduto perché tornava.» Garrett liberò la mano e premette entrambi i palmi sulla scrivania. «Cristo. Abbiamo guardato la cosa dal lato sbagliato per tutto questo tempo.»

Rimasero in silenzio per un momento. Il peso della loro supposizione errata, e la consapevolezza che Richard Cannon avesse venduto quella storia a Finch perché aveva senso. Un tragico incidente causato da una lite tra adolescenti per un interesse amoroso era un pasticcio, ma comprensibile, il tipo di tragedia su cui la gente si limitava a scuotere la testa. La verità, ovvero che Kirsty avesse ucciso la sua migliore amica a sangue freddo per proteggere una domanda universitaria rubata, era qualcosa di ben più brutto e difficile da spiegare.

«Non farlo ripartire ancora», disse Garrett. «Guardiamo i messaggi di testo. Voglio vedere le prove di ciò che aveva descritto Iris.»

Zara navigò tra i registri dei messaggi. Lo scambio tra Iris e Kirsty non fu difficile da trovare, ma fu doloroso da leggere. Un'amicizia che degenerava in suppliche disperate e poi in qualcosa di più sinistro.

30 settembre, ore 22:43

Kirsty: *Ti prego. Ti supplico. Non farmi questo.*

Iris: *Io non ti sto facendo niente. Te la sei cercata.*

Kirsty: *Mi rovinerai la vita per uno stupido video?*

Iris: *Per me non è stupido. È il mio lavoro. Le mie idee. La mia voce.*

Kirsty: *Non lo saprà mai nessuno. Le domande vanno a scuole diverse.*

Iris: *Io lo saprò. E lo saprai tu. Questo conta.*

2 ottobre, ore 02:15

Kirsty: *Non riesco a dormire. Non riesco a mangiare. Mi stai distruggendo.*

Iris: *Puoi rimediare. Ritira la tua domanda. Crea un lavoro tuo. Ti aiuterò.*

Kirsty: *Non posso! Il termine è già scaduto!*

Iris: *Allora avresti dovuto pensarci prima di rubare il mio lavoro.*

Kirsty: *NON HO RUBATO. HO PRESO IN PRESTITO LE TUE IDEE.*

Iris: *Hai preso le mie riprese video. È un furto anche se ci hai messo sopra le tue parole.*

4 ottobre, ore 18:47

Kirsty: *Mio padre sa che c'è qualcosa che non va. Continua a farmi domande.*

Iris: *Digli la verità.*

Kirsty: *Non posso. Sarebbe così deluso. Penserebbe che sono un fallimento.*

Iris: *Sei un fallimento se costruisci il tuo futuro sulle bugie.*

Kirsty: *Vaffanculo, Iris. Faccio sul serio. Vaffanculo.*

I messaggi continuavano, il tono di Kirsty passava da implorante a furioso a minaccioso. Iris rimaneva misurata, ferma nei suoi principi, imperturbabile. Leggendoli, Zara capì esattamente perché Iris avesse sentito il bisogno di registrare quel video. Sapeva che le cose stavano prendendo una brutta piega.

«Apri il video del portfolio», disse Garrett. La sua voce era tesa.

Zara cliccò su QCA_Final.mp4 e il lettore multimediale riempì lo schermo. Le immagini le furono immediatamente familiari; le aveva viste sull'hard disk che le aveva consegnato Jane Goulding.

Ma la voce fuori campo era quella sbagliata.

Invece della voce di Iris che esplorava i temi dell'identità e del legame culturale, era Kirsty a parlare sopra le immagini. La sua inflessione era diversa, la sua interpretazione incentrata sull'assimilazione e l'appartenenza in modi che sembravano vuoti, slegati dalle riprese stesse.

«Ecco cosa ha presentato Kirsty», disse Zara. «Ha usato le riprese di Iris ma ha registrato la propria voce fuori campo.»

«Cristo.» Garrett si sfregò il volto. «Non ha solo rubato le idee. Ha preso l'effettivo lavoro creativo e ci ha messo il suo nome.»

Guardarono tutti i sei minuti. La splendida cinematografia era minata da una narrazione che mancava il punto a ogni passaggio. Kirsty parlava di integrazione dove Iris aveva esplorato la dualità, di conformismo dove l'opera celebrava la differenza. Il divario tra le immagini e le parole era stridente.

Quando finì, Zara tornò al video di Iris.

«Ho preso la mia decisione. Denuncerò il plagio di Kirsty a entrambe le università. Ho provato in ogni altro modo. Le ho offerto il mio aiuto per creare un lavoro originale. Le ho dato diverse possibilità per ritirare la domanda lei stessa. Si è rifiutata.»

Iris si sistemò gli occhiali sul naso. «So che questo porrà fine alla nostra amicizia. So che causerà problemi. Il padre di Kirsty fa parte del consiglio della contea, e il nostro ristorante dipende dal sostegno della comunità locale. Ma non posso lasciar correre. Non si tratta solo del mio lavoro. Si tratta di ciò che è giusto.»

Sembrava giovane, spaventata e assolutamente certa.

«Incontrerò Kirsty stasera al termine del lavoro alla passerella. Mi ha chiesto un'ultima possibilità per convincermi a non farlo. Gliela darò. Un'ultima possibilità per fare la cosa giusta lei stessa.» Una pausa. «Ma se non lo farà, lunedì presenterò le denunce. E se dovesse succedermi qualcosa, se questo video venisse guardato perché io non sono più qui per denunciare di persona, allora dovete sapere: non è stato un incidente. Ci sono copie di tutti questi file sul mio portatile. Tutto è documentato. Kirsty Cannon ha rubato il mio lavoro e, quando non gliel'ho permesso, lei...»

Iris si interruppe. Scosse il capo.

«No. Sono paranoica. Kirsty non mi farebbe mai del male. Siamo amiche da quando eravamo piccole. È solo spaventata e disperata. Parleremo e lei capirà. Vedrà che fare la cosa giusta è più importante che...»

Il video terminò a metà frase.

Il timestamp segnava 15 ottobre 2014, ore 17:17. Solo poche ore prima che il suo corpo venisse ritrovato nel ruscello.

Nessuno dei due si mosse. Sullo schermo, il volto di Iris era bloccato a metà parola, giovane, pieno di speranza e completamente ignaro di ciò che stava per accadere.

Zara cliccò sull'ultimo scambio di messaggi.

15 ottobre, ore 16:32

Kirsty: *Possiamo vederci stasera?*

Iris: *Non credo che parlare ancora cambierà qualcosa. E stasera lavoro. C'è una festa di compleanno prenotata, mamma ha bisogno che io serva ai tavoli.*

Kirsty: *Ti prego. Ho bisogno che tu capisca. Faccia a faccia. Vediamoci alla passerella quando finisci di lavorare?*

Iris: *Va bene. Alle 22:00.*

Kirsty: *Grazie. Te lo prometto, non te ne pentirai.*

La conversazione terminava lì. Iris aveva registrato il suo ultimo video solo pochi minuti dopo, ed entro le undici di quella notte, Iris Zhang era a faccia in giù a Salt Creek, tenuta sott'acqua finché non aveva smesso di respirare, assassinata dall'amica di cui si era fidata abbastanza da incontrare da sola nell'oscurità.

Zara chiuse il portatile. Lo schermo si oscurò e la stanza parve restringersi intorno a loro; c'erano solo il bagliore della lampada da comodino, il ronzio del condizionatore e loro due seduti alla scrivania, in silenzio.

Si accorse del respiro di Garrett. Affannoso. Irregolare. Si voltò, vide il suo volto e distolse subito lo sguardo, perché Garrett Pennell stava piangendo e le sembrava qualcosa a cui non avrebbe dovuto assistere. Non le lacrime silenziose e stoiche di un uomo che mette in scena il dolore, ma quelle brutte, involontarie; la mascella tirata, gli occhi rossi, una mano premuta forte sulla bocca.

Non l'aveva mai visto così. Sospettava che nessuno lo avesse mai visto così.

Allora arrivarono anche le sue lacrime. Non con grazia. Non succedeva mai. Calde e annebbianti, il naso che colava, il tipo di pianto che la faceva sentire dodicenne. Pianse per Iris, che aveva cercato così intensamente di fare la cosa giusta ed era stata uccisa per questo. Per May e David Zhang, che avevano passato undici anni senza sapere. Per la ragazza in quel video, così certa che la sua amica non le avrebbe fatto del male, che registrava prove per sicurezza pur continuando a credere nel lato migliore di qualcuno che non lo meritava.

Garrett emise un suono rauco accanto a lei. Lei si allungò verso di lui e lui verso di lei nello stesso istante, e poi lei si ritrovò contro il suo petto e le braccia di lui la strinsero forte; nessuno dei due disse nulla per molto tempo. Non c'era nulla da dire. Avevano appena guardato una ragazza di diciassette anni convincersi a non avere paura, e sapevano come finiva la storia.

Quando Zara finalmente si scostò, aveva il viso gonfio e la camicia di Garrett era bagnata nel punto in cui lei si era appoggiata. Lui sembrava distrutto. Lei probabilmente stava anche peggio.

«Non riguardava Vince Thorne», disse lei, stupidamente, perché il suo cervello stava tornando all'unica cosa che riusciva a elaborare. «Non si è mai trattato di un ragazzo.»

«No.» La voce di Garrett era andata. Si schiarì la gola. «Si trattava di una domanda universitaria. Di un maledetto portfolio. Kirsty l'ha uccisa per una questione di *plagio*.»

L'ordinarietà della cosa. La meschinità. Non passione, non rabbia nata dal cuore spezzato, ma il calcolo disperato di una ragazza che aveva imbrogliato, era stata scoperta e non riusciva ad affrontare le conseguenze. Zara pensò che forse avrebbe preferito il triangolo amoroso. Almeno quello aveva la dignità di un sentimento forte. Questa era solo codardia.

«Iris le aveva detto che l'avrebbe aiutata a creare un lavoro originale», disse Zara. «Le aveva dato ogni possibilità.»

Garrett si alzò e andò alla finestra. Rimase lì di schiena, con una mano sul telaio, guardando fuori verso il parcheggio. Lei gli lasciò il suo silenzio. Dopo un minuto lui disse, senza voltarsi: «Fui io a trovare il suo corpo. Avevo venticinque anni e la tirai fuori da quindici centimetri d'acqua, e capii subito che qualcuno l'aveva tenuta giù. E per undici anni mi sono portato addosso questo peso, e ora scopro che è stato per una fottuta domanda all'università.»

Si voltò. Il suo viso era duro ora, il dolore c'era ancora ma compresso in qualcosa di più utile. «Abbiamo tutto. I memo vocali. I testi. Il video. La confessione di Finch. È sufficiente.»

«Più che sufficiente.» Zara si asciugò il viso con il dorso della mano. «Iris ha documentato ogni cosa. Ha costruito il caso da sola. Tutto quello che abbiamo dovuto fare è stato trovarlo.»

«Anche sul portatile ci sarebbe stato tutto. Richard lo ha distrutto, presumo, dopo che Finch glielo ha consegnato. Pensavano di aver cancellato ogni traccia.» Qualcosa cambiò nell'espressione di Garrett, un lampo di feroce soddisfazione. «Ma non hanno mai trovato il suo telefono.»

Zara pensò al telefono incastrato sotto la passerella per undici anni, in attesa. A May Zhang che attraversava quel ponte ogni settimana, deponendo fiori, senza mai sapere che la prova era proprio sotto i suoi piedi.

«Cosa facciamo domani?» chiese lei, anche se lo sapeva già.

«Torniamo indietro. Mandiamo tutto alla CCC. Ogni cosa: la confessione di Finch, i dati del telefono, i miei rapporti originali. Lasciamo che costruiscano il caso come si deve.» Fece una pausa. «E poi parliamo con Kirsty.»

«Prima o dopo la CCC?»

«Dopo. Voglio che la cosa sia registrata ufficialmente prima che lei abbia la possibilità di scappare o distruggere qualcosa.» Si sedette sul bordo del letto, improvvisamente esausto. «Ma voglio che lo sappia. Deve sentire la voce di Iris e sapere che per lei è finita.»

Zara si spostò per sederglisi accanto. Le loro spalle si toccavano. Attraverso le sottili pareti del motel sentiva un televisore nella stanza accanto, qualcuno che rideva per qualcosa. La vita normale che continuava dall'altra parte del muro, mentre loro se ne stavano lì con il peso delle ultime parole di una ragazza morta.

«Dovremmo provare a dormire», disse lei, sapendo che nessuno dei due avrebbe riposato bene.

Garrett annuì. Le prese la mano e la tenne stretta, e rimasero seduti così ancora per un po', senza parlare, limitandosi a respirare, lasciando che l'enormità di ciò che avevano scoperto si stabilizzasse in qualcosa che potessero sopportare.

Domani avrebbero guidato verso nord con la voce di Iris in un portatile tra loro, e la verità che era rimasta sepolta per undici anni avrebbe finalmente, finalmente visto la luce del giorno.

CAPITOLO 18

Il LandCruiser entrò nell'officina di Mick poco dopo mezzogiorno. Zara scese nell'odore familiare di olio motore e metallo, con il corpo rigido per l'ennesimo lungo viaggio in auto. Erano partiti presto da Nambour, si erano fermati per un pessimo caffè in una stazione di servizio a Bundaberg e avevano percorso il resto della strada in un quasi totale silenzio.

Mick emerse dall'officina. I suoi occhi si spostarono dall'uno all'altra, cogliendo quelli che Zara sospettava fossero i segni evidenti di una notte difficile: occhi gonfi, volti tirati, quella particolare spossatezza che deriva dallo sfinirsi a forza di piangere.

«L'auto è a posto», disse, accennando al punto in cui la berlina di Zara era parcheggiata nel piazzale. «Ho controllato tutto due volte. Freni, sterzo, condotti del carburante, impianto elettrico. Niente è stato manomesso».

Il sollievo allentò una morsa nel petto di Zara. «Grazie. Davvero».

Mick le consegnò le chiavi, ma la sua espressione rimase seria. «Qualunque cosa stiate facendo, ha scosso qualcuno al punto da spingerlo a irrompere nelle stanze di un motel e a squarciare gli pneumatici. Non è una cosa da poco». Il suo sguardo si posò su Garrett. «Ti stai occupando tu di lei?»

«Al meglio delle mie possibilità», rispose Garrett.

«Allora occupatene meglio». Il tono di Mick non era sgarbato, solo schietto. «Salt Creek è una cittadina piccola. Le voci corrono. La gente nota che passate del tempo insieme. Sembra che non tutti ne siano felici».

Zara pensò alle fotografie sparse sul letto del motel, al coltello piantato nel suo volto. «Stiamo attenti».

Mick annuì, poco convinto. «Già. Beh. L'auto è pronta. Non mi deve niente. Solo, non me ne faccia pentire».

Si diressero con veicoli separati verso la casa di Garrett. La città sembrava ordinaria sotto il sole di mezzogiorno: gente che sbrigava le proprie faccende, il negozio di ferramenta affollato, ragazzini in bicicletta fuori dal chiosco di pesce e patatine. Alla rotatoria vicino alla scuola, un pick-up bianco della Cannon Developments era fermo al minimo, con un uomo massiccio in gilet ad alta visibilità al volante. Li guardò passare. Zara lo notò e continuò a guidare.

All'interno della casa di Garrett, l'aria era viziata per essere rimasta chiusa. Garrett girò per le stanze aprendo le finestre mentre Zara sgomberava il tavolo da pranzo e vi posava il laptop e la borsa a tracolla.

Trascorsero il pomeriggio a preparare l'esposto per la CCC. Prima la cronologia: da settembre a ottobre 2014, con ogni data ancorata a una prova specifica. Poi l'insabbiamento: le azioni di Finch, i rapporti alterati, le deposizioni dei testimoni soppresse, il trasferimento di Garrett. Infine, i dati recuperati dal telefono, con la documentazione di Dev sul processo di recupero. Ogni elemento annotato, con riferimenti incrociati ed etichettato.

Fu un lavoro metodico, privo di fascino, e per la maggior parte del tempo quasi non parlarono. Occasionalmente uno dei due leggeva qualcosa a voce alta o mostrava un documento all'altro per una verifica. Zara trascrisse la confessione di Finch mentre Garrett organizzava le prove fisiche in cartelle. Tazze di caffè freddo si accumulavano sul tavolo.

Nel tardo pomeriggio avevano un pacchetto coerente. Abbastanza solido perché la CCC non avesse altra scelta se non quella di avviare un'indagine.

Garrett fissò il materiale sparso sul tavolo, con la mascella contratta. «Avrei dovuto farlo undici anni fa».

«Ci hai provato. Finch ti ha ostacolato e ti ha fatto trasferire. E non avevi il telefono».

«Avrei dovuto insistere di più».

Zara non ribatté. Non era una discussione che portasse a una risposta utile, e Garrett non cercava rassicurazioni. Lo lasciò solo con i suoi pensieri.

Dopo un momento lui espirò e prese il telefono. «Chiamo il contatto alla CCC. Gli dico che siamo pronti a presentare l'esposto».

Mentre lui faceva la telefonata in cucina, Zara portò la fotocamera e il treppiede sul terrazzo posteriore. Lì la luce era buona. Preparò tutto velocemente, controllò i livelli del microfono, si sedette su una delle sedie di plastica e premette il tasto di registrazione.

Fu breve. Un importante sviluppo. Prove consegnate alla QPS e alla CCC. Un'indagine in corso della quale non poteva discutere pubblicamente. Chiese pazienza, ammettendo che quello non era il tipo di aggiornamento che il suo pubblico si aspettava, e disse loro che quando la notizia sarebbe apparsa sui giornali, avrebbero capito perché era rimasta in silenzio.

Quasi si fermò lì. Poi aggiunse: «Ho commesso gravi errori nella mia ultima indagine. Alcuni di voi sanno cosa è successo. Non commetterò di nuovo quegli errori, anche a costo di perdere iscritti. La famiglia di Iris Zhang e il processo legale vengono prima di tutto. Il contenuto viene dopo. Non posso mettere a repentaglio la giustizia per l'intrattenimento».

Interruppe la registrazione, la riascoltò una volta e la caricò senza modifiche. Nessun titolo acchiappaclic, nessuna cornice drammatica. Solo una dichiarazione di fatti.

Garrett la stava osservando dalla soglia quando lei si voltò. «È andata bene», disse.

«Era necessario». Zara tolse la fotocamera dal treppiede. «Metà del mio pubblico penserà che mi sia venduta».

«L'altra metà aspetterà».

«Lo spero. Com'è andata con la CCC?».

«Il portale per l'esposto è aperto. Caricherò tutto stasera. Assegneranno un investigatore entro quarantotto ore». Si appoggiò allo stipite della porta, a braccia conserte. «Il che significa che abbiamo una finestra stretta prima che diventi ufficiale e che tutto debba passare attraverso di loro».

«Kirsty».

«Kirsty», concordò lui. «Domani mattina. Prima che la CCC prenda il comando».

Zara annuì. Poi disse la cosa su cui era rimasta a riflettere tutto il pomeriggio. «Devo dirlo agli Zhang».

L'espressione di Garrett mutò. Non era sorpresa; probabilmente aveva immaginato che sarebbe arrivato questo momento. «Zara. No».

«L'ho promesso a May. Le ho promesso che le avrei detto cosa c'era su quel telefono».

«E lo farai. Ma sono prove di quella che sta per diventare un'indagine per omicidio. Non puoi mostrare loro il contenuto prima che la CCC lo abbia ricevuto».

«Non sto parlando di mostrare loro tutto. Sto parlando di dirle che i dati sono stati recuperati e che sua figlia avrà giustizia».

«E se May chiedesse di vedere il video? I messaggi? Le dirai di no?»

Zara esitò, perché lui aveva ragione. May lo avrebbe chiesto. May avrebbe insistito. E Zara non era sicura di poter guardare la madre di Iris negli occhi e rifiutarglielo.

«La catena di custodia è già fragile», continuò Garrett, con voce cauta, come quando cercava di non sembrare un poliziotto. «Hai trovato il telefono e l'hai dato a Dev invece che alla polizia. Capisco perché. La documentazione di Dev aiuterà. Ma qualsiasi avvocato difensore martellerà su questo punto. Se aggiungiamo "ha mostrato le prove alla famiglia della vittima prima della presentazione formale", stiamo dando munizioni all'avvocato di Kirsty».

«Non mostrerò loro le prove».

«Potresti non essere in grado di farne a meno. Non una volta che sarai seduta di fronte a May Zhang e lei ti chiederà cosa ha detto sua figlia».

«Ho passato dodici anni a fare interviste con famiglie in lutto. So come stabilire dei limiti».

«Questa non è un'intervista. Tu tieni a queste persone. È diverso».

La colpì perché era vero. Aveva mangiato alla loro tavola, bevuto il loro tè, accettato la loro fiducia. Aveva trovato ciò che aspettavano di sentire da undici anni.

«È esattamente per questo che non posso lasciarli all'oscuro», disse lei. «Sono stati ingannati dalla polizia, dal medico legale, dalla loro stessa comunità. Se tengo tutto per me finché i processi burocratici non fanno il loro corso, non sono migliore di Finch».

«Questo non è giusto».

«No, ma è così che la vedrebbe May».

Il silenzio tra loro si fece pesante. Fuori, un kookaburra iniziò a cantare su uno degli alberi di eucalipto, la sua risata maniacale riempì il cortile prima di interrompersi bruscamente.

«In che modo tacere informazioni che gli Zhang hanno il diritto di conoscere è diverso da quando Finch ha occultato le informazioni undici anni fa?» Mantenne il tono di voce calmo. «Tu vuoi che io aspetti, che abbia fiducia nel sistema. Ma il sistema ha tradito Iris. Il sistema ha permesso a Richard Cannon di insabbiare tutto questo».

Qualcosa di tagliente attraversò il volto di Garrett. Si spostò in cucina, riempì un bicchiere dal rubinetto, ne bevve metà prima di parlare. «Hai ragione. Il sistema li ha traditi». La sua voce era bassa. «E io facevo parte di quel sistema».

Zara sentì la rabbia scivolare via. «Non intendevo questo».

«Ma è la verità». Posò il bicchiere. «Ho trovato io il suo corpo. Ho documentato io i lividi. Ho sollevato dubbi e sono stato zittito e poi ho permesso che mi trasferissero. Quindi forse non spetta a me chiederti di avere fiducia nel sistema».

Lei si avvicinò a lui. «Hai cercato di rimediare. Non è la stessa cosa e lo sai».

Lui incontrò il suo sguardo. «E se dicessi loro che il telefono è stato recuperato e che sono stati trovati dei dati, ma precisando che *non puoi* condividere il contenuto effettivo fino a dopo la nostra denuncia? Dai la colpa a me, dai la colpa alla procedura della polizia. May lo capirebbe, credo».

«Una rivelazione generale senza scendere nei dettagli, intendi?»

«Saprebbero che la loro figlia è stata uccisa. Saprebbero che la giustizia sta arrivando. Ma non rischieremmo che facciano qualcosa in grado di compromettere il caso».

Era il compromesso verso il quale lei aveva lavorato senza rendersene conto. «Posso farlo. Nulla sul plagio, nulla su Kirsty nello specifico, nulla su Finch».

«Solo che il telefono è stato recuperato. Che conteneva prove. Che stiamo presentando l'esposto alla CCC e che il caso sta per essere riaperto». Fece una pausa. «E se May insistesse per sapere di più?»

«Le dirò che condividere altro potrebbe pregiudicare l'accusa. Che ho bisogno che si fidi di me ancora una volta». Zara si sentì negoziare, trovando un terreno comune come avevano fatto fin da Childers. «May aspetta da undici anni. Aspetterà ancora un po', se questo significherà avere giustizia».

Garrett annuì lentamente. Gli posò una mano sulla spalla, calda e solida. «Mi dispiace di aver dato l'impressione di pensare che tu non capisca la posta in gioco».

«E a me dispiace di averti paragonato a Finch».

Rimasero così per un momento, mentre la tensione abbandonava la stanza. Le prove coprivano ancora il tavolo da pranzo dietro di loro, in attesa di essere depositate.

«Dovrei andare stasera», disse Zara. «The Golden Horse sarà ancora aperto. Ci andrò da sola; sarà più facile per May se ci sono solo io».

«E io devo andare in centrale. Drinan ha coperto i miei turni; dovrei farmi vedere». Prese le chiavi dal bancone. «Ti accompagno e poi vado in centrale. Quando avrai finito potrai riprendere la tua auto da qui».

«Andrò con la mia. Mick ha detto che è a posto».

Qualcosa balenò sul suo volto, forse riluttanza a lasciarla fuori dalla sua vista, ma annuì. «Mandami un messaggio quando torni».

«Lo farò. Porto del cibo cinese da asporto per cena».

La baciò nel corridoio, in modo rapido e deciso, con la mano sulla nuca di lei. Poi uscì dalla porta, con il distintivo agganciato alla cintura, tornando nel ruolo del sergente investigativo Pennell con la scioltezza di una lunga pratica. Lei sentì il LandCruiser allontanarsi e rimase ferma per un istante nella casa silenziosa, guardando il tavolo coperto di prove, undici anni di verità sepolta organizzata in ordinate cartelle pronte per le persone che avrebbero potuto finalmente agire.

Poi prese le chiavi e andò a dire a May Zhang che la voce di sua figlia era stata ritrovata.

Il tragitto fino al Golden Horse richiese otto minuti. Zara li passò ripassando parole che non sembravano mai quelle giuste, le mani strette sul volante, il sole del tardo pomeriggio che filtrava di sbieco dal parabrezza facendola socchiudere gli occhi. Aveva già riferito verità difficili a famiglie in lutto, si era seduta di fronte a genitori i cui figli erano stati uccisi, aveva fornito informazioni che cambiavano tutto mentre le telecamere giravano. Ma stavolta era diverso. May e David Zhang le avevano affidato il ricordo della loro figlia, l'avevano accolta nel loro dolore quando l'intera città era andata avanti. Ciò che stava per dire loro avrebbe scoperchiato undici anni di dubbi, e doveva farlo nel modo assolutamente perfetto.

Il parcheggio del ristorante era mezzo pieno, il servizio per la cena era appena iniziato. Attraverso le vetrine frontali poteva vedere il familiare arredamento rosso e oro, i tavoli ordinati con le tovaglie bianche, un giovane backpacker che si muoveva tra i tavoli con i menu.

Zara aprì la porta d'ingresso. May era dietro il bancone, intenta a prendere un ordine telefonico, ma alzò immediatamente la testa. I loro occhi si incontrarono e tra loro passò qualcosa, forse un riconoscimento, o il modo in cui May aveva imparato a leggere le cattive notizie dalla rigidità delle spalle di qualcuno. Terminò la chiamata e posò il telefono.

«Zara». Non era una domanda, solo un cenno. Le mani di May erano immobili sul bancone.

«C'è un posto dove potremmo parlare? Lei e David, insieme».

May annuì una volta, andò verso la porta della cucina. «David. Verresti qui?»

Lui apparve sulla soglia, asciugandosi le mani sul grembiule, con l'espressione già guardinga. Guardò Zara, poi sua moglie, e contrasse la mascella.

«In ufficio», disse May sottovoce.

L'ufficio era una piccola stanza sul retro del ristorante, a malapena grande abbastanza per la scrivania, lo schedario e tre sedie stipate contro le pareti. Odorava di salsa di soia e carta, la luce fluorescente era cruda dopo il calore più soffuso della sala da pranzo. May chiuse la porta dietro di loro. I rumori del ristorante — le conversazioni, le posate, il sibilo del wok — divennero ovattati.

Zara aspettò che si fossero seduti entrambi prima di sedersi lei stessa. David aveva le mani giunte tra le ginocchia, il corpo leggermente inclinato verso May. Lei sedeva molto dritta, il volto composto ma gli occhi che già iniziavano a inumidirsi.

«Un mio amico è riuscito a recuperare i dati dal telefono di Iris», disse Zara. Senza preamboli. Avevano aspettato troppo perché lei perdesse tempo a girarci intorno. «C'erano molte informazioni sopra. Messaggi di testo. Registrazioni vocali. Video. Prove di ciò che è accaduto la notte in cui è morta».

A May mancò il respiro. David si irrigidì completamente.

«Prove», ripeté David. La sua voce era piatta, ma le sue mani avevano iniziato a tremare. «Intendi prove. Che qualcuno l'ha uccisa».

«Che qualcuno aveva un movente molto forte per farlo. Sì».

La parola rimase nella piccola stanza come qualcosa di solido. May emise un suono, a metà tra un singhiozzo e un sussulto, e si coprì la bocca con entrambe le mani. David l'avvicinò a sé automaticamente, passandole un braccio intorno alle spalle, ma i suoi occhi non lasciarono mai il volto di Zara.

«Chi», disse lui. Non era una domanda. Era una pretesa.

«Non posso ancora dirvelo. Le prove verranno consegnate alla Crime and Corruption Commission stasera. Ci sarà un'indagine ufficiale. Una volta che sarà avviata...»

«Chi ha ucciso *mia figlia*?» La voce di David si spezzò. «È seduta nel mio ufficio a dirmi che sa chi ha ucciso Iris e non vuole dirne il nome?»

Zara sostenne il suo sguardo, lasciandogli vedere che comprendeva la sua rabbia, che l'avrebbe accettata. «Glielo sto dicendo perché l'ho promesso. Ma se le faccio un nome ora, prima che inizi il processo legale, potrei compromettere l'intero caso. Ho bisogno che si fidi di me. Ancora per un po'».

«Quanto ancora?» La voce di May era soffocata dalle sue mani.

«Giorni, al massimo. È un'indagine per omicidio, e la CCC si muove velocemente quando ha prove di questo tipo».

David si alzò, con la sedia che stridette sul pavimento. Si spostò verso lo schedario, vi premette sopra entrambi i palmi delle mani, dando loro le spalle.

«David», disse May dolcemente.

«Non posso». Non si voltò. «Non posso sentirlo. Non ancora. Non in questo modo».

May guardò Zara, con gli occhi lucidi ma l'espressione ferma. «Ha bisogno di tempo. Per prepararsi».

«Capisco».

«Ma io non ho bisogno di tempo». May tolse le mani dal volto, posandole in grembo. «Qualunque cosa ci sia su quel telefono, voglio saperlo. Voglio vederlo».

Zara sapeva che sarebbe arrivato questo momento. Si era preparata, si era esercitata con Garrett a mantenere il limite. Ma guardando il viso di May, undici anni di dolore che chiedevano l'unica cosa che potesse dargli un senso, le parole le si bloccarono in gola.

«Lo farà», disse infine. «Le prometto che lo farà. Ma non ancora. Le prove devono essere elaborate correttamente. Catena di custodia, verifica forense, tutte le cose procedurali che le renderanno valide in tribunale. Se gliele mostrassi ora...»

«Potresti pregiudicare il caso». May finì la frase, con voce stanca. «Lo so. Capisco il processo legale, Zara. Ho avuto undici anni per imparare».

«Mi dispiace».

«Non si deve preoccupare». May si asciugò gli occhi con il dorso della mano. «Ha fatto ciò che nessun altro voleva fare. Ci ha creduto quando tutti gli altri dicevano di lasciar perdere». Si allungò oltre la scrivania, prese la mano di Zara tra le sue. I suoi palmi erano caldi, callosi per anni di lavoro in cucina. «Grazie. Per aver mantenuto la promessa».

David non si era mosso dallo schedario. Zara poteva vedere il suo riflesso nella piccola finestra, il volto rivolto verso il vetro.

«Devo occuparmi di una cosa domani», disse Zara con cautela, stringendo ancora le mani di May. «Dopo di che, tornerò. Le dirò tutto quello che posso. E quando la CCC darà il via libera, sentirà la voce di Iris e vedrà il suo volto. Ha lasciato delle registrazioni, audio e video. Ha documentato ciò che le stava accadendo».

La presa di May si strinse, i suoi occhi si chiusero brevemente. Quando li riaprì, erano limpidi. «Sapeva di essere in pericolo».

«Sì».

«E ha cercato di proteggersi».

«Ha fatto tutto bene», disse Zara, e lo pensava davvero. «È stata coraggiosa e intelligente e ha cercato di fare la cosa giusta. Quello che le è successo non è stata colpa sua».

Qualcosa nel volto di May si infranse e si ricompose. Annuì una volta, lasciò le mani di Zara e si alzò. «Preparerò il tuo ordine. Cosa desidera?»

Il cambiamento fu brusco, il rifugiarsi di May nel territorio familiare dell'ospitalità, ma Zara lo capì. Certi dolori erano troppo grandi per conviverci a lungo.

«Qualunque cosa vada bene», disse Zara. «Per due persone».

«Per lei e il detective». La bocca di May si curvò leggermente, non proprio un sorriso ma qualcosa di simile. «È un brav'uomo. Testardo, ma bravo».

«Lo è».

«E tornerà domani. Dopo che si sarà occupata di quello che deve essere fatto».

C'era un certo peso in quel modo di dire, un riconoscimento di ciò che Zara non aveva detto. May sapeva. Certo che sapeva. Aveva passato undici anni a guardare la città proteggere se stessa.

«Sì», confermò Zara. «Lo prometto».

May si diresse alla porta, si fermò con la mano sulla maniglia. «Chiunque sia», disse a bassa voce, senza voltarsi, «spero che abbia paura».

Poi uscì, chiudendo la porta dolcemente. David rimase allo schedario, ancora di spalle. Zara sedette sulla sedia, lasciandogli spazio.

Dopo un lungo momento, lui parlò senza voltarsi. «È qualcuno che conosciamo?»

Zara esitò, poi decise che meritava almeno quello. «Sì».

Le sue spalle si abbassarono, l'ultima speranza che fosse stato un estraneo, qualcuno di passaggio, chiunque tranne una persona che aveva sorriso loro in faccia per undici anni. «Capisco», disse. Solo quello. Poi: «Dovrebbe andare. May preparerà il suo cibo».

Zara si alzò, si diresse alla porta. Sulla soglia si voltò. David si era finalmente girato dallo schedario. Il suo volto era grigio, invecchiato di un decennio nello spazio di quindici minuti.

«Grazie», disse. «Per non essersi arresa. Per non aver permesso che nostra figlia venisse dimenticata».

«Non è mai stata dimenticata», rispose Zara. «Né da lei, né da May. E nemmeno da Garrett. La porta con sé da undici anni».

Qualcosa cambiò nell'espressione di David. Non proprio un addolcimento, ma un riconoscimento. Annuì una volta.

Zara lo lasciò lì e tornò verso la sala del ristorante. May era al bancone, mentre caricava dei contenitori in un sacchetto di plastica. Glielo consegnò senza incontrare lo sguardo di Zara.

«A domani», disse ancora May.

«A domani», promise Zara.

CAPITOLO 19

L'ARIA DELLA SERA SI era fatta più fresca, il sole era quasi tramontato e il cielo era striato di rosa e arancione. Zara appoggiò il sacchetto del d'asporto sul sedile del passeggero, mise in moto e rimase seduta per un istante a osservare le finestre illuminate del Golden Horse. Dentro, May stava tornando al lavoro, e probabilmente anche David stava facendo lo stesso. Avrebbero servito i pasti, chiacchierato con i clienti, chiuso il ristorante e sarebbero tornati nella casa dove la camera della figlia conservava probabilmente ancora le tracce della ragazza che Iris era stata. E domani, dopo che Zara e Garrett avessero affrontato Kirsty, avrebbero finalmente scoperto chi aveva rubato loro quegli undici anni.

La conversazione con May e David le pesava sul petto. Le spalle voltate di David, la forza silenziosa di May, quegli undici anni di incertezza che finalmente venivano scalfiti...

Delle gocce di pioggia colpirono il parabrezza mentre usciva dal parcheggio, cogliendola di sorpresa. Girò la testa e vide le nuvole ammassarsi a ovest, di quel particolare colore livido che prometteva una tempesta vera e propria. Il sacchetto con il cibo era sul sedile del passeggero; il profumo di aglio fritto che ne scaturiva le fece venire fame per la prima volta dopo quelli che le sembravano giorni.

Domani avrebbero affrontato Kirsty. Domani tutto sarebbe venuto a galla. Per stasera aveva solo bisogno di tornare a casa di Garrett, mangiare e dormire, se ci fosse riuscita.

Il telefono si illuminò sulla console centrale, con una vibrazione rumorosa nel silenzio dell'auto. Gettò un'occhiata allo stop successivo, vide il nome di Jane Goulding e accostò al marciapiede davanti alla ferramenta. Con il motore al minimo, prese il telefono.

Zara, ho trovato qualcosa tra i miei vecchi documenti di lavoro che credo tu debba vedere. Riguarda Iris e un altro studente. Puoi raggiungermi alla passerella? Sono qui adesso. È urgente.

Zara lo lesse due volte. Jane era stata affidabile per tutto il tempo, aveva condiviso ricordi e intuizioni che nessun altro avrebbe fornito, oltre al video del portfolio di Iris di cui Kirsty aveva fatto il plagio, che era una prova cruciale. Se diceva che qualcosa era urgente, lo pensava davvero. Ma la passerella. Di notte. Con un temporale in arrivo.

Digitò la risposta: *Può aspettare fino a domani? Oppure potrei venire a casa tua?*

La risposta fu immediata. *Sono già qui. Per favore, vieni subito, non sono sicura che domani avrò abbastanza coraggio per condividerlo.*

Zara fissò lo schermo con la fronte accigliata. Quell'ultima riga le sembrava strana. Jane Goulding era molte cose, ma non era una donna timida. Eppure aveva settant'anni, e la questione riguardava una sua ex studentessa che era stata assassinata. Forse si portava dentro il senso di colpa per non aver parlato prima.

Mandò un messaggio a Garrett: *Faccio una sosta veloce per incontrare Jane Goulding. Ha trovato qualcosa su Iris. Ci vado adesso.*

Aspettò un attimo. Nessuna risposta. Probabilmente era ancora alla stazione.

Si immise di nuovo in strada e svoltò verso il parco. Il sacchetto da asporto scivolò sul sedile del passeggero mentre prendeva la curva. L'ultimo barlume di luce stava svanendo dal cielo, la pioggia cadeva ormai fitta e le nuvole temporalesche si addensavano sempre più a ovest, con i fulmini che guizzavano a intermittenza.

Il parcheggio all'ingresso del parco era vuoto. Non c'erano altri veicoli. Solo le sagome scure dei giochi per bambini oltre la recinzione, e il sentiero pedonale che portava giù al ruscello e alla passerella sopra il burrone. Zara parcheggiò in un posto vicino all'inizio del sentiero e spense il motore.

Il fatto che il parcheggio fosse vuoto non la preoccupava. Il cottage di Jane era ai margini del burrone; non si sarebbe mossa in auto. Sarebbe arrivata a piedi dall'altra parte del parco.

La pioggia tamburellava sul tetto. Attraverso il parabrezza vedeva il sentiero sparire tra le ombre più fitte sotto gli alberi. I lampioni del parco avrebbero dovuto accendersi al crepuscolo, ma metà di essi sembravano spenti, lasciando pozze di oscurità tra quelli funzionanti.

Il telefono vibrò. Garrett: *Dove esattamente? Ti raggiungo.*

Alla passerella, rispose lei. *Probabilmente non è nulla. Torno tra venti minuti.*

Un'altra vibrazione, immediata.

Jane: *Sono sul ponte. Riesci a vedermi?*

Zara cercò di scrutare attraverso la pioggia. Il sentiero curvava in discesa verso il burrone, con fitti eucalipti su entrambi i lati. Da lì non riusciva a vedere la passerella, non vedeva altro che i primi metri del camminamento. Rispose al messaggio: *Appena arrivata. Sto scendendo.*

Afferrò telefono e chiavi, lasciando il sacchetto da asporto dov'era. Qualunque cosa Jane avesse trovato era più importante della cena.

La pioggia la investì non appena aprì la portiera, più fredda di quanto si aspettasse, spinta da un vento che stava rinforzando. Chiuse l'auto a chiave e si diresse rapidamente verso il sentiero, incassando le spalle per proteggersi dal maltempo. Gli stivali calpestarono il cemento, la superficie era già scivolosa per la pioggia e le foglie cadute.

Il sentiero scendeva in un'oscurità più densa, i lampioni funzionanti erano troppo distanti tra loro per fare altro che segnare la strada con pozze arancioni al sodio. La pioggia cadeva con più violenza ora, spinta lateralmente da un vento che strappava le foglie dagli eucalipti e le faceva vorticare sul cemento. Zara teneva la testa bassa, cercando di far presa con gli stivali sulla superficie viscida, con una mano in tasca stretta attorno al telefono e l'altra impegnata a scostarsi i capelli bagnati dal viso. I giochi del parco svanirono alle sue spalle, inghiottiti dagli alberi, dalle intemperie e dall'ultimo barlume di crepuscolo.

La temperatura era crollata bruscamente. Il suo respiro formava una nebbiolina che si mescolava alla pioggia. Aveva lasciato la giacca in auto, senza pensare che sarebbe rimasta fuori abbastanza a lungo da averne bisogno. Dodici anni di lavoro sul campo e commetteva ancora errori da dilettante quando era distratta.

Il sentiero curvava a sinistra, seguendo le linee del terreno giù verso il ruscello. Passò l'imbocco del sentiero ripido che aveva preso per scendere al ruscello il primo giorno. Attraverso gli alberi, alla propria destra, riusciva a distinguere le sagome fioche delle case con le finestre che emanavano un bagliore caldo. Alla sua sinistra, il terreno scendeva in modo più scosceso, tra sterpaglie autoctone fitte e scure. Il burrone era laggiù, da qualche parte, attraversato dalla passerella. Non riusciva ancora a vederla.

Il telefono vibrò. Si fermò sotto uno dei lampioni funzionanti per controllare, mentre la pioggia le tamburellava sulle spalle.

Garrett: *Sto uscendo ora dalla stazione. Dove sei precisamente sulla passerella?*

Digitò con le dita fredde: *Sto scendendo lungo il sentiero dal parcheggio principale. Cinque minuti circa e ci sono. Jane è già lì.*

Inviò, poi aggiunse: *Credo di incontrarla sul ponte. Ti mando un messaggio quando ho finito.*

La risposta fu rapida: *Stai attenta. Il temporale sta peggiorando.*

Zara mise in tasca il telefono e continuò a camminare. Attenta. Lo era. Si trattava di Jane Goulding, una ex insegnante in pensione di settant'anni che viveva in un cottage affacciato sul ruscello e coltivava rose da premio. Non esattamente una minaccia.

Solo che il parco era vuoto, i lampioni erano per metà spenti e Jane aveva detto che forse non avrebbe avuto abbastanza coraggio per condividere ciò che aveva scoperto se avessero aspettato fino a domani. Quel modo di dire le suonava male. Jane non era il tipo da perdere il sangue freddo.

L'istinto da giornalista di Zara ebbe un sussulto, lo stesso istinto che l'aveva tenuta al sicuro in ambienti ostili, che le aveva insegnato quando insistere e quando ritirarsi. Lo ignorò. Ci stava riflettendo troppo. Paranoia causata dalle intrusioni, dagli pneumatici tagliati e dai coltelli conficcati nelle fotografie. Jane stava bene. Andava tutto bene.

Il telefono vibrò di nuovo. Lo tirò fuori, aspettandosi Garrett. Era una notifica di YouTube: *Nuovo commento sul tuo ultimo video.*

Toccò lo schermo per istinto. Caricò la dashboard delle analisi: 847 nuovi iscritti dal caricamento di questo pomeriggio. Il numero di visualizzazioni saliva costantemente. Il grafico della fidelizzazione mostrava che la maggior parte degli spettatori arrivava fino alla fine.

I commenti principali erano un misto:

Finalmente dimostri un po' di integrità dopo il disastro di Little Girls Lost.

Iscrizione cancellata. Lo stai facendo solo per attirare l'attenzione.

Grazie per aver dato priorità alla giustizia rispetto allo spettacolo.

Sembra che tu non abbia in mano nulla e stia prendendo tempo.

Li scorse con le dita gelate e bagnate, senza leggere davvero, solo per saggiare la temperatura generale. Mista, con una leggera tendenza al positivo. Poteva andare peggio. Il pulsante Go Live si trovava in cima allo schermo, pulsando dolcemente, come sempre. Inciampò su un punto irregolare del sentiero e si rimise il telefono in tasca. YouTube poteva aspettare.

Attraverso gli alberi scorse la passerella. Legno scuro contro il cielo ancora più scuro, a malapena visibile nella luce calante. Di Jane ancora nessuna traccia, ma l'angolazione non era quella giusta. L'avrebbe vista meglio una volta più vicina.

Un fulmine squarciò il cielo a ovest, illuminando le nuvole dall'interno. Il tuono seguì pochi secondi dopo, basso e cupo. Il temporale stava arrivando per davvero. Dovevano fare in fretta.

Zara accelerò il passo, con gli stivali che schizzavano nelle pozzanghere che si stavano formando nei punti più bassi del sentiero. La camicia era completamente fradicia e le aderiva alla schiena. L'acqua fredda le colava lungo il collo. Sarebbe sembrata un topo bagnato quando fosse tornata a casa di Garrett. Probabilmente l'avrebbe costretta a spogliarsi in lavanderia prima di lasciarle seminare acqua per il resto della casa.

Il pensiero le portò un calore inaspettato. Una premura domestica. Quel tipo di piccola intimità che si era sviluppata tra loro senza che nessuno dei due se ne accorgesse davvero. Tre giorni prima alloggiava in un motel; ora aveva i suoi cassetti nel comò di lui e il suo shampoo nella sua doccia.

Il sentiero si aprì. La passerella era lì davanti, a circa venti metri, a scavalcare il vuoto oscuro del burrone. Sotto scorreva il ruscello, ingrossato dalla pioggia, anche se sapeva che il livello sarebbe sceso velocemente una volta terminata la tempesta. Dall'altra parte il sentiero proseguiva verso le strade residenziali, dove si trovava il cottage di Jane affacciato su tutto quello.

Una figura stava in piedi accanto alla ringhiera, una sagoma scura contro quel poco di luce che restava nel cielo. Giacca con cappuccio, impossibile distinguere i lineamenti a quella distanza.

La mano di Zara si strinse attorno al telefono in tasca. Qualcosa non andava. Il modo in cui la figura stava ferma, troppo immobile. L'assenza totale di chiunque altro nel parco.

Era di nuovo la paranoia. Doveva esserlo. Jane le aveva mandato un messaggio, la stava aspettando sul ponte come aveva detto. E perché qualcun altro avrebbe dovuto trovarsi lì fuori sotto quel temporale?

Zara salì sulle assi di legno bagnate; la struttura era solida sotto i suoi piedi nonostante l'età. I suoi stivali producevano suoni sordi sul legno consumato dalle intemperie.

«Jane?» La sua voce risuonò nel vuoto.

La figura si voltò.

Non era Jane. Il volto che si volse verso di lei nella luce fioca apparteneva a Kirsty Cannon, i capelli biondi scuriti dalla pioggia, i lineamenti composti in un'espressione che avrebbe potuto sembrare di solidarietà se i suoi occhi non fossero stati così vitrei. Il corpo di Zara reagì prima della sua mente: l'adrenalina salì a mille, i muscoli si tesero, il peso si spostò indietro verso il sentiero da cui era venuta.

«Zara.» La voce di Kirsty era dolce, quasi calda, con quel tono da politica consumata. «Grazie per essere venuta. So che non è quello che si aspettava.»

Le parole erano sbagliate, l'esposizione troppo fluida, provata.

«Dov'è Jane?» La sua voce uscì più ferma di quanto si sentisse.

«Ho chiesto a Jane di incontrarmi qui un'ora fa. Le ho detto che volevo parlarle di Iris, da insegnante a ex studentessa, per alleggerirmi la coscienza.» La bocca di Kirsty si curvò. «È venuta subito. È sempre stata così fiduciosa. Le ho preso il telefono mentre stava parlando. Brody si è occupato del resto.»

«Occupato.» Quel termine suonava male in bocca a Zara. «Dov'è lei?»

«Qui vicino.» Kirsty inclinò la testa, mentre l'acqua piovana colava dal cappuccio. «Ci arriveremo.»

Zara aveva già la mano in tasca e stringeva il telefono. «Io me ne vado.»

Si voltò verso il sentiero da cui era arrivata.

Un uomo stava all'estremità del ponte, sbarrandole la strada verso il parcheggio. Grosso, alto e massiccio, indossava una giacca scura e stivali da lavoro, con le mani rilassate lungo i fianchi. Non era lì quando lei era salita sul ponte. Doveva essere rimasto nascosto tra gli alberi, aspettando che lei passasse.

Zara si fermò. Il ponte le separava, con Kirsty alle sue spalle e l'uomo davanti. Il burrone si spalancava su entrambi i lati, un salto di sette metri verso rocce e acqua scrosciante.

«Lui è Brody.» La voce di Kirsty arrivò da dietro, ancora dolce, ancora sbagliata. «Il mio capocantiere. Quello di mio padre, in realtà, ma ora è mio. È con la famiglia da vent'anni. Molto leale. Molto capace.»

Brody non parlò. Non si mosse. Rimase semplicemente lì sotto la pioggia, il volto impassibile, osservandola con la pazienza attenta di chi sapeva aspettare.

«Ha così tante abilità. Scassinare serrature. Meccanica. Ed è piuttosto bravo con la fotocamera,» continuò Kirsty. Zara udì dei passi, il suono sordo degli stivali sul legno, Kirsty che si avvicinava. «Quelle foto nella sua stanza d'albergo? Merito suo. I colpi della sorveglianza? Tutto Brody. È molto meticoloso.»

Zara si girò lentamente, tenendoli entrambi nella visione periferica. Kirsty si era spostata al centro del ponte, a un paio di metri di distanza, con le mani nelle tasche della giacca e l'espressione ancora comprensiva.

«Anche gli pneumatici tagliati sono stati opera sua,» disse Kirsty. «Gli ho chiesto di farti sentire a disagio. Per incoraggiarti a lasciare Salt Creek. Per farti rinunciare a questa indagine che sta ferendo così tante persone.» La sua voce ebbe un piccolo sussulto sulla parola «indagine», la prima crepa nella recita. «Ma non se n'è andata. Ha continuato a insistere. Ha continuato a scavare.»

«Perché Iris è stata assassinata.» La voce di Zara era ferma nonostante l'adrenalina che le inondava l'organismo. Doveva farla parlare. Prendere tempo. Garrett sapeva dove si trovava. Sarebbe arrivato. «Perché tu hai ucciso la tua migliore amica e tuo padre ha coperto tutto.»

Qualcosa balenò sul volto di Kirsty. «Non è andata così.» La sua voce divenne piatta, controllata.

Ribadiva una versione studiata, pensò Zara. Quella che si raccontava da undici anni.

«Mio padre ha ucciso Iris. Era lì quella sera perché lo avevo chiamato io, in preda al panico, e quando è arrivato hanno litigato e lui l'ha afferrata e l'ha tenuta ferma.» La sua espressione si contrasse. «Ho cercato di fermarlo. Gli urlavo di smetterla. Ma era così arrabbiato con Iris perché minacciava di denunciare il plagio, ed era così arrabbiato con me perché ero stata così stupida da farmi scoprire. Le ha tenuto la faccia sott'acqua finché non ha smesso di muoversi. Io le ho solo dato uno schiaffo. Solo quello. Uno schiaffo.»

La menzogna era rifinita, provata. Ma Zara era stata nel salotto di Finch e aveva sentito una versione diversa.

«Non è quello che ci ha detto Finch,» disse Zara.

La compostezza di Kirsty vacillò, solo per un secondo. «Finch è un ubriacone e un bugiardo.»

«Finch ha descritto il suo arrivo sulla scena. Suo padre era bagnato, sì. Ma eri tu quella che non riusciva a guardare Iris dopo. Eri tu quella seduta sulla riva che dondolava come una bambina.»

«Finch non sa quello che ha visto. Era compromesso dal momento in cui è arrivato. Mio padre lo teneva in pugno.»

«Allora perché tuo padre era bagnato, Kirsty? Quindici centimetri d'acqua. Non aveva bisogno di inzupparsi per tenere ferma una persona in quindici centimetri d'acqua.» Zara sentì la propria voce, calma e clinica, l'istinto dell'intervistatrice che prendeva il sopravvento sulla paura. «Si è bagnato perché stava cercando di staccarti da lei.»

«Non sa di cosa sta parlando.» La voce di Kirsty si era alzata, la recita accurata stava andando in pezzi. «Non sa com'era. Avrebbe rovinato tutto. Il mio intero futuro. Per una domanda all'università. Per un lavoro a cui avevamo contribuito entrambe, che era una collaborazione, di cui lei voleva il merito solo perché era egoista e ipocrita e...» Si interruppe. Prese fiato. Quando riprese a parlare, la voce da politica era tornata, ma più sottile. «Ora non ha importanza. Niente di tutto questo ha importanza.»

«Ha importanza per May e David Zhang.»

Kirsty trasalì a quei nomi.

Zara incalzò. «Cosa è successo davvero, Kirsty? Può dirmelo.» Le sue dita trovarono il telefono in tasca. Smise di pensare. Memoria muscolare. Sequenza di sblocco, il pollice che si muoveva lungo la forma familiare. Lo schermo che non poteva vedere, che non poteva guardare. Aveva lasciato aperta l'app di YouTube, l'aveva solo infilata in tasca sul sentiero.

Pulsante Go Live. In alto sullo schermo, proprio al centro. Lo aveva usato dozzine di volte, sapeva esattamente dove si trovava. Ma in tasca, sotto la pioggia, con le dita che tremavano per il freddo e l'adrenalina, tutto sembrava incerto. Premette quello che sperava fosse il punto giusto, poi premette di nuovo per confermare.

Il telefono vibrò due volte in rapida successione. O aveva appena iniziato lo streaming per i suoi iscritti, o aveva aperto il video di qualcun altro per sbaglio. Non c'era modo di saperlo senza tirarlo fuori.

«Iris doveva capire che a volte bisogna proteggersi a vicenda. Non distruggersi a vicenda.» La voce di Kirsty era piatta. «L'avrei aiutata. Avrei sostenuto la sua carriera. Ma non voleva ascoltare. Era così testarda, così certa di avere ragione...»

«Le hai rubato il lavoro,» disse Zara, mantenendo la voce calma. «Abbiamo trovato il telefono di Iris. Abbiamo le prove del motivo per cui lo hai fatto, Kirsty, quindi perché non mi dici cosa è successo veramente quella notte?»

Un tuono scoppiò sopra di loro, abbastanza forte da farle trasalire entrambe. La pioggia si intensificò, cadendo a catinelle. Un fulmine illuminò il volto di Kirsty di un bianco livido, prima di farle sprofondare di nuovo nell'oscurità.

«Gli incidenti capitano durante i temporali,» disse Kirsty, e la sua voce era tornata tranquilla, di nuovo dolce, come quella che si usa per calmare qualcuno. «Assi bagnate. Scarsa visibilità. Una giornalista va su una passerella durante una tempesta, scivola e cade.» Si avvicinò. «Come la povera Jane.»

Il sangue di Zara si gelò. «Cosa le ha fatto?»

«Guarda giù.»

Zara afferrò la ringhiera e guardò oltre il bordo del ponte. Un altro fulmine illuminò il cielo e, nel breve bagliore bianco, vide il letto del torrente sottostante, l'acqua che scorreva sulle rocce e una sagoma che non avrebbe dovuto trovarsi lì. Un corpo, accasciato alla base della parete del burrone, dove il pendio incontrava l'acqua. Capelli d'argento.

Jane Goulding.

«Brody è stato delicato,» disse Kirsty alle sue spalle. «Non ha emesso un suono cadendo.»

Le mani di Zara tremavano. Jane era laggiù nell'oscurità, sotto la pioggia, con il livello del ruscello che si alzava intorno a lei. Poteva essere ancora viva, ma non c'era nulla che Zara potesse fare da lassù senza superare Kirsty e Brody.

«Mi serviva il suo telefono, capisci.» Kirsty sorrise. «Sapevo che avevate chiacchierato. Mi ha raccontato tutto. Era piuttosto colpita da te, e credo che le piacessi, non è vero? Tanto da fidarsi quando le hai detto di incontrarla qui.»

Kirsty sorrideva ancora. Lo stesso sorriso che sfoggiava nelle foto pubblicitarie del comune, nel suo materiale elettorale, alle raccolte fondi della comunità. Come in quelle occasioni, non le arrivava mai agli occhi.

«Brody è molto bravo a far sembrare le cose degli incidenti. I giornalisti cadono dai ponti. Battono la testa. Annegano nei ruscelli in piena durante i temporali.» Kirsty fece un altro passo avanti. «È tragico. Ma succede.»

Il tuono rotolò nel cielo, lungo e profondo. Il ponte tremò sotto i loro piedi. La mano di Zara era ancora in tasca, stringeva il telefono, sperando che da qualche parte, in qualche modo, ci fosse qualcuno a guardare. Che i suoi iscritti stessero sentendo le parole di Kirsty. Che, se le cose fossero andate male, ne sarebbe rimasta almeno una prova.

Brody si mosse dietro di lei. Un solo passo avanti, paziente e inevitabile, accorciando le distanze. Immobilizzando Zara tra lui e Kirsty.

Il respiro di Zara accelerò. La mente passò in rassegna le opzioni, ogni situazione ostile da cui era riuscita a uscire con le parole. Ma non c'era via d'uscita, nessun piano di estrazione. Solo un ponte di legno in una cittadina australiana e la donna che aveva già ucciso undici anni prima e che era chiaramente pronta a farlo di nuovo.

Il telefono in tasca poteva essere in streaming. O poteva non stare facendo assolutamente nulla.

«Hai provato a spingere Iris giù dal ponte?» chiese Zara. «Le sue ferite però non erano compatibili con una caduta. È riuscita a sfuggirti?»

L'espressione di Kirsty mostrò un altro lampo di rabbia. «Era più veloce di me,» disse, stizzita come un'adolescente imbronciata. «Le dissi che doveva smetterla. Che avremmo rovinato i suoi genitori. Papà avrebbe potuto far fallire un'ispezione sanitaria al the Golden Horse e lo avrebbero chiuso, per sempre. Iris... era così stupida!» La sua voce salì fino a diventare un grido. «Disse che questo non l'avrebbe salvata! Che non sarebbe mai entrata in nessuna facoltà di legge una volta che mi avesse denunciato come plagiatrice!»

«È stato allora che hai cercato di spingerla giù,» disse Zara. Poteva vederlo nella mente: le due ragazze che litigavano sul ponte. Una colluttazione, forse, mentre Kirsty perdeva le staffe. Il telefono di Iris che le cadeva di tasca, incastrandosi sotto le travi del ponte mentre Iris si liberava e si voltava per scappare.

«Papà mi stava aspettando nel parcheggio.» La voce di Kirsty era più bassa ora. «Lui non le avrebbe fatto del male, ma lei lo vide, tornò indietro e corse lungo il sentiero dentro il burrone. Io la inseguii. Sarebbe potuta scappare, ma inciampò su una roccia nell'acqua e io la raggiunsi...» Si interruppe per un istante, poi sollevò il mento e guardò Zara dritta negli occhi. «Era la mia migliore amica, e io le ho tenuto la faccia sott'acqua finché non ha smesso di muoversi. Quindi, se pensi per un solo secondo che mi pentirò di uccidere anche te, ti sbagli di grosso.»

CAPITOLO 20

IL SUONO DI PASSI di corsa sul legno bagnato squarciò il rumore della pioggia e Zara voltò di scatto la testa verso l'estremità del ponte che dava sul parcheggio. Poi sentì la voce di Garrett, tagliente e autoritaria: «Polizia! Mani in vista!». Era fermo all'imbocco della passerella, l'arma d'ordinanza spianata e puntata contro Brody, la pioggia che gli colava sul viso e la posizione solida nonostante le assi scivolose sotto gli stivali.

Il sollievo inondò Zara per mezzo secondo, prima che del metallo freddo le premesse contro la tempia. Restò immobile.

«La abbassi, detective.» La voce di Kirsty arrivò direttamente da dietro il suo orecchio sinistro, calma e controllata. La canna della pistola premette con più forza contro il cranio di Zara. «Abbassi l'arma o le faccio saltare il cervello.»

A Zara si fermò il respiro. Sentiva la mano di Kirsty, ferma nonostante la pioggia, e la leggera pressione del dito sul grilletto. Dodici anni di ambienti ostili e interviste pericolose, eppure non aveva mai avuto una pistola puntata alla testa. Il metallo era più freddo di quanto si aspettasse.

L'arma di Garrett non vacillò. I suoi occhi incontrarono quelli di Zara dall'altra parte del ponte e lei vide il calcolo che avveniva dietro quello sguardo. Distanza. Angolazioni. Rischio.

«Non vuole farlo, Kirsty,» disse Garrett. La sua voce era cambiata, ancora autorevole ma più bassa, il tono di chi cerca di allentare la tensione. «Ha già un'accusa di omicidio che Le pende sulla testa per Iris.»

«In ogni caso mi aspetta l'ergastolo.» Il respiro di Kirsty era caldo contro il collo di Zara, la sua voce inquietantemente ferma. «Cosa cambiano due corpi in più?»

Un tuono esplose sopra le loro teste, così forte che Zara lo sentì nel petto. Un fulmine seguì immediatamente, illuminando il ponte di un bianco accecante. In quel lampo vide il volto di Brody, impassibile come sempre, con una mano dentro la giacca. Vide Garrett, con l'acqua che gli scolava dal naso e il dito sulla guardia del grilletto. Vide il burrone su entrambi i lati, lo spazio buio dove Jane giaceva spezzata lì sotto.

«Ho detto di abbassarla!» La voce di Kirsty si alzò. La pistola premette più forte, ora faceva male. «La ucciderò, Garrett. Non creda che non lo faccia.»

«So che lo farà.» Il tono di Garrett non cambiò. «Ha già ucciso. È brava a farlo. Ma non la aiuterà, adesso.»

Brody parlò per la prima volta, con voce piatta e pragmatica. «Possiamo far credere che sia stato il detective a spararle. Difesa personale finita male. Succede continuamente.»

«Stai zitto, Brody.» La mano di Kirsty tremò leggermente. La pistola si mosse contro la pelle di Zara.

Gli occhi di Garrett scattarono su Brody, poi tornarono su Kirsty. «Sta arrivando altra polizia. Ogni agente in città. Sono a tre minuti di distanza, forse meno.»

Come a comando, le sirene squarciarono la pioggia. Lontane, ma in avvicinamento. Diversi veicoli, a giudicare dal suono.

«Allora non abbiamo tempo da perdere.» La voce di Kirsty era diventata gelida. «Metta giù la pistola, Garrett. Se ne vada.»

«Non se ne parla.»

«Allora lei muore.»

«In che modo la aiuterà, Kirsty?» Garrett sembrava così calmo. Come se non fosse nel bel mezzo di una tempesta a cercare di ragionare con una sociopatica.

La mente di Zara correva. Kirsty era più alta, in piedi dietro di lei con la pistola alla tempia. Non c'era modo di abbassarsi o scartare senza farsi sparare. Brody era tra Garrett e loro. Il burrone si spalancava su entrambi i lati. Erano bloccati in uno stallo che sarebbe finito con la sua morte, a meno che qualcosa non cambiasse.

Il peso in tasca. Il suo telefono.

Aveva premuto quello che pensava fosse il pulsante Go Live, quando Kirsty aveva iniziato a parlare. Il telefono aveva vibrato due volte. Non sapeva se avesse funzionato. Non sapeva se qualcuno stesse guardando.

Le sirene si facevano più forti.

La mano di Zara si mosse lentamente, con cautela, verso la tasca. Kirsty non sembrò accorgersene, concentrata su Garrett, sulla pistola che stringeva, sulle sirene in avvicinamento. Le dita di

Zara trovarono il telefono al tatto. Caldo, leggermente umido. Lo schermo doveva essere acceso se aveva colpito quel pulsante.

Lo tirò fuori, tenendolo dove Kirsty potesse vederlo sopra la sua spalla. Lo schermo le illuminò il volto di una fredda luce blu.

L'app di YouTube era aperta. Diretta streaming in corso. Numero di spettatori nell'angolo: oltre quarantatremila e in aumento. I commenti scorrevano più veloci di quanto riuscisse a leggere. Tempo di registrazione: 8:47 e a salire.

«Forse Le conviene riconsiderare la cosa,» disse Zara. La sua voce uscì più ferma di quanto si sentisse. «Siamo in diretta da quando sono arrivata. Più di quarantamila spettatori e continuano a salire. Ogni parola che ha detto. Ogni minaccia che ha fatto. Tutto registrato e trasmesso. Solo audio fino a questo momento, ma ora potranno vederci.»

La pistola rimase contro la sua testa, ma Kirsty si immobilizzò. «Sta mentendo.»

«Controlli pure lo schermo.» Zara inclinò leggermente il telefono, sperando che la telecamera fosse puntata dritta verso il viso di Kirsty. «Un utente di nome Salties69 ha appena commentato: "merda, ha confessato". TrueCrimeJenny vuole sapere se è reale o una messa in scena. BrisbaneMum44 dice che sta chiamando la polizia.» Fece una pausa. «Anche se probabilmente a questo punto è superfluo.»

Il respiro di Kirsty era cambiato. Più veloce. Più superficiale. La pistola tremava contro la tempia di Zara.

«Spenga tutto,» disse Kirsty.

«Non posso. È già tutto in rete. Anche se interrompo la trasmissione adesso, quarantamila persone hanno sentito la sua confessione. L'hanno sentita ammettere di aver ucciso Iris Zhang e di aver spinto Jane Goulding giù da questo ponte. L'hanno sentita minacciare di uccidermi.» Zara mantenne la voce ferma. «È finita, Kirsty.»

Un fulmine balenò di nuovo. Nella breve illuminazione, Zara vide l'espressione di Garrett: sollievo e un'emozione che somigliava al terrore per ciò che aveva appena fatto.

«Lo spenga!» La voce di Kirsty si incrinò. La compostezza della politica era svanita, spazzata via. Sotto c'era una persona più giovane, più spaventata. La ragazza che aveva tenuto la sua migliore amica sott'acqua undici anni prima e non era mai riuscita a convincersi che non fosse stata colpa sua.

«Anche se interrompo la diretta, l'archivio rimarrà lì,» disse Zara. «Probabilmente è già stato scaricato da decine di persone. È così che funziona internet. Non può tornare indietro.»

Le sirene erano vicine ormai. Luci blu e rosse balenavano tra gli alberi.

«Mi ha registrato.» La voce di Kirsty era diventata piatta. «Ha pianificato tutto.»

«Lei mi ha mandato un messaggio dal telefono di Jane e mi ha attirato qui per uccidermi,» rispose Zara. «Ho documentato quello che è successo. È il mio lavoro.»

La pistola si allontanò dalla testa di Zara. Sentì il suono umido del metallo che colpiva le assi di legno, l'arma di Kirsty che sobbalzava sull'impalcito della passerella. Sentì la mano di Kirsty lasciare la sua spalla.

«In ginocchio,» ordinò immediatamente Garrett, tenendo ancora l'arma puntata su Brody. «Mani sulla testa. Entrambi.»

Kirsty si lasciò andare lentamente, i suoi movimenti erano meccanici. Portò su le mani, intrecciando le dita dietro la nuca.

Brody fece lo stesso, la sua espressione ancora impassibile, come se farsi arrestare fosse solo un altro compito da portare a termine.

Garrett avanzò, tenendo l'arma sollevata, controllando prima Brody. «Mani dietro la schiena.» Manettò i polsi di Brody, cercò all'interno della sua giacca e ne estrasse una pistola. Poi raccolse la pistola di Kirsty, la controllò e la infilò nella tasca della giacca.

Le sirene erano proprio lì, diversi veicoli entrarono nel parcheggio. Portiere che sbattevano. Voci che gridavano. Fasci di torce elettriche che squarciavano la pioggia.

Garrett guardò Zara dall'altra parte del ponte. «Stai bene?»

Lei annuì, sebbene le mani le tremassero e le gambe sembrassero poco stabili. Aveva ancora il telefono in mano, ancora in streaming, il conteggio degli spettatori che continuava a schizzare verso l'alto. Guardò lo schermo, i commenti che scorrevano. Qualcuno aveva già registrato la confessione dallo schermo. Diverse persone. Il video sarebbe stato ovunque entro mattina.

«Jane è laggiù,» disse lei, con voce improvvisamente urgente. «L'hanno spinta giù. È ferita.»

L'espressione di Garrett cambiò all'istante. «Vai.» Indicò con un cenno il sentiero che portava giù al torrente. «Qui ci penso io.»

Zara interruppe la diretta, si mise in tasca il telefono e corse verso il sentiero che scendeva nel burrone. La discesa era ripida, insidiosa sotto la pioggia, in certi punti più un'ipotesi che una vera traccia. Si aggrappò ai rami di eucalipto per sostenersi, la corteccia ruvida e bagnata sotto i palmi, i piedi che scivolavano sulla lettiera di foglie trasformata in pacciame viscido dall'acquazzone. Dietro di lei, voci sul ponte, il gracchiare delle radio, il tono di Garrett che impartiva ordini agli agenti in arrivo. Nulla di tutto ciò contava. Jane era quaggiù da qualche parte, forse morta nel torrente in piena ma forse, solo forse, ancora viva.

«Jane!» La sua voce risuonò nella pioggia. «Jane, sto arrivando!»

Il sentiero faceva un tornante, scendendo bruscamente. Zara scese metà correndo e metà scivolando, usando gli alberi per controllare la discesa, con il fango che le incrostava gli stivali. Il rumore dell'acqua scrosciante si fece più forte. Tra gli alberi scorse dei frammenti del torrente sottostante, scuro e rapido, ingrossato dal temporale. Un fulmine balenò, illuminando il burrone con un bianco intermittente, poi di nuovo il buio.

Raggiunse il fondo, dove il sentiero incontrava il letto del torrente. L'acqua scorreva impetuosa, qui le arrivava alla caviglia, più in profondità nel canale. A monte, in alto, riuscì a distinguere la sagoma della parte inferiore della passerella e lì, contro la parete del burrone dove il pendio era più ripido, una forma chiara del tutto fuori posto.

«Jane!» Zara entrò in acqua, sussultando per il freddo. La corrente le spingeva contro le gambe, più forte di quanto sembrasse, cercando di farle perdere l'equilibrio. Lottò verso quella sagoma, verso i capelli argentati e la giacca chiara accartocciata contro le rocce.

Jane giaceva per metà sulla riva rocciosa e per metà in acqua, con le gambe storte ad angolazioni che fecero rivoltare lo stomaco a Zara. I suoi occhi erano aperti, persi nel vuoto, e quando Zara la raggiunse emise un suono, a metà tra un gemito e un singhiozzo.

«Ti ho presa.» Zara si posizionò dietro Jane, facendo scivolare le braccia sotto le spalle della donna più anziana. «Ti ho presa. Andrà tutto bene.»

Il peso di Jane era superiore a quanto Zara si aspettasse. Puntò gli stivali contro una roccia e la sollevò, portando la testa e la parte superiore del corpo di Jane fuori dall'acqua. Jane lanciò un grido e il cuore di Zara si strinse.

«Lo so che fa male. Mi dispiace. Ma devo tenerti su.» Aggiustò la presa, incastrandosi contro la riva, caricando il peso di Jane sul proprio corpo. L'acqua scorreva impetuosa intorno a loro, più alta di quando era entrata per la prima volta. La pioggia non accennava a smettere.

Il respiro di Jane era affannoso, il suo volto grigio anche nell'oscurità. Ma i suoi occhi ora stavano mettendo a fuoco, cercando il viso di Zara.

«Zara,» sussurrò.

«Sono qui. I soccorsi stanno arrivando. Resta con me.»

«Kirsty.» La voce di Jane si spezzò su quel nome. «Pensavo volesse parlare di Iris. Che fosse pronta a lasciarsi tutto alle spalle, dopo tutti questi anni.» Lacrime e pioggia si mescolavano sul suo viso. «Mi ha spinta lei. Pensavo fosse mia amica.»

«Lo so.» Zara mantenne la voce ferma, combattendo il freddo che le stava penetrando nelle ossa. «Ha usato il tuo telefono per mandarmi un messaggio. Mi ha attirato qui nello stesso modo.»

Jane sgranò gli occhi. «Sei ferita?»

«No. Garrett è arrivato in tempo. Kirsty e Brody sono entrambi in custodia.» Zara aggiustò la presa quando il peso di Jane scivolò, con la corrente impetuosa che trascinava il suo corpo. Le sue braccia iniziavano a tremare per lo sforzo e il freddo. «Non faranno del male a nessun altro.»

«Le mie gambe.» Il respiro di Jane s'inceppò. «Non sento più i piedi.»

«Non cercare di muoverti. I paramedici stanno arrivando.» Zara lanciò un'occhiata verso il ponte, verso le luci che balenavano tra gli alberi. «Non mancherà molto.»

La mano di Jane trovò il braccio di Zara, stringendolo debolmente. «L'ha trovata?»

Per un momento Zara non capì. Poi si rese conto. «Iris?»

«La sua voce. Avevi detto che stavi cercando la sua voce.» Le parole di Jane arrivavano più lente, leggermente strascicate. Lo shock stava prendendo il sopravvento. «L'hai trovata?»

«Sì.» Zara tirò Jane più vicino a sé, stringendo la presa. «Abbiamo recuperato il suo telefono. Ha lasciato delle registrazioni. Memo vocali, video. Ha documentato tutto quello che è successo, tutto quello che ha fatto Kirsty. Il suo plagio. Le minacce. Il motivo per cui si stavano incontrando quella notte.»

«Lei lo sapeva.» Jane chiuse gli occhi. «Sapeva che Kirsty avrebbe potuto farle del male.»

«Sperava di no. Ma si era preparata comunque.» Zara sentì il peso di Jane farsi più gravoso, il suo corpo diventare inerte. «Jane! Resta con me. Resta sveglia.»

«Stanca.»

«Lo so. Ma devi restare sveglia. Parlami di Iris. Dimmi com'era nelle tue lezioni.»

Le palpebre di Jane ebbero un fremito. «Geniale.» La parola uscì sottovoce. «La studentessa più talentuosa che abbia mai avuto. Vedeva cose che agli altri sfuggivano. Te le faceva vedere anche a te, attraverso la sua macchina fotografica.» Una pausa. «Mi ha ricordato perché sono diventata un'insegnante.»

«Le ricordava se stessa, credo.» Zara continuò a parlare, con voce ferma nonostante il freddo, nonostante le braccia che le bruciavano per il peso di Jane. «È quello che mi ha detto quando ci siamo incontrate. Che aveva carisma.»

«Ce l'ha anche lei.» La mano di Jane si strinse leggermente sul braccio di Zara. «Quello stesso modo di occupare lo spazio in una stanza. Di farsi ascoltare.»

«Allora farebbe meglio ad ascoltarmi adesso. Resta sveglia. I soccorsi stanno arrivando.»

Dall'alto giunsero delle voci, qualcuno che gridava istruzioni. Il fascio di una potente torcia spazzò il burrone, li trovò e rimase fisso.

«Individuate!» Una voce maschile dall'alto. «Due persone in acqua. Una sembra ferita.»

«È ferita gravemente!» rispose Zara gridando. «Gambe rotte, possibili danni alla colonna vertebrale. Serve una tavola spinale.»

«I paramedici stanno scendendo. Resistete.»

Zara guardò Jane, l'acqua che saliva intorno a loro, le proprie mani bianche per il freddo. Aveva tenuto Jane per forse tre minuti, ma le era sembrata un'ora. Le spalle le urliamo, le gambe erano intorpidite e la stanchezza stava arrivando strisciando ai bordi della coscienza.

«Ci siamo quasi,» sussurrò. «Ancora un pochino.»

La luce delle torce sobbalzò lungo il sentiero, accompagnata da voci e dal rumore metallico delle attrezzature. Apparvero due paramedici, che si muovevano rapidi ma cauti sul pendio insidioso, trasportando una tavola spinale e un kit medico. Una terza persona seguiva con altro materiale.

«Ci pensiamo noi,» disse il primo paramedico, una donna con i capelli grigi tirati stretti all'indietro. Entrò in acqua senza esitazione, guadando il torrente per mettersi sopra di loro, valutando le condizioni di Jane con rapida efficienza. «Hai fatto un buon lavoro, tenendola ferma e fuori dall'acqua.»

Zara si lasciò andare mentre loro prendevano il controllo, le braccia le caddero lungo i fianchi, improvvisamente inutili. La sollecitarono a uscire dall'acqua; lei si sedette sulla riva rocciosa e si abbracciò le ginocchia, guardandoli mentre sistemavano un collare cervicale intorno al collo di Jane, preparavano la tavola spinale e coordinavano i loro movimenti.

«Vai,» disse la paramedica dai capelli grigi, non senza gentilezza, mentre altre persone scendevano in fretta. «Sei in ipotermia. Vai su all'ambulanza.»

Uno dei paramedici più giovani la prese per il gomito e la aiutò ad alzarsi. «Vieni. Un passo alla volta.»

La risalita fu più dura della discesa. Le gambe di Zara tremavano a ogni passo, i muscoli erano spossati per aver sostenuto Jane, per l'acqua gelida, per il crollo dell'adrenalina che arrivava tutto in una volta. Il giovane paramedico mantenne una presa salda sul suo gomito, guidandola lontano dal fango peggiore, lasciando che si appoggiasse a lui quando gli stivali scivolavano. Si aggrappò ai rami degli alberi con dita intorpidite, trascinandosi verso l'alto usando radici e tronchi, con il fiato corto che non aveva nulla a che fare con lo sforzo fisico, ma con il fatto che il suo corpo avesse deciso di averne abbastanza.

Il sentiero si spianò. Luci blu e rosse pulsavano tra gli alberi. Voci ovunque, radio gracchianti, il caos organizzato di un intervento di emergenza in pieno svolgimento. Zara risalì gli ultimi metri ed emerse nel chiarore del parcheggio.

Quattro auto della polizia, tre ambulanze, un camion dei vigili del fuoco. Il nastro della scena del crimine era già stato teso intorno all'ingresso della passerella. La pioggia era diminuita fino a diventare una pioggerella costante. Le luci da lavoro portatili inondavano tutto di un'illuminazione bianca e piatta che le faceva dolere gli occhi.

Guardò verso il ponte. Kirsty era già stata portata via. Una delle auto della polizia stava uscendo dal parcheggio a luci spiegate; un volto pallido fu visibile attraverso il lunotto posteriore per un istante prima che il veicolo svoltasse sulla strada e sparisse. Brody veniva caricato su un'altra auto, con le mani manettate dietro la schiena, mentre due agenti lo guidavano sul sedile posteriore. Non oppose resistenza. La sua espressione era vuota come lo era stata sul ponte.

Garrett era fermo vicino all'imbocco della passerella e osservava il lavoro dei soccorsi. Quando vide Zara, si mosse verso di lei.

Il paramedico le lasciò il gomito. «Dovrei controllarla per l'ipotermia.»

«Tra un minuto,» disse Zara.

Garrett la raggiunse, si sfilò la giacca e gliela avvolse sulle spalle. Il tessuto era umido ma più caldo della sua camicetta fradicia. Lei se la strinse addosso.

«Jane?» chiese lui a bassa voce.

«È viva. Entrambe le gambe rotte, forse anche peggio. Ma era cosciente e parlava.» La voce di Zara uscì rauca, la gola irritata per aver gridato sotto la pioggia. «Kirsty le ha detto che voleva parlare di Iris. Mettersi la coscienza in pace. Jane si è fidata di lei.»

«Kirsty è brava a farsi dare fiducia.» La mascella di Garrett si serrò. «Ha fatto molta pratica.»

Guardarono i paramedici che trascinavano la tavola spinale lungo il sentiero. Anche da quella distanza Zara riusciva a vedere il volto di Jane, pallido e tirato, con il collare cervicale di un bianco acceso contro i capelli argentati. Le portiere dell'ambulanza si chiusero e il mezzo partì a luci spiegate, diretto all'ospedale.

Un agente si avvicinò a Garrett, una giovane donna con i capelli tirati indietro stretti. «Signore, abbiamo messo in sicurezza la scena. Brody Lygon è in trasferimento. Kirsty Cannon è già al distretto e chiede del suo avvocato.»

«Bene.» La voce di Garrett tornò professionale. «Voglio le deposizioni di chiunque sia intervenuto. E fate in modo che la scientifica salvi quella diretta streaming.»

«Ci stiamo già pensando, signore. L'intera trasmissione è stata archiviata». L'agente diede un'occhiata a Zara. «Cinquantottomila spettatori al picco massimo. È ovunque sui social media. Centinaia di migliaia di persone stanno guardando il replay in questo momento.»

Garrett annuì. «Sarò al distretto entro un'ora.»

L'agente se ne andò. Garrett si voltò di nuovo verso Zara e la maschera professionale cadde. «Stai tremando.»

Era vero. Tutto il suo corpo tremava, i denti battevano. «Sto bene.»

«Sei in ipotermia.» Guardò verso la seconda ambulanza. «Devi farti controllare.»

«Tra un minuto.» Non voleva ancora muoversi. «Dammi solo un minuto.»

Lui non ribatté. Le passò un braccio intorno alle spalle, tirandola contro il suo fianco. Zara si appoggiò a lui, sentendo che il proprio corpo aveva deciso che restare in piedi da sola richiedeva troppo sforzo.

Rimasero così ai margini del parcheggio, con la pioggerella che scendeva intorno a loro e le luci di emergenza che dipingevano tutto di colori cangianti. Nessuno dei due parlò.

«È finita,» disse Zara sottovoce.

Il braccio di Garrett si strinse intorno a lei. «May e David finalmente sapranno la verità.»

«Sì.» Fece una pausa. «Abbiamo mantenuto le promesse.»

La pioggia smise. In alto, le nuvole iniziarono a diradarsi, lasciando intravedere qualche stella.

«Vieni,» disse Garrett. «Andiamo a farti visitare.»

Zara annuì contro la sua spalla. Camminarono insieme verso l'ambulanza in attesa, lui con il braccio ancora intorno a lei, lei con il passo incerto.

CAPITOLO 21

IL SALOTTO DI GARRETT sembrava affollato con loro cinque riuniti lì; il divano in pelle consumata e le due poltrone erano disposti attorno a un tavolino da caffè ingombro di appunti sul caso e del laptop di lei. Fuori, la notte era fresca e limpida dopo due giorni di pioggia, ma le tende erano tirate, e la stanza era illuminata solo da una lampada a stelo nell'angolo e da una più piccola sul tavolino laterale. May e David Zhang sedevano insieme sul divano, senza toccarsi ma vicini, con le braccia di David incrociate strette sul petto. Vince Thorne occupava una delle poltrone, proteso in avanti come se potesse scattare via da un momento all'altro. Zara prese l'altra sedia, angolata in modo da poter vedere i volti di tutti. Garrett restò in piedi vicino alla porta, non del tutto dentro la stanza, né del tutto fuori.

Erano passati cinque giorni dallo scontro sulla passerella, e le costole di Zara le facevano ancora male nel punto in cui aveva sostenuto il peso di Jane contro di loro. In ospedale l'avevano dimessa per ipotermia dopo un'ora sotto coperte riscaldate e tè caldo zuccherato, anche se avevano insistito per tenerla una notte in osservazione.

Jane era stata tra la vita e la morte per alcune ore, ma alla fine si era stabilizzata ed era stata sottoposta a un intervento chirurgico; le gambe le erano state ricomposte con perni metallici. Sarebbe rimasta in ospedale ancora per un po', finché non fosse stata in grado di prendersi nuovamente cura di se stessa a casa. Kirsty e Brody erano stati entrambi trasferiti rapidamente a Brisbane perché le celle di detenzione della Salt Creek Police Station non erano minimamente attrezzate per la custodia a lungo termine. Un magistrato aveva negato la cauzione all'udienza preliminare, ritenendoli un potenziale pericolo per il pubblico. Il processo vero e proprio si sarebbe tenuto tra mesi, ma per ora entrambi erano dietro le sbarre.

I telegiornali avevano ripreso la storia dal suo livestream; il suo telefono e quelli della Salt Creek Police Station non avevano smesso di squillare. Ma niente di tutto questo contava in quel momento. Ciò che importava era il laptop sul tavolino e il file che aspettava di essere aperto.

«Tè» disse Garrett, rompendo il silenzio con quella parola. «Metto su il bollitore».

May annuì senza guardarlo. Aveva le mani intrecciate in grembo, le dita strette. David non aveva detto una parola da quando erano arrivati, si era limitato a seguire May all'interno e a sedersi dove si era seduta lei.

Vince si mosse sulla poltrona, facendo scricchiolare la pelle. Aveva perso peso da quando Zara l'aveva incontrato per la prima volta al motel, il suo viso era più scavato, più duro. Indossava una semplice camicia grigia e jeans, con gli stivali da lavoro ancora stretti dai lacci.

Garrett si spostò verso la cucina. Zara sentì l'acqua scorrere dal rubinetto, il clic del bollitore che si accendeva.

Guardò il laptop. Il video che stavano per guardare era etichettato semplicemente: *Iris_Final_Oct15_2014.mp4*. Undici minuti di una ragazza che non aveva idea che la sua migliore amica stesse per ucciderla.

Il respiro di May si spezzò. Zara lanciò un'occhiata e vide le lacrime che già le rigavano il volto, silenziose e costanti. Non stava singhiozzando, non emetteva alcun suono. Piangeva e basta, come fa chi ha lacrime che aspettano di cadere da undici anni.

La mano di David si spostò sul ginocchio di May. La mano di May coprì la sua.

Garrett tornò con un vassoio, quattro tazze di tè e un piattino di biscotti che nessuno avrebbe mangiato. Lo appoggiò sul tavolino. May prese una tazza con entrambe le mani, stringendola tra i palmi. David scosse la testa alla tazza offerta. Vince ne prese una ma non bevve.

Garrett rimase in piedi vicino alla porta, a braccia conserte.

«Prima di iniziare» disse a bassa voce, «devo spiegare cosa state per vedere».

May lo guardò.

«Questo è un video che Iris ha registrato la sera del 15 ottobre 2014. Il giorno in cui è morta». La voce di Garrett era ferma. «L'ha filmato con il suo telefono, che May e Zara hanno trovato incastrato sotto la passerella due settimane fa. Il video era su una scheda microSD sopravvissuta a undici anni di intemperie. Un talentuoso specialista di dati è riuscito a recuperare tutto quello che c'era sopra, e sono stato autorizzato dall'Office of the Director of Public Prosecutions a mostrarvi questo video in particolare. Questa è la prova più importante, e Zara voleva guardarla con voi. Siamo lieti che abbiate accettato tutti di venire questa sera».

La mano di David si strinse sul ginocchio di May.

«Nel video, Iris documenta perché avrebbe incontrato Kirsty quella notte. Spiega del plagio, del fatto che Kirsty le ha rubato il portfolio di ammissione all'università. Parla del tentativo di risolvere la questione, di aver dato a Kirsty la possibilità di fare la cosa giusta». Garrett fece una pausa. «Mette anche in chiaro di sapere che potrebbero esserci delle conseguenze. Che aveva paura, ma che sarebbe andata comunque all'appuntamento con Kirsty».

Vince emise un suono, a metà tra un sospiro e qualcosa di spezzato.

Zara appoggiò il tè sul tavolino laterale e si sporse in avanti. «Il video dura undici minuti. Iris parla direttamente alla telecamera. È molto chiara, molto dettagliata». Guardò May e David. «È difficile da guardare. Ma è anche un dono. Voleva che la gente sapesse la verità. Ha documentato tutto affinché, se anche le fosse successo qualcosa, la verità sopravvivesse».

«Mia figlia», disse David. Furono le prime parole che pronunciò dal suo arrivo. La sua voce era roca, un filo di respiro. «Mia figlia sapeva che qualcuno avrebbe potuto farle del male e ha fatto un video».

Nessuno rispose. Non c'era nulla da dire.

Garrett si avvicinò al laptop, cercò il file. Il cursore si posò sopra.

«Siete pronti?», chiese, guardando May e David.

May annuì. Anche David annuì.

Garrett lanciò un'occhiata a Vince. «Tu non sei obbligato a guardarlo».

Vince scosse la testa. «Ho bisogno di vederla». La voce gli si incrinò. Deglutì. «Devo essere qui».

Nella stanza calò il silenzio. Garrett guardò Zara. Lei annuì. Lui premette play.

Lo schermo si riempì con il volto di Iris Zhang. Diciassette anni, viva, che guardava dritta nell'obiettivo con occhi scuri che esprimevano paura e determinazione in egual misura dietro i suoi occhiali rettangolari.

«Mi chiamo Iris Zhang», disse, con voce chiara e ferma. «È il 15 ottobre 2014, e devo documentare ciò che ho scoperto perché, se succede qualcosa, la gente deve sapere la verità».

Il respiro di May si mozzò. La mano di David copriva completamente la sua, ora.

Iris continuò a parlare. Giovane, spaventata e così sicura dei suoi principi. Spiegando di Kirsty, del plagio, della decisione che aveva preso di denunciarlo nonostante sapesse quanto le sarebbe potuto costare.

Zara osservava le persone nella stanza invece dello schermo. Aveva già visto quel video più volte. Ma guardare May e David ascoltare la voce della figlia per la prima volta dopo undici anni era un'altra cosa.

Il tè si raffreddò. E Iris Zhang, morta da undici anni, riuscì finalmente a raccontare la sua storia.

La voce di Iris riempì la piccola stanza, limpida e risoluta nonostante il tremore sottostante. Nel video sedeva nella sua camera da letto; Zara riconobbe la parete color ottanio dalle fotografie, e l'angolo di un poster visibile dietro la sua spalla sinistra. Le lenti dei suoi occhiali riflettevano la luce della lampada da scrivania.

«Sono amica di Kirsty Cannon da quando andavamo all'asilo insieme», stava dicendo Iris. «Mi fidavo ciecamente di lei. Così, quando ho notato che qualcuno aveva avuto accesso ad alcuni file dei miei progetti mentre non ero in casa, quando la mia chiavetta USB era in una posizione diversa da come l'avevo lasciata, mi sono detta che ero paranoica».

May emise un gemito, sommesso e ferito. David le passò un braccio intorno alle spalle.

Sullo schermo, Iris si spinse gli occhiali sul naso. Il gesto era così ordinario, così vivo, che Zara sentì la propria gola stringersi.

«Ma non ero paranoica», continuò Iris. «Ho controllato i registri di accesso del mio computer, quelli che papà mi ha insegnato a leggere. Kirsty ha copiato il mio intero portfolio creativo. Tutto quello a cui ho lavorato per la mia domanda di ammissione al QCA».

Iris spiegò di aver trovato i file rubati sul laptop di Kirsty, del confronto, delle lacrime e delle scuse di Kirsty. La sua voce rimase misurata, oggettiva, ma Zara riusciva a percepirne l'amarezza.

«Mi ha supplicato di non dirlo a nessuno. Ha detto che era disperata, che suo padre l'avrebbe uccisa se non fosse entrata in una buona università, che aveva avuto attacchi di panico per la domanda». L'espressione di Iris sullo schermo era triste, delusa. «Ha detto che era solo una bozza, che alla fine avrebbe creato un lavoro suo. Ma il termine per la presentazione della domanda era già passato. Aveva già inviato il mio lavoro a suo nome».

Il video proseguì. Iris descriveva il plagio con la stessa meticolosità che metteva nei suoi progetti multimediali. Le diverse facoltà universitarie, la bassa probabilità di essere scoperta, la natura calcolata del furto di Kirsty. Poi i messaggi, la crescente disperazione nelle parole di Kirsty, le minacce velate da suppliche.

«« Mi stai distruggendo» rilesse Iris dal suo telefono sullo schermo. «Non riesco a dormire. Non riesco a mangiare. Mi stai rovinando la vita per un video stupido». Guardò la telecamera. «Per me non è stupido. È il mio lavoro. Le mie idee. La mia voce».

Le lacrime di May ora scorrevano più veloci. David la tirò a sé, appoggiando il mento sulla sommità della sua testa e tenendo gli occhi serrati.

Iris parlò del padre di Kirsty, del potere di Richard Cannon a Salt Creek, del rischio per il ristorante dei suoi genitori. Riconobbe tutto questo con la logica prudente di chi aveva considerato ogni angolazione. E poi disse, semplicemente: «Ma non posso lasciar correre. Non si tratta solo del mio lavoro. Si tratta di ciò che è giusto».

«Incontrerò Kirsty stasera alla passerella dopo aver finito il lavoro» disse Iris. «Mi ha chiesto un'ultima possibilità per convincermi a non farlo. Gliela darò. Un'ultima possibilità per fare lei stessa la cosa giusta».

La mano di Vince si staccò dalla bocca per afferrare il bracciolo.

«Se non lo farà lei» continuò Iris, «lunedì presenterò le denunce. Alla UQ, al QCA, a chiunque debba sapere. E se mi dovesse succedere qualcosa...». Si interruppe, l'incertezza le attraversò il volto per la prima volta. «Se questo video viene guardato perché non ci sono io a denunciare tutto, allora dovete sapere una cosa: non è stato un incidente».

Un singhiozzo sfuggì a May, soffocato contro il petto di David. La mano di lui salì ad accarezzarle la nuca.

«Ci sono copie di tutti questi file sul mio laptop», disse Iris, con la voce di nuovo più forte. «Tutto è documentato. Il plagio, i messaggi, tutto quanto. Kirsty Cannon ha rubato il mio lavoro e, quando non le ho permesso di farla franca, lei...».

Si fermò. Scosse la testa. Un sorriso piccolo e triste.

«No. Sono paranoica. Kirsty non mi farebbe mai del male. Siamo amiche da quando eravamo piccole. È solo spaventata e disperata». Iris guardò dritta nella telecamera, dritta verso di loro attraverso quegli undici anni. «Parleremo, e lei capirà. Vedrà che fare la cosa giusta è più importante che...».

Il video terminò a metà frase. Lo schermo diventò nero, l'indicatore del tempo fermo a 11:04. Undici minuti e quattro secondi di una ragazza che non aveva creduto che la sua migliore amica le avrebbe fatto davvero del male, e che aveva pagato quell'errore di valutazione con la vita.

Il silenzio nel salotto di Garrett era assoluto. La ventola di raffreddamento del laptop ronzava piano.

Il respiro di May era diventato affannoso. David la stringeva, con il viso rigato dalle lacrime. Vince piangeva apertamente, senza darsi la pena di nasconderlo. La tazza gli era caduta di mano a un certo punto, e giaceva riversa sul tappeto, mentre il tè veniva assorbito dalle fibre.

Garrett non si era mosso dalla sua posizione vicino alla porta. Le sue braccia erano ancora conserte, ma aveva la testa china. Quando finalmente sollevò lo sguardo, aveva gli occhi lucidi.

Anche la vista di Zara si era appannata. Aveva già visto quel video, diverse volte. Pensava di essere preparata. Ma guardarlo con i genitori di Iris, con il ragazzo che l'aveva amata, era tutt'altra cosa.

I singhiozzi di May erano l'unico suono. Sordi, strazianti, il dolore di una madre che riascoltava la voce della figlia morta e si ritrovava a perderla daccapo.

Lo schermo del laptop si era oscurato, con l'attivazione della modalità sospensione automatica. Il bagliore blu scomparve, lasciando solo la calda luce gialla della lampada a stelo.

May sollevò la testa dal petto di David. Aveva il viso chiazzato, gli occhi gonfi. Fissò il laptop spento per un lungo istante, poi si guardò intorno nella stanza.

«Finalmente viene ascoltata» disse May. La sua voce era quasi impercettibile, graffiata dal pianto. «Dopo undici anni. Mia figlia viene finalmente ascoltata».

Vince si alzò bruscamente. La sua sedia stridette contro il pavimento. «Ho bisogno di aria», disse, con le parole smozzicate. «Scusatemi, io...».

Non finì la frase. Si diresse semplicemente verso la porta. Garrett si fece da parte per lasciarlo passare. La porta d'ingresso si aprì e si chiuse, con cautela e in silenzio nonostante la sua evidente angoscia.

Attraverso la finestra, Zara lo vide in piedi sulla piccola veranda, di spalle alla casa, con le spalle curve e le mani in tasca.

David sciolse le braccia. Il movimento sembrò costargli fatica. Le sue mani caddero sulle ginocchia, poi si sollevarono per sfregarsi il viso. Quando le abbassò, stava guardando Garrett.

«Undici anni», disse David. «Lei ha portato questo peso per undici anni».

Garrett si spostò contro il muro. «Non l'ho portato abbastanza bene. Se l'avessi fatto...».

«Era un agente scelto», lo interruppe David. «L'hanno zittito. L'hanno trasferito quando non smetteva di fare domande». La sua voce era roca ma ferma. «Avrebbe potuto lasciar perdere. Ma non l'ha fatto».

«No. Non potevo».

May allungò la mano verso un fazzoletto nella scatola sul tavolino. Si asciugò gli occhi, si soffiò il naso. «All'inizio gli ho dato la colpa» disse sottovoce. «Quando abbiamo saputo che era stato trasferito. Pensavo che si fosse arreso con Iris come tutti gli altri».

«Non mi sono mai arreso».

«Grazie», disse May. «Per non averla dimenticata».

Garrett accennò un solo cenno col capo. Non era bravo a gestire la gratitudine, aveva imparato Zara.

Zara si alzò, con le gambe intorpidite per essere rimasta seduta a lungo. «Volete altro tempo con il video? Possiamo lasciarvi soli a guardarlo di nuovo».

La mano di May cercò quella di lei sopra il tavolino. «Resta» disse. «Per favore. Non riesco ancora a stare da sola con questo».

«Certamente».

Lo sguardo di David passò su Zara. «E lei. È venuta e ha insistito quando tutti gli altri erano andati avanti».

«May mi ha chiesto di scoprire cosa fosse successo. Ho mantenuto la promessa».

«L'ha fatto insieme a Garrett». La voce di David si incrinò leggermente. Si schiarì la gola. «Grazie. Per averci restituito la voce di nostra figlia».

Garrett si staccò dal muro per mettersi accanto alla sedia di Zara. Le sue dita sfiorarono leggermente la spalla di lei.

La porta d'ingresso si aprì silenziosamente. Vince rientrò, con il volto ora composto anche se gli occhi erano arrossati. Non tornò alla sua sedia, si limitò ad appoggiarsi alla parete vicino alla porta. Tenendosi vicino ma separato.

«Registrava sempre tutto», disse Vince. La sua voce era bassa, quasi parlasse a se stesso. «Anche allora. Puntava la telecamera verso qualcosa e tu pensavi: perché lo sta riprendendo? Una crepa sul marciapiede. Un uccello su un filo. Poi ti mostrava il montaggio e vedevi quello che aveva visto lei». Deglutì. «Vedeva cose che nessun altro vedeva».

A quelle parole il volto di May si contrasse, e scesero nuove lacrime. Ma stava annuendo. «È proprio così».

Nella stanza si instaurò un diverso tipo di silenzio. Non il silenzio del respiro trattenuto di prima del video o il pesante dolore di dopo, ma qualcosa di più simile a una pace esausta. Il peggio era passato. Erano stati testimoni di ciò che doveva essere testimoniato.

May appoggiò la tazza di tè sul tavolino. «Potremo averne una copia? Del video?»

«Una volta concluso l'iter legale», disse Garrett. «Le prove devono rimanere al sicuro fino a dopo il processo. Ma sì. Farò in modo che abbiate le copie di tutto. Tutte le registrazioni di Iris, le foto, i messaggi. Tutto quello che abbiamo recuperato dal suo telefono».

May annuì. «Voglio sentire di nuovo la sua voce. Tutte le volte che potrò».

Il braccio di David si strinse attorno a lei. Non parlò, ma la sua espressione diceva tutto.

La mano di Garrett cercò quella di Zara nello spazio tra di loro, le dita si intrecciarono brevemente a quelle di lei. Il contatto era caldo, rassicurante.

Ci sarebbero stati avvocati, deposizioni formali e il lento ingranaggio della giustizia. May e David avrebbero dovuto affrontare un processo, ascoltare l'omicidio della figlia descritto nei dettagli clinici, trovarsi di fronte a Kirsty Cannon in un'aula di tribunale.

Ma stasera, in quella piccola stanza riscaldata, i genitori di Iris Zhang avevano ascoltato la voce della loro figlia. Avevano appreso la verità sulla sua morte. Era stata restituita loro, se non la figlia, almeno la certezza della conoscenza.

Avrebbe dovuto bastare.

CAPITOLO 23

I GRADINI DEL TRIBUNALE di Brisbane erano ampi, di pietra grigia levigata da decenni di passi che avevano portato verdetti nel mondo. Lei si trovava a tre scalini dalla cima, con un operatore professionista due gradini più in basso, il tipo di competenza a noleggio che non si era mai potuta permettere finora.

Sei mesi dalla passerella. Sei mesi dall'arresto di Kirsty Cannon. E ora, questa mattina, una condanna a venticinque anni pronunciata in un'aula di tribunale in cui Zara era rimasta seduta per tre settimane di fila, guardando la giustizia muoversi al suo ritmo glaciale.

La camicetta leggera che aveva scelto quella mattina sembrava troppo sottile per l'aria condizionata che aveva soffiato nel tribunale tutto il giorno, ma qui fuori, sotto il sole di agosto del tardo pomeriggio, era perfetta. Pantaloni sartoriali, capelli raccolti in una coda ordinata, trucco minimale. Professionale, ma senza mettersi in scena. Aveva imparato la differenza.

Dev si trovava vicino alla base della scalinata, fuori dall'inquadratura ma abbastanza vicino da poterlo vedere. Era venuto ogni giorno del processo, seduto nella tribuna del pubblico con il suo portatile, prendendo appunti con quel modo intenso che aveva quando era completamente assorbito. Ora le fece un cenno col pollice alzato, un gesto leggermente goffo ma sincero.

L'operatore, Andy, regolò qualcosa sulla sua attrezzatura. «Pronta quando vuole».

Zara annuì. Aveva scritto il segmento la sera prima, lo aveva rivisto quella mattina e ripassato due volte a mente durante la pausa pranzo. Le parole c'erano. Doveva solo pronunciarle.

Andy fece il conto alla rovescia con le dita. *Tre, due, uno*. La luce rossa sulla telecamera si accese.

«Qui è Zara Langley, in diretta dalla Supreme Court of Queensland a Brisbane». La sua voce uscì ferma, con la cadenza da podcaster che si era costruita in mesi di lavoro. «Oggi, Kirsty Cannon è stata condannata a venticinque anni di prigione per l'omicidio della diciassettenne Iris Zhang, avvenuto nell'ottobre 2014. Il verdetto segna la fine di un'indagine durata undici anni su una morte che era stata archiviata come accidentale finché non sono emerse prove che dimostravano il contrario».

I fatti erano più facili. Poteva esporre i fatti senza provarli sulla propria pelle.

«Il processo è durato tre settimane. L'accusa ha presentato prove forensi, testimonianze e, dato più significativo, registrazioni effettuate dalla stessa Iris il giorno della sua morte. Queste registrazioni, recuperate dal cellulare di Iris dopo undici anni, documentavano il plagio che ha portato al suo omicidio e la decisione di Iris di denunciarlo pur conoscendo il prezzo personale da pagare».

Un uomo in giacca e cravatta le passò dietro con una valigetta in mano, senza guardarli. La città andava avanti. Autobus, traffico, persone che finivano la loro giornata lavorativa. Indifferenti ai verdetti.

«La difesa di Kirsty Cannon ha sostenuto che l'uccisione non fosse premeditata, che un confronto fosse degenerato sfuggendole di mano». Zara mantenne lo sguardo fisso sulla telecamera, sul volto di Andy proprio accanto all'obiettivo. «La giuria ha respinto questa tesi. Le prove hanno dimostrato pianificazione. Intento. L'esca che ha portato Iris alla passerella quella notte, le bugie raccontate per coprire l'accaduto, gli undici anni di silenzio mentre i genitori di Iris piangevano una figlia che, stando a quanto era stato detto loro, era annegata accidentalmente».

Fece una pausa. Lo script lo richiedeva, un battito per lasciare che il concetto affondasse. Ma la pausa durò più del previsto perché il volto di Iris le era riemerso nella mente, la ragazza di quell'ultimo video, così certa che la sua amica non le avrebbe fatto del male sul serio.

La voce le tremò quando riprese. Solo leggermente, un'esitazione di mezzo secondo che Andy avrebbe probabilmente tagliato in seguito, se glielo avesse chiesto.

«Iris Zhang era un'artista di talento. Una figlia amorevole. Una giovane donna di principio che credeva che fare la cosa giusta contasse più che proteggere un'amicizia costruita sulle bugie». Zara sentì la gola stringersi. Andò avanti a fatica. «Ha documentato la sua storia perché sospettava che avrebbe potuto non sopravvivere per raccontarla lei stessa. E grazie a quella documentazione, grazie alla sua lungimiranza e al suo coraggio, la sua assassina è stata chiamata a rispondere delle sue azioni».

Le parole sembravano inadeguate. Venticinque anni per una vita.

«Questo caso non sarebbe arrivato a processo senza la determinazione dell'Ispettore Capo Garrett Pennell, che ha passato undici anni a dare la caccia a prove che erano state sepolte dalla corruzione all'interno del Queensland Police Service. L'ex

Sergente Maggiore Malcolm Finch è stato condannato il mese scorso a sei anni di prigione per il suo ruolo nell'insabbiamento dell'omicidio di Iris. Brody Lygon, che ha agito come complice e partecipato al tentato omicidio di Jane Goulding, ha ricevuto quindici anni».

Dev si era avvicinato durante il segmento. Poteva vederlo con la coda dell'occhio, con le mani in tasca, a guardare.

«La famiglia Zhang mi ha chiesto di ringraziare tutti coloro che hanno sostenuto l'indagine. I membri della comunità che si sono fatti avanti con informazioni. Gli esperti tecnici che hanno recuperato prove cruciali». Si concesse un piccolo sorriso. «E gli ascoltatori de Gli Australiani Scomparsi, che si sono rifiutati di lasciare che questa storia venisse dimenticata».

Quel sorriso le sembrava strano sul viso. Non era abituata a sorridere in questi segmenti. Ma era genuino, quindi lo mantenne.

«Questo è l'ultimo episodio de La ragazza nel ruscello. La storia di Iris è stata raccontata. La sua famiglia ha la verità che ha aspettato per undici anni. E sebbene nulla possa riportarla indietro, sebbene nessuna sentenza possa davvero bilanciare ciò che è stato tolto, c'è giustizia. Fallace, imperfetta, arrivata troppo tardi. Ma pur sempre giustizia».

Rimase immobile per un lungo istante, guardando dritto nella telecamera.

«Grazie per l'ascolto. Grazie per esservi interessati a una ragazza che non avete mai incontrato, in una città che probabilmente non visiterete mai. Grazie per aver creduto che la verità conti, anche quando è sepolta in profondità e protetta da persone di potere». La sua voce si stabilizzò, si fece più forte. «Gli Australiani Scomparsi tornerà presto con un nuovo caso. Per ora, qui è Zara Langley, a presto».

Andy continuò a filmare per qualche altro secondo, poi abbassò la telecamera. «Presa. È stata perfetta, buona la prima».

La tensione che aveva tenuto dritta la schiena di Zara si sciolse tutta in un colpo. Sentì la postura cedere, mentre il respiro usciva in una lunga espirazione. Il peso di aver portato addosso la storia di Iris per sei mesi, di aver assistito al processo, di aver osservato il volto di Kirsty alla lettura del verdetto; tutto si sollevò quel tanto che bastava per permetterle di respirare profondamente per la prima volta da settimane.

Dev salì i gradini di corsa, con un ampio sorriso. «È stato fantastico. Sei stata perfetta. Il pezzo sulla giustizia imperfetta ma reale? Perfetto».

«Grazie». Riuscì a fare un sorriso vero, ora. «Non avrei potuto fare nulla di tutto questo senza di te. I dati del telefono sono stati fondamentali».

«Già, beh». Dev arrossì leggermente. «Io li ho solo recuperati. Sei tu quella che ha saputo cosa farne».

Andy stava rivedendo il filmato sullo schermo della telecamera. Zara si spostò per guardare oltre la sua spalla. L'inquadratura era buona, il tribunale visibile dietro di lei, la luce che le illuminava il viso senza sbiadirlo. Sembrava stanca nel video, più vecchia dei suoi trentadue anni, ma c'era qualcosa di solido nella sua espressione che non c'era l'anno precedente.

«Siamo a posto», disse Andy. «Le farò avere la versione montata per domani mattina».

«Grazie». Zara gli strinse la mano. «Le sono grata per essere venuto qui per questo».

«Non me lo sarei perso per nulla al mondo; sono stato lusingato che mi avesse chiamato. Quel livestream che ha fatto dal ponte?». Fece un fischio basso. «Ha un dono per trovarsi nel posto giusto nel momento catastroficamente sbagliato».

Zara rise, sorpresa lei stessa. «È un modo di vederla».

Andy iniziò a rimettere via la sua attrezzatura. Dev lo aiutò ad avvolgere i cavi, lavorando in un silenzio complice.

Zara si voltò di nuovo verso i gradini del tribunale, osservando l'imponente facciata dell'edificio. Da qualche parte all'interno, Kirsty Cannon stava venendo schedata, preparata per il trasporto verso l'istituto penitenziario dove avrebbe trascorso i prossimi due decenni e mezzo.

May Zhang apparve in cima alla scalinata, David accanto a lei; entrambi si muovevano lentamente, come se il verdetto avesse aggiunto un peso fisico. Zara si raddrizzò.

Il volto di May era composto, ma i suoi occhi erano arrossati. L'espressione di David era più difficile da interpretare, i suoi lineamenti disposti in una studiata neutralità, ma la sua mano aleggiava vicino al gomito di May mentre scendevano, pronto a sostenerla se necessario.

Dapprima May non disse nulla. Fece solo un passo avanti e cinse Zara tra le braccia, stringendola in un abbraccio che era forte nonostante la corporatura minuta di May. Zara sentì le spalle della donna più anziana tremare e sollevò le braccia per ricambiare la stretta.

«Grazie», sussurrò May al suo orecchio. «Per aver mantenuto la promessa».

La gola di Zara si strinse. Si limitò a ricambiare finché la presa di May non si allentò e si separarono.

David si fece avanti e le tese la mano. Zara la prese, aspettandosi una semplice stretta di mano, ma la mano sinistra di David salì a coprire anche la sua.

«Nostra figlia», disse lui, con la voce rauca. «Ce l'ha restituita. Non la sua vita, ma la sua voce». Fece una pausa. «Questo conta. Più di quanto io possa dire».

«Meritava di essere ascoltata».

David annuì e le lasciò la mano, rimettendo il braccio intorno alla moglie. I due stavano insieme come pezzi smussati da anni di contatto, la spalla di May infilata nello spazio sotto il braccio di David.

«Venticinque anni», disse May. Saggiando il peso della frase.

«Idonea alla libertà vigilata dopo diciassette», rispose Zara. «Ma date le circostanze, con l'insabbiamento e il tentato omicidio di Jane, la commissione per la libertà vigilata non sarà comprensiva».

«Bene», disse David. Categorico. Definitivo.

Un movimento in cima alla scalinata attirò l'attenzione di Zara. Jane Goulding stava scendendo, una mano sul corrimano, l'altra che stringeva un bastone. La sua discesa era cauta ma costante, la leggera zoppia della gamba destra l'unico ricordo visibile della caduta. Sei mesi di fisioterapia avevano fatto un lavoro notevole, ma Zara dubitava che Jane si sarebbe mai mossa di nuovo nello stesso modo.

Dietro Jane, in piedi leggermente in disparte, c'era Vince Thorne.

Jane li raggiunse, leggermente senza fiato per le scale. I suoi capelli d'argento erano tagliati più corti di quanto Zara ricordasse, forse più facili da gestire rispetto al precedente caschetto elegante. Indossava una camicia di lino ampia e pantaloni comodi, scarpe piatte e pratiche. Il tipo di vestiti che si indossano quando si impara a dare priorità alla funzione rispetto alla forma.

«Zara». La voce di Jane era calda nonostante la stanchezza nel volto. Spostò il bastone nella mano sinistra e strinse il braccio di Zara. «Bello vederti».

«Grazie per essere qui. Come ti senti?».

«Vecchia». La bocca di Jane si contrasse. «Ma viva, cosa che è sembrata improbabile per un certo tempo». Le sue dita si strinsero brevemente sul braccio di Zara e in quel piccolo gesto Zara sentì tutto ciò che Jane non riusciva o non voleva dire. Il terrore di cadere. L'acqua fredda. Le ore di chirurgia.

«Testarda», aggiunse Jane. «Così dicono i fisioterapisti. Troppo testarda per lasciarmi rallentare da una caduta da un ponte».

Vince era sceso dai gradini mentre parlavano, con le mani in tasca. Si fermò a pochi passi di distanza, senza unirsi del tutto al gruppo. Si era vestito bene per il verdetto: camicia abbottonata, pantaloni chino puliti, stivali lucidi. Aveva gli occhi arrossati.

Dopo un momento, fece un passo avanti. «Zara». Le tese la mano e lei la prese. La tenne più a lungo di quanto richiedesse una stretta di mano.

«Iris ti sarebbe grata», disse Vince, con la voce tremante. «Per non aver permesso che si dimenticassero di lei».

«Vorrei aver potuto farlo prima».

«L'hai fatto quando hai potuto». Vince le lasciò la mano e guardò oltre lei, verso il tribunale. «Ho passato undici anni cercando di non pensare troppo a lei. Cercando di andare avanti.

Ma lei era sempre lì». Scosse la testa. «Sono felice che sia finita. Felice che non possano più far finta di niente».

C'era qualcosa di simile alla pace nell'espressione di Vince e Zara sperò per lui che potesse andare avanti ora che giustizia era stata fatta. Aveva ventinove anni, era ancora un uomo giovane. Meritava di trovare qualcuno da amare, senza che il fantasma di Iris incombesse per sempre su di lui.

Il gruppo rimase insieme in una configurazione libera sui gradini. Dev aveva finito di aiutare Andy e ora stava vicino alla base, lasciando loro spazio. Incrociò lo sguardo di Zara e annuì.

«Dovremmo andare», disse infine May. «Lungo viaggio di ritorno a Salt Creek domani».

«Restate qui stanotte?» chiese Zara.

«In un hotel non lontano da qui», rispose David. «Partiremo presto, per evitare il traffico».

May guardò Zara, poi Jane, poi Vince. «Grazie a tutti. Per essere stati qui oggi. Per essere stati testimoni». La sua voce si incrinò. «Iris sarebbe stata felice di sapere di avere così tante persone che lottano per lei».

Jane si allungò e strinse la mano di May. «Era una studentessa straordinaria. Mi dispiace solo di non aver potuto proteggerla».

«Nessuno di noi poteva», disse May. «Non da quello».

Le porte del tribunale si aprirono dietro di loro e Garrett emerse nella luce del tardo pomeriggio, indossando ancora la sua divisa ufficiale. Scese i gradini a due a due, con l'energia controllata di chi è rimasto seduto troppo a lungo. Quando li raggiunse, il suo braccio scivolò intorno alle spalle di Zara in un gesto che era diventato naturale negli ultimi mesi.

May lo guardò, poi guardò Zara. «E ora? Dopo questo caso, su cosa indagherete?».

Zara sorrise. «Dovrete sintonizzarvi su Gli Australiani Scomparsi per scoprirlo».

May rise. Il suono fu sorprendente e genuino. La bocca di David ebbe un sussulto. Anche Jane sorrise, appoggiandosi al bastone.

«Vi seguiremo», disse May.

Si scambiarono i saluti, brevi e sottotono. May e David scesero i gradini insieme, David che la guidava verso un'auto in attesa. Jane seguì, il bastone che ticchettava contro la pietra. All'auto si fermò, guardò indietro verso i gradini del tribunale e sollevò leggermente il bastone in segno di congedo. Zara sollevò la mano per ricambiare. Poi Jane salì con cautela sul sedile posteriore e l'auto si allontanò nel traffico di Brisbane.

Vince si trattenne un momento di più, con lo sguardo fisso sul tribunale, poi fece un cenno col capo a Zara e sparì in una strada laterale, assorbito dalla folla in pochi istanti.

«Bel segmento?» chiese Garrett.

«Andy pensa di sì. Buona la prima».

«È perché sei brava nel tuo lavoro». La sua mano le strinse la spalla. «Nonostante le prove contrarie fornite dalla tua sezione commenti».

Dev era salito sui gradini per unirsi a loro. «I troll oggi si sono scatenati. Ieri qualcuno l'ha chiamata 'sensazionalista sciacalla'».

«Affascinante», disse Garrett seccamente.

«Mi hanno chiamata in modi peggiori». Zara gli lanciò un'occhiata. «Come ti sei sentito a guardare la sentenza dalla tribuna invece che dal banco dei testimoni?».

«Strano. Uno strano positivo». Soddisfazione mista a qualcosa di più complicato. «Venticinque anni. Avrebbe dovuto essere l'ergastolo, davvero, ma le donne non lo ricevono quasi mai. Ci accontenteremo di venticinque».

«È giustizia», disse Zara. «Imperfetta, ma reale».

Dev controllò il telefono. «L'Uber sta arrivando». Guardò Zara. «Sei la mia coinquilina e la mia amica. In più mi hai promesso la cena se avessimo ottenuto il verdetto oggi, quindi non vado da nessuna parte finché non riscuoto». Sorrise. «C'è un nuovo ristorante coreano davvero costoso nella Valley. Ho prenotato un tavolo per tre. La prenotazione è per le sette. Ti mando l'indirizzo».

Scese i gradini a balzi, con la borsa del computer che rimbalzava sul fianco, e saltò sull'Uber che accostava al marciapiede.

Zara e Garrett rimasero sui gradini.

«È un bravo ragazzo», disse Garrett.

«Ha ventiquattro anni».

«Sempre un ragazzo». Il braccio di Garrett scivolò dalle sue spalle e lui si girò verso di lei. «Come ti senti davvero? Non la voce da podcast, la risposta vera».

Zara considerò la domanda.

«Stanca», disse lei. «Sollevata. Un po' persa, forse. Questo caso è stato il mio unico obiettivo per così tanto tempo. Ora è finito e non so bene cosa fare di me stessa».

«Prenditi una pausa. Dormi per tre giorni di fila. Mangia pasti che non siano fast food». La bocca di Garrett si incurvò. «Passa del tempo con il tuo sicuramente-non-fidanzato che guarda caso ora vive nella tua stessa città».

«Il mio sicuramente-non-fidanzato», ripeté Zara. «È ancora questa la definizione ufficiale?».

«Sono aperto a rinegoziare». La sua mano trovò quella di lei. «Ma dopo. Quando non sarai esausta e io non dovrei essere a un briefing tra quaranta minuti».

««L'Ispettore Capo Pennell non può arrivare in ritardo ai suoi briefing».

««L'Ispettore Capo Pennell si sta ancora abituando al titolo». Le strinse la mano. «E preferirebbe di gran lunga restare qui con te».

La promozione era arrivata tre mesi prima, il trasferimento a Brisbane organizzato con velocità sorprendente una volta che l'indagine della CCC lo aveva scagionato. Si era trasferito in affitto vicino al centro, un piccolo appartamento con vista sull'acqua che costava più di tutta la sua casa di Salt Creek. La sua barca era in un piccolo porticciolo sulla baia; andavano a pesca almeno una volta a settimana, senza mai pescare nulla che valesse la pena mangiare, ma godendosi la pace e la libertà di stare in mare.

Avevano entrambi chiuso con Salt Creek.

«Dovresti andare», disse Zara. «Ci vediamo stasera. Dev ha prenotato per tre».

«E poi potrai venire a casa con me». Non proprio una domanda. «Ho un caffè migliore del tuo».

«Mi tenti con la tua macchina per l'espresso?».

«Tutto ciò che funziona». La tirò a sé e le baciò la fronte. «Sono orgoglioso di te. Per aver portato a termine questa cosa».

«Anch'io sono orgogliosa di me stessa», disse Zara. «Credo».

«Dovresti esserlo». La lasciò andare e fece un passo indietro. «Vai a cena. Festeggia».

Lo guardò scendere i gradini di corsa. Si muoveva diversamente ora, con meno peso addosso, pensò lei. In fondo si voltò e alzò la mano. Lei ricambiò il saluto.

Poi lui sparì, assorbito dal flusso serale della città.

Zara rimase sui gradini ancora un momento. Il telefono vibrò e lei le diede un'occhiata. I commenti stavano arrivando, il solito mix. Ma i numeri erano buoni. Gli Australiani Scomparsi era stabile, in crescita, sostenibile.

Un altro messaggio da Dev: *L'autista Uber si è perso manda aiuti*

Lei sorrise e rispose: *Sei un uomo adulto, veditela da solo*

La risposta di lui fu immediata: *Dura ma giusta.*

Zara si mise il telefono in tasca e diede un'ultima occhiata ai gradini del tribunale, al punto in cui si era fermata per filmare il suo segmento finale. Questo caso era chiuso. La storia di Iris Zhang era stata raccontata. Giustizia, imperfetta e difettosa e con undici anni di ritardo, era stata fatta.

Quello che sarebbe venuto dopo sarebbe stato un altro caso, un'altra storia, un'altra occasione per fare questo lavoro nel modo giusto. Non per redenzione, anche se faceva parte del tutto. Non per i contenuti, anche se la sua carriera dipendeva da quello. Ma perché questo contava. Perché le voci avevano bisogno di essere ascoltate. Perché valeva la pena perseguire la verità anche quando era sepolta in profondità e protetta da persone di potere.

Scese i gradini, i suoi stivali che ticchettavano sulla pietra levigata da decenni di passi. Dietro di lei il tribunale svettava imponente e permanente, giustizia resa in pietra grigia. Davanti, la sera di Brisbane si apriva tra traffico, luci e l'ordinario caos della vita che continuava.

Zara le andò incontro, pronta per qualsiasi cosa sarebbe venuta dopo.

DALL'AUTRICE

CAITLYN LYNCH È UN'EXPATRIATA britannica che ha sposato un australiano ed è emigrata nel Queensland nel 2001.

Scrive romance contemporanei e romantic suspense.

La Ragazza nel Ruscello è il suo primo thriller; è il primo libro della serie *Gli Australiani Scomparsi*.

Zara e Garrett torneranno nel secondo libro, *La Ragazza sullo Yacht*.

Sedici anni fa, la piccola Lotte Van Kempen, quattro anni, è scomparsa dal ponte di uno yacht di lusso. Ufficialmente, è annegata. Ma il corpo non è mai stato ritrovato, i genitori hanno lasciato il paese e troppe domande sono rimaste senza risposta.

Zara Langley, podcaster investigativa, sa quanto sia pericoloso lasciarsi coinvolgere dai casi irrisolti. Ma quando una giovane donna turbata sostiene di essere la Lotte scomparsa, Zara non riesce a tirarsi indietro. Ogni indizio la trascina sempre più a fondo: un sospetto nervoso con molto da perdere, genitori potenti che nascondono segreti e una famiglia divisa da colpa, denaro e tradimento.

Mentre Zara cerca la verità, la sua indagine si intreccia con un'operazione della Border Force e la conduce nel buio mondo della tratta di esseri umani, dove la posta in gioco è la vita e il passato non si lascia mai alle spalle.

Più Zara scava, più il confine tra vittima e testimone si fa labile. Dovrà scegliere: svelare i segreti più oscuri di una famiglia o impedire che altre vite vengano distrutte.

Alcuni casi non verranno mai risolti. Alcune verità non possono essere sepolte. E alcune persone non si arrendono mai.

ALTRI LIBRI DI CAITLYN LYNCH

Serie Gli Australiani Scomparsi

La Ragazza nel Ruscello

La Ragazza sullo Yacht

La Ragazza nella Villa

Serie *Le Cavallerizze di Ridgewater*

Fidati del tuo Percorso

Oltre le Barriere

Trovare l'equilibrio

Scritto nelle stelle

Natale a Ridgewater

Serie *I Ranger del Salvataggio*

Il Soccorso del Ranger

Il Rientro del Ranger

La Missione del Ranger

Il Sangue del Ranger

Calore del Ranger (esclusivo per gli iscritti alla newsletter)

Serie *Paradisi Insulari*

Nuovo Inizio sulla Scogliera

Il Miliardario Riluttante

Il Suo Finto Matrimonio sull'Isola

Cottura Lenta

Sfida al Destino

Scatta Come un Pro

Meglio nella Pratica

Altri Libri:

Amore in Mischia

Un Amore al Galoppo: Romanzo Irlandese

Scopri tutte le pubblicazioni di Shenanigans Press visitando il nostro sito web!

Oppure seguici sui social: siamo su Facebook e Instagram.

E non dimenticare di iscriverti alla nostra newsletter per ricevere aggiornamenti su nuove uscite, offerte, concorsi e molto altro!